張岱全集

訂補本

快園道古　瑯嬛文集

（明）張岱 著

路偉 鄭凌峰 點校

浙江古籍出版社

圖書在版編目(CIP)數據

快園道古;琯朗乞巧録:訂補本 / (明)張岱著;
路偉,鄭凌峰點校. —杭州:浙江古籍出版社,2019.10(2023.2 重印)
(張岱全集)
ISBN 978-7-5540-1598-8

Ⅰ.①快… Ⅱ.①張… ②路… ③鄭… Ⅲ.①筆記小説—小説集—中國—明代 Ⅳ.①I242.1

中國版本圖書館 CIP 數據核字(2019)第 215486 號

快園道古　琯朗乞巧録

(訂補本)

(明)張　岱　著

路　偉　鄭凌峰　點校

出版發行	浙江古籍出版社 (杭州市體育場路 347 號　郵編:310006)
網　　址	www.zjguji.com
責任編輯	沈宗宇
封面設計	劉　欣
責任校對	余　宏
責任印務	樓浩凱
照　　排	浙江時代出版服務有限公司
印　　刷	浙江新華印刷技術有限公司
開　　本	880mm×1230mm　1/32
印　　張	12.875
插　　頁	10
字　　數	264 千
版　　次	2019 年 10 月第 1 版
印　　次	2023 年 2 月第 3 次印刷
書　　號	ISBN 978-7-5540-1598-8
定　　價	78.00 圓

如發現印裝質量問題,影響閱讀,請與市場營銷部聯繫調换。

快園舊址（今紹興飯店内）

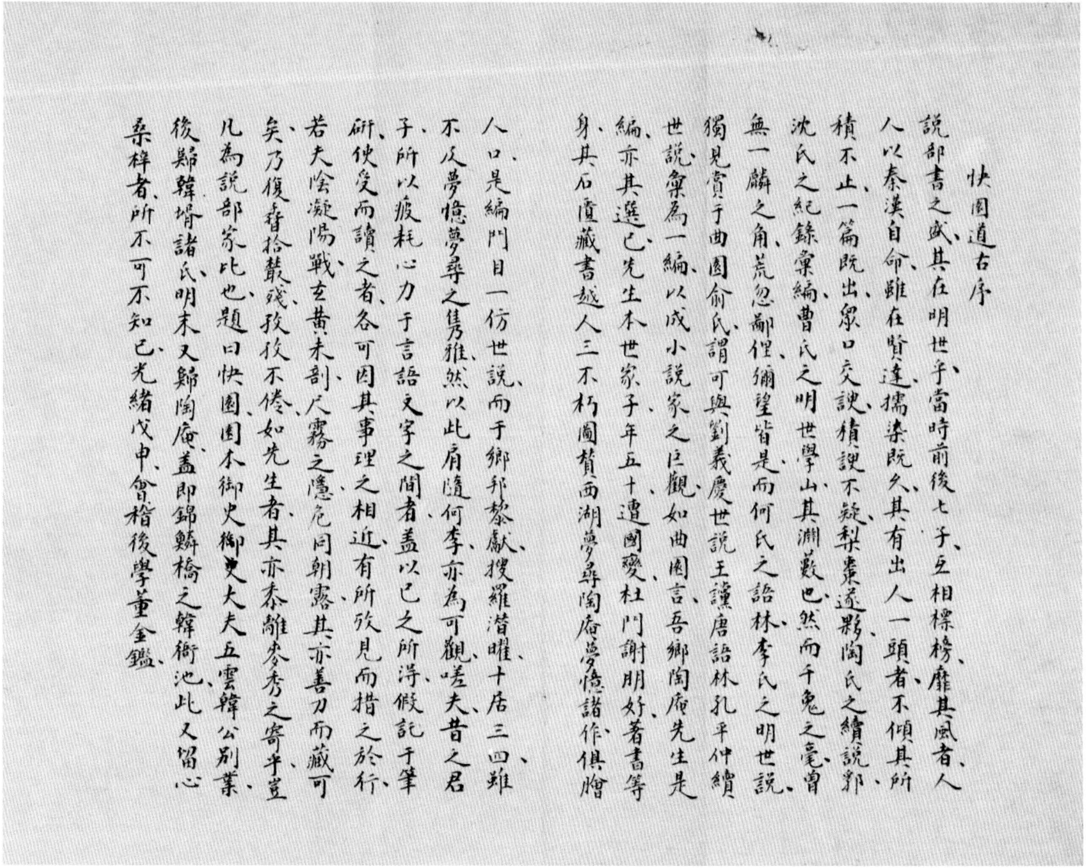
快園道古序

說部書之盛其在明世乎當時前後七子互相標榜靡其風者人
人以秦漢自命雖在賢達濡染既久其有出人一頭者不傾其所
積不止一篇既出衆口交諛積諛不疑梨棗遂夥陶氏之續說郛
沈氏之紀錄彙編曹氏之明世學山其淵藪也然而千兔之毫曾
無一麟之角荒忽鄙俚彌望皆是而何氏之語林李氏之明世說
獨見賞于曲園俞氏謂可與劉義慶世說王讜唐語林孔平仲續
世說彙爲一編以成小說家之巨觀如曲園言吾鄉陶庵先生是
編亦其選已先生本世家子年五十遭國變杜門謝朋好著書等
身其石匱藏書越人三不朽圖贊西湖夢尋陶庵夢憶諸作俱膾
人口是編門目一仿世說而于鄉邦黎獻搜羅潛曜十居三四雖
不及夢憶夢尋之雋雅然以此肩隨何李亦爲可觀嗟夫昔之君
子所以疲耗心力于言語文字之間者蓋以己之所滞假託于筆
研使受而讀之者各可因其事理之相近有所攷見而措之於行
若夫陰凝陽戰玄黄未剖尺霧之隱危同朝露其亦善刀而藏可
矣乃復耆拾載殘孜孜不倦如先生者其亦黍離麥秀之寄乎豈
凡爲說部家比也題曰快園園本御史御史大夫五雲韓公別業
後歸韓增諸氏明末又歸陶庵蓋即錦鱗橋之韓衙池此又留心
桑梓者所不可不知已光緒戊申會稽後學董金鑑

紹興圖書館藏鳴野山房抄本《快園道古》（一）

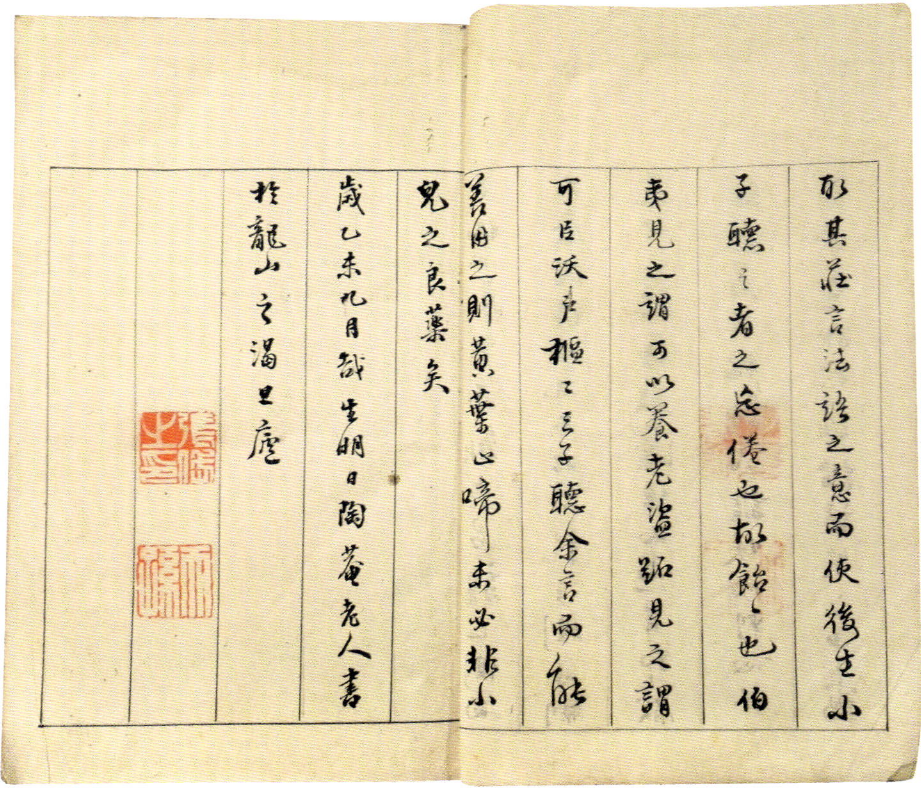

紹興圖書館藏鳴野山房抄本《快園道古》（二）

快園道古目次

紹興圖書館藏鳴野山房抄本《快園道古》（三）

快園道古卷之一　盛德部

明古劍陶菴張　岱著

陶菴曰：馮子猶集古今笑，以德行爲迂腐，遂將獻章求嗣、閨木問安，皆以一笑抹之。則古之二十四孝，泣竹扇枕，何事不是兒戲，而至今稱爲絶德耶？論語記鄉人儺，孔子朝服立於阼階。聖人遇極兒戲之事，必存一分正經，用以持世，乃敢以極正經之事而槩視爲兒戲也。故集盛德第一。

紹興圖書館藏鳴野山房抄本《快園道古》（四）

吳尚書琳家居　太祖遣使察之使者至公舍旁見
一人坐小兀扳秧布田貌甚端謹問曰此間有吳
尚書者家何在公斂手對曰琳是也使者還白狀
召入爲冢宰

索綯以禦暑雨
蓋數百三字連讀

冢宰陳恭介致政歸夫人遣舍人覓匹於西湖索綯
蓋數百恭介詰問故對曰夫人言杭隍數椽何堪
不爲暑雨計聞者嗟歎

索油蓋爲是訓
索綯句益之　石齋恭

張少參繼孟年未五十致仕家徒四壁居旁建茅屋
三楹扁曰一笑亭日觴詠其中客至茅齋坐皆送
亦不出門即朝貴往訪止折簡相答閒留客不過

紹興圖書館藏鳴野山房抄本《快園道古》（五）

快園道古志怪部卷第十六

明古劍陶菴張岱著

陶菴曰：遼東人見花豬，以為世間罕有，思以獻之朝廷。及至長安，徧地皆是，廢然而返。則是遼東人所見以為怪者，長安人不以為怪也。山海經所載奇禽怪獸，人所得見者不及千萬之一。倘於其中有一獸特出，人人必駭以為大怪，而試以問之作山海經之人，則又碌碌無奇者矣。古諺曰少所

中科院圖書館藏鳴野山房抄本《快園道古》（一）

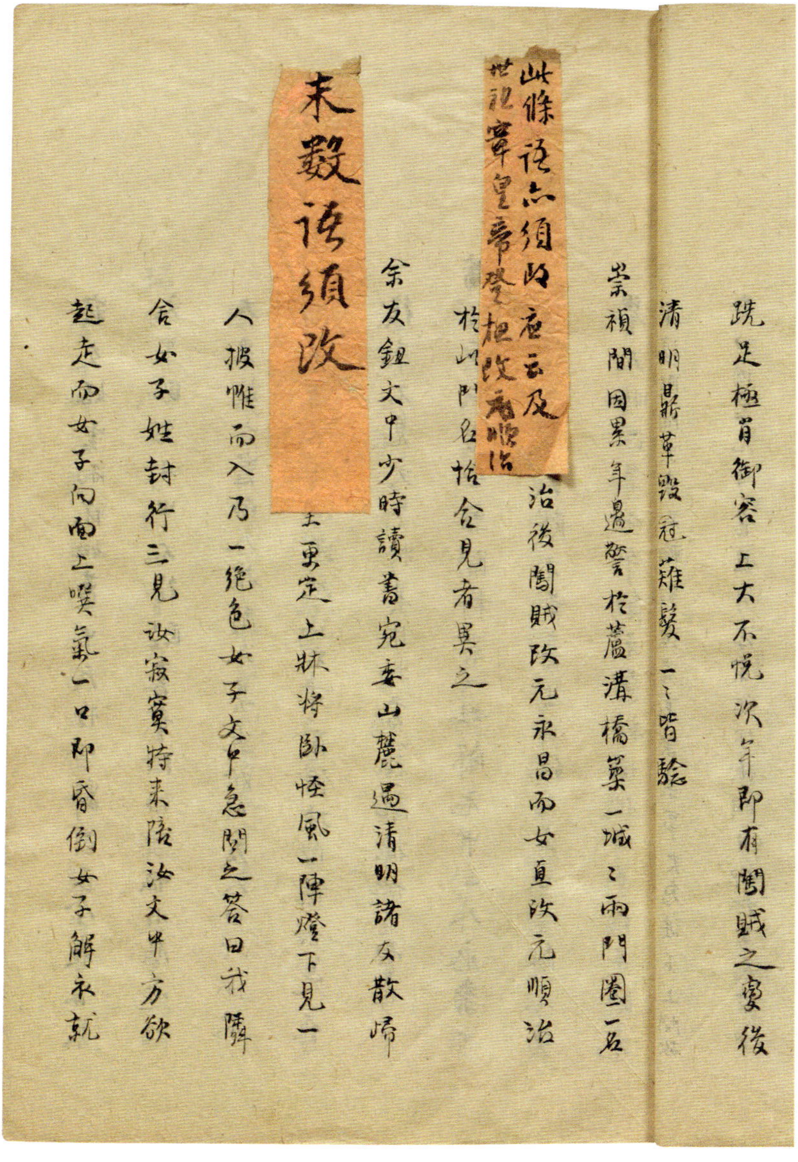

跣足極肖御容上大不悅次年即有闖賊之變後
清明鼎革毀冠薙髮一一皆驗
崇禎間因累年遇警於蘆溝橋築一城〻兩門闔一名
此條語亦須改應云及
世祖章皇帝登極改元順治
治後闖賊改元永昌而女直改元順治
於此門名恰合見者異之
末數語須改
余友鈕文中少時讀書宛委山麓遇清明諸友散歸
至更定上牀將臥怪風一陣燈下見一
人披帷而入乃一絕色女子文中急問之答曰我隣
舍女子姓封行三見汝寂寞特來陪汝文中方欲
起走而女子向面上噗氣一口即昏倒女子解衣就

中科院圖書館藏鳴野山房抄本《快園道古》（二）

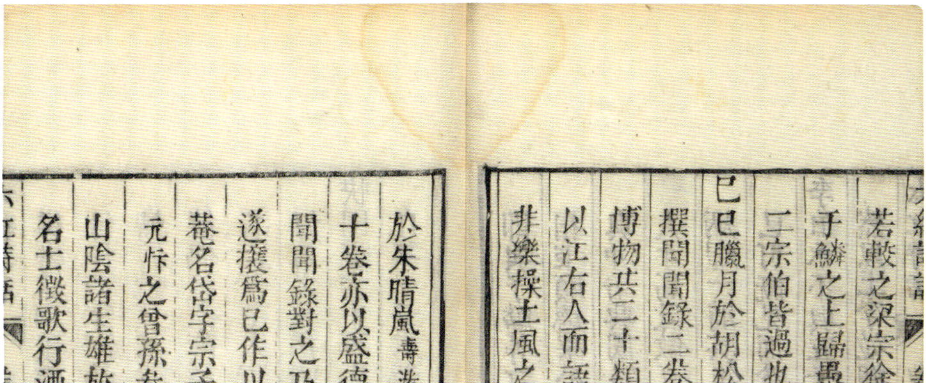

六紅詩話　卷三

若較之梁宗徐吳直大過之崇安則推伯承於于鱗之上歸愚明詩別裁則不錄一首余以爲二宗伯皆過也

己巳臘月於胡松坪太守處見南豐熊司馬某所撰聞閣錄二卷嘉慶辛酉新刊分盛德學問下及志怪博物共二十類其書頗佳乃假歸細閱特是熊以江右人而語越人越事太多江右不過畧見非樂操土風之義也竊怪之明年庚午正月又於朱晴嵐壽潽處見鈔本張陶菴快園道古二十卷亦以盛德學問等分類每類自爲一卷取聞閣錄對之乃知盡出諸此第每類摘錄數條遂攘爲已作以盜名欺世耳按紹興府志張陶菴名岱字宗子晚號六休居士明狀元文恭公元忭之曾孫參議雨若公汝霖之孫也早歲補山陰諸生雄放自喜家畜梨園一部日聚海內名士徵歌行酒有文與座上之風晚年家益落

六紅詩話　卷三　八

吕善報《六紅詩話》有關《快園道古》記載

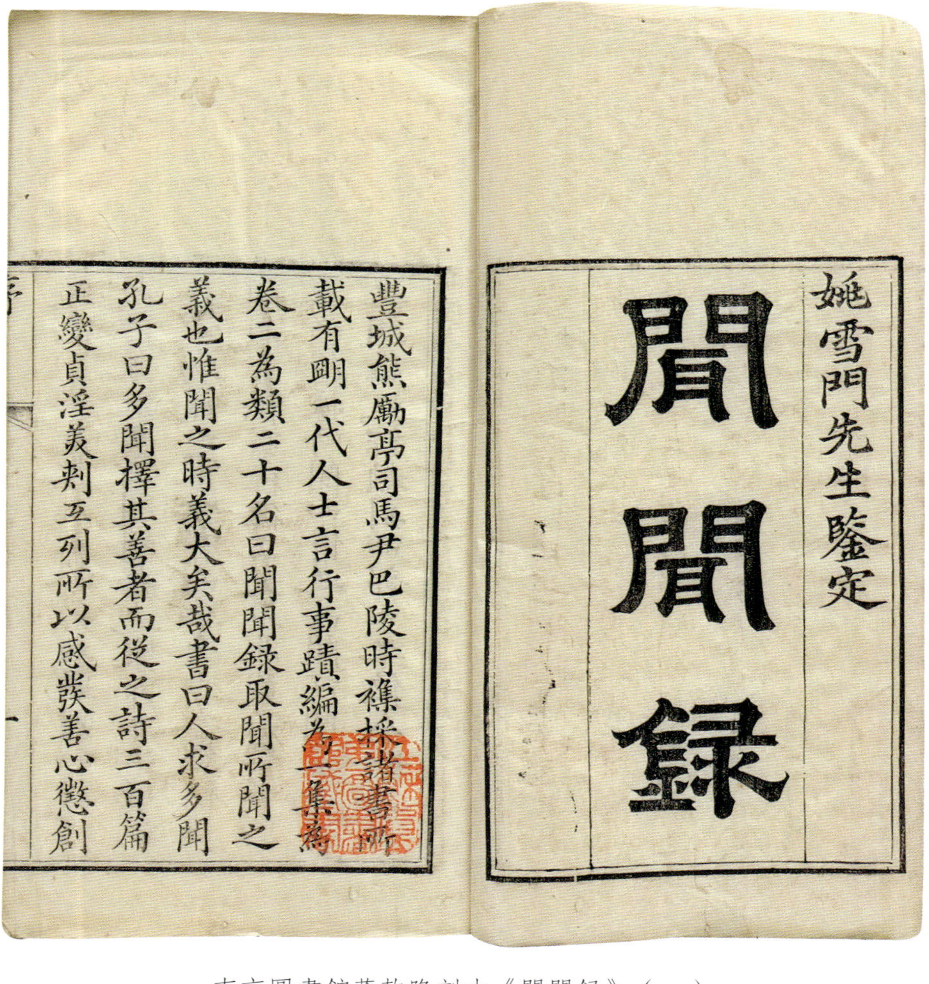

姚雪門先生鑒定

聞聞録

豐城熊勵亭司馬尹巴陵時襍採諸書所
載有明一代人士言行事蹟編為二集為
卷二為類二十名曰聞聞録取聞所聞之
義也惟聞之時義大矣哉書曰人求多聞
孔子曰多聞擇其善者而從之詩三百篇
正變貞淫美刺互列所以感發善心懲創

南京圖書館藏乾隆刻本《聞聞録》（一）

聞聞錄卷一

豐城熊懋獎勵亭集

盛德

吳尚書琳家居明太祖遣使察之使者至公舍旁見一人坐小兀拔秧布田貌甚端謹問曰此間有吳尚書家者何在公斂手對曰琳是也使者還白狀召入爲冢宰

張少叅繼孟年未五十致仕家徒四壁居旁建

南京圖書館藏乾隆刻本《聞聞録》（二）

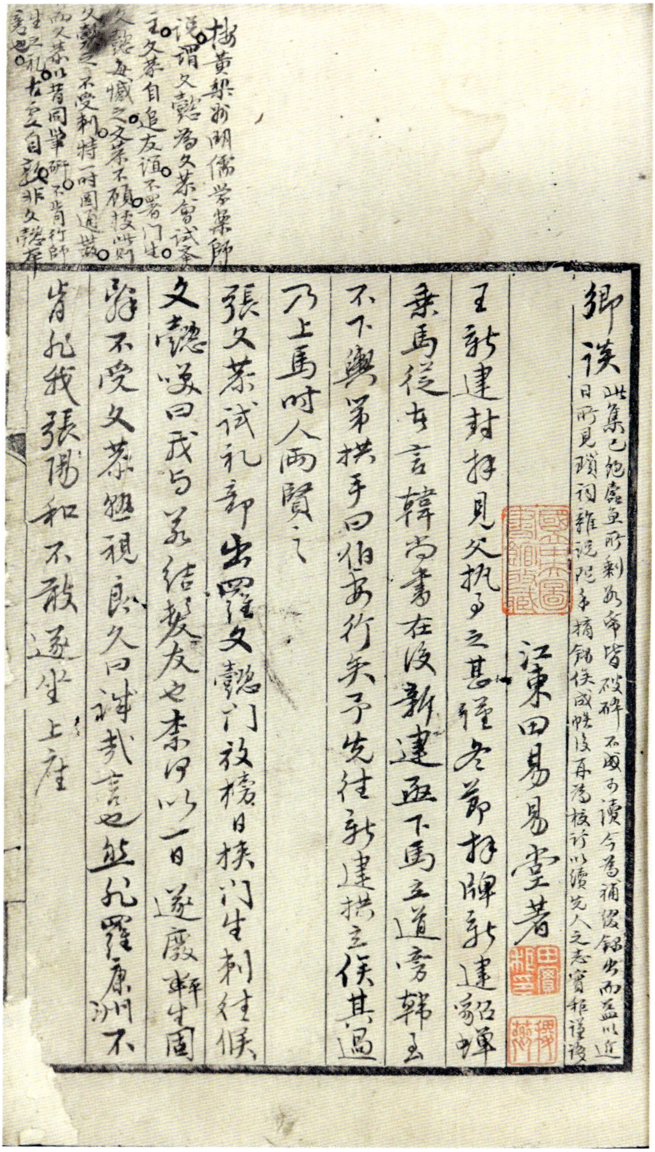
鄉談　此集已飽蠹魚所剩殘帙皆破碎不可讀今爲補綴錄出而益以近日所見瑣詞雜說隨手摘錄俟成帙後再爲校訂以續先人之志實秬謹識

江東田易易堂著

王新建封拜見父執子之甚謹冬節拜牌新建詣韓乘馬從者言韓尚書在後新建亟下馬立道旁韓亦不下輿第拱手曰伯安行矣予先往新建拱立俟其過乃上馬時人兩賢之

張文恭試禮部出羅文懿門放榜日挾門生刺往候文懿嘆曰我與若結髮友也奈何以一日遂廢卅年交辭不受文恭趨視良久曰誠哉言也然羅康洲不肯見我張陽和不敢遂坐上座

臺北"國圖"藏田實秬抄本《鄉談》

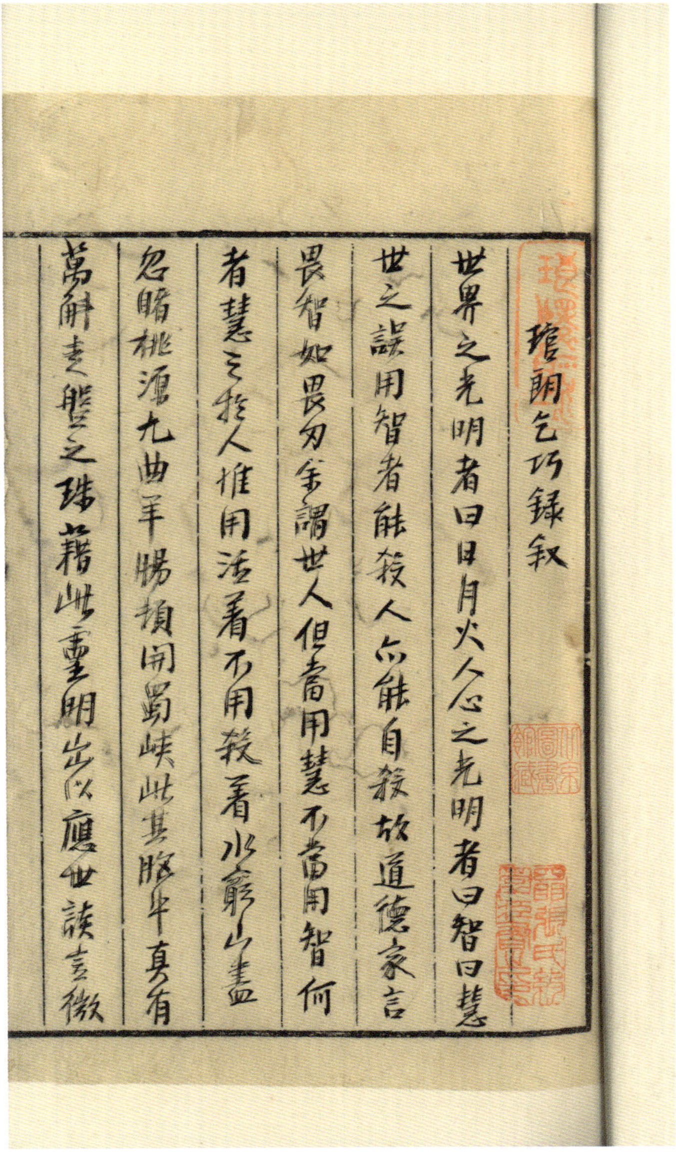

琯朗乞巧録叙

世界之光明者曰日月火人心之光明者曰智曰慧
世之誤用智者能殺人亦能自殺故道德家言
畏智如畏刃余謂世人但當用慧不當用智何
者慧之於人推用活着不用殺着水窮山盡
忽睹桃源九曲羊腸頓開蜀峽此其胺乎真有
萬斛走盤之珠藉此靈明出以應世談言微

國家圖書館藏張岱手稿本《琯朗乞巧録》（一）

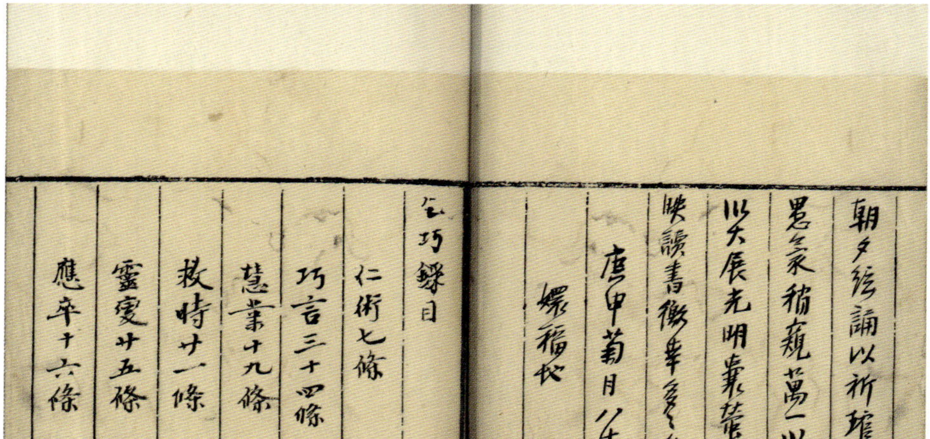
朝夕絃誦以祈琯朗倘得邀惠慧星啓我
愚蒙稍窺萬一以濟時艱雖不能傳燈鐀鋭
以矢晨光明囊螢映雪藉彼微茫閃爍以擣
映讀書徽華多多矣
庚申菊月八十四老人古劍張岱書於瑯
嬛福地

乞巧錄目
仁術七條
巧言三十四條
慧業十九條
救時廿一條
靈變廿五條
應卒十六條

國家圖書館藏張岱手稿本《琯朗乞巧録》（二）

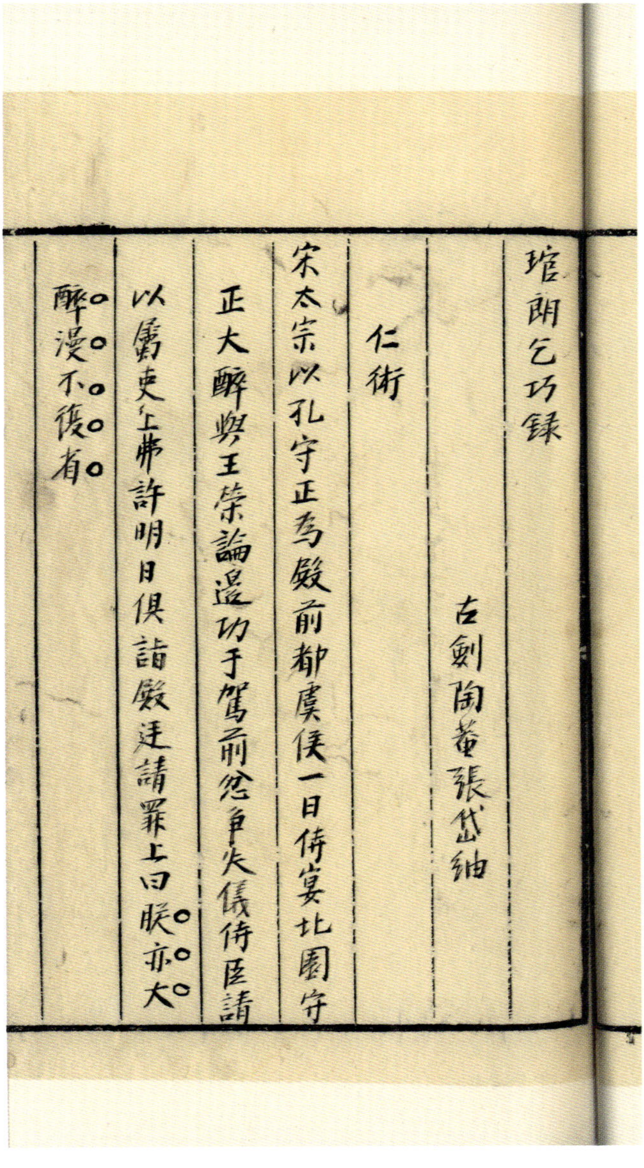
琯朗乞巧録

古劍陶菴張岱紬

仁術

宋太宗以孔守正爲殿前都虞侯一日侍宴北園守正大醉與王榮論邊功于駕前忿爭失儀侍臣請以屬吏上弗許明日俱詣殿廷請罪上曰朕亦大醉漫不復省

國家圖書館藏張岱手稿本《琯朗乞巧録》（三）

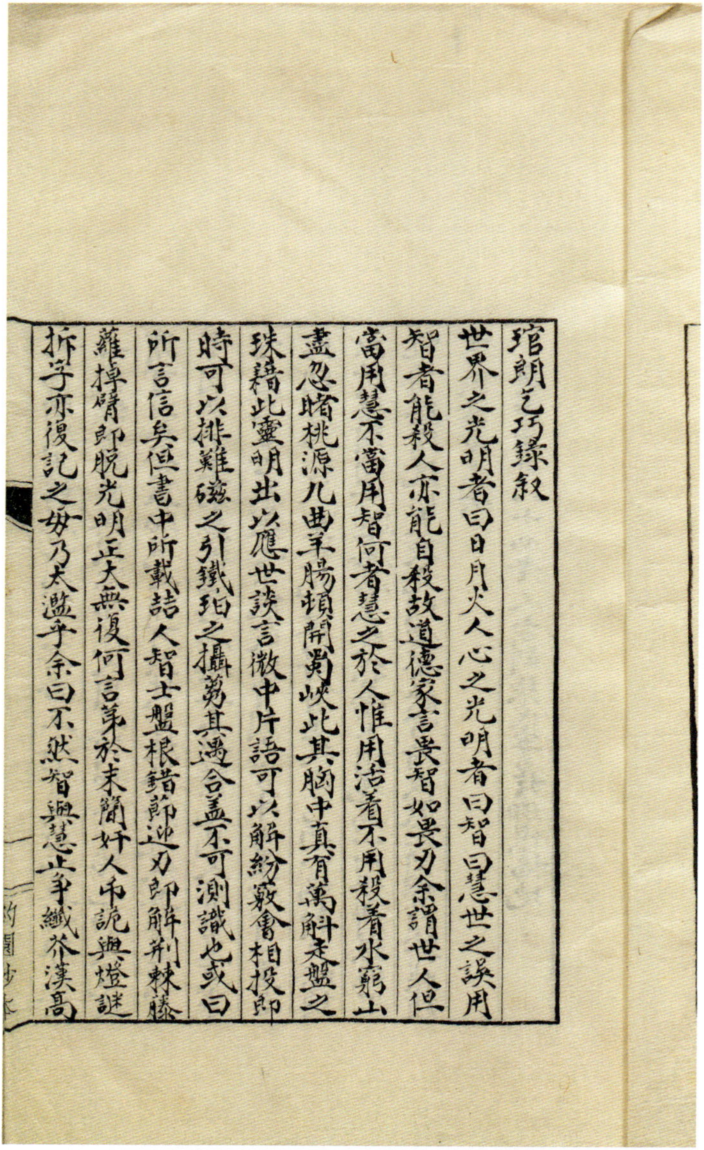

琯朗乞巧録叙

世界之光明者曰日月火人心之光明者曰智曰慧世之誤用智者能殺人亦能自殺故道德家言畏智如畏刃余謂世人但當用慧不當用智何者慧之於人惟用活着不用殺着水窮山盡忽睹桃源九曲羊腸頓開蜀峽此其胸中真有萬斛走盤之珠藉此靈明出以應世談言微中片語可以解紛敦會相投即時可以排難磁之引鐵珀之攝芥其遇合蓋不可測識也或曰所言信矣但書中所載詰人智士盤根錯節迎刃即解荊棘藤蘿捩臂即脫光明正大無復何言第於末簡奸人而詭與燈謎拆字亦復記之毋乃太濫乎余曰不然智與慧止爭纖芥漢高

中科院圖書館藏約園抄本《琯朗乞巧録》（一）

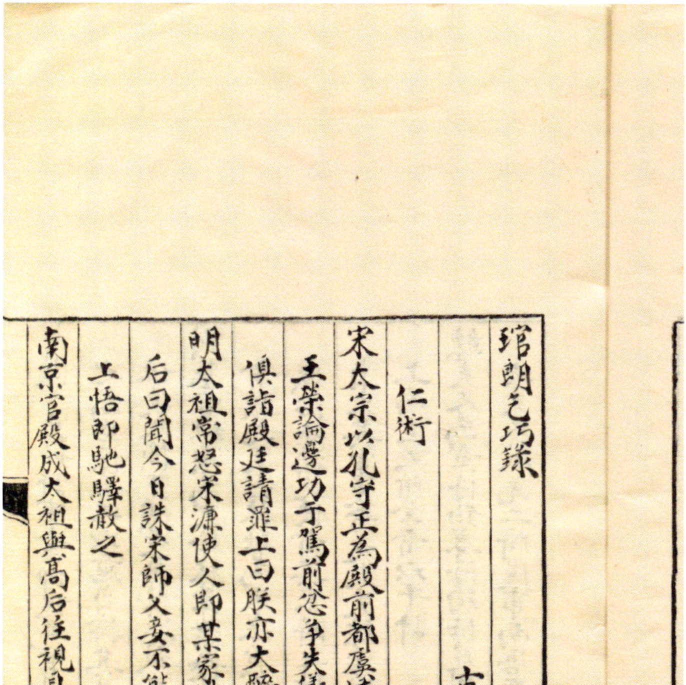
琯朗乞巧錄

古劍陶菴張岱紬

仁術

宋太宗以孔守正為殿前都虞侯一日侍宴北園守正大醉與王榮論邊功于駕前忿爭失儀侍臣請以屬吏上弗許明日俱詣殿廷請罪上曰朕亦大醉漫不復省

明太祖常怒宋濂使人即某家誅之馬皇后是日茹素上問故后曰聞今日誅宋師父妾不能救聊為持齋以資其冥福耳上悟即馳驛赦之

南京宮殿成太祖與高后往視見輪奐巍峨太祖嘆曰胡做亂

中科院圖書館藏約園抄本《琯朗乞巧録》（二）

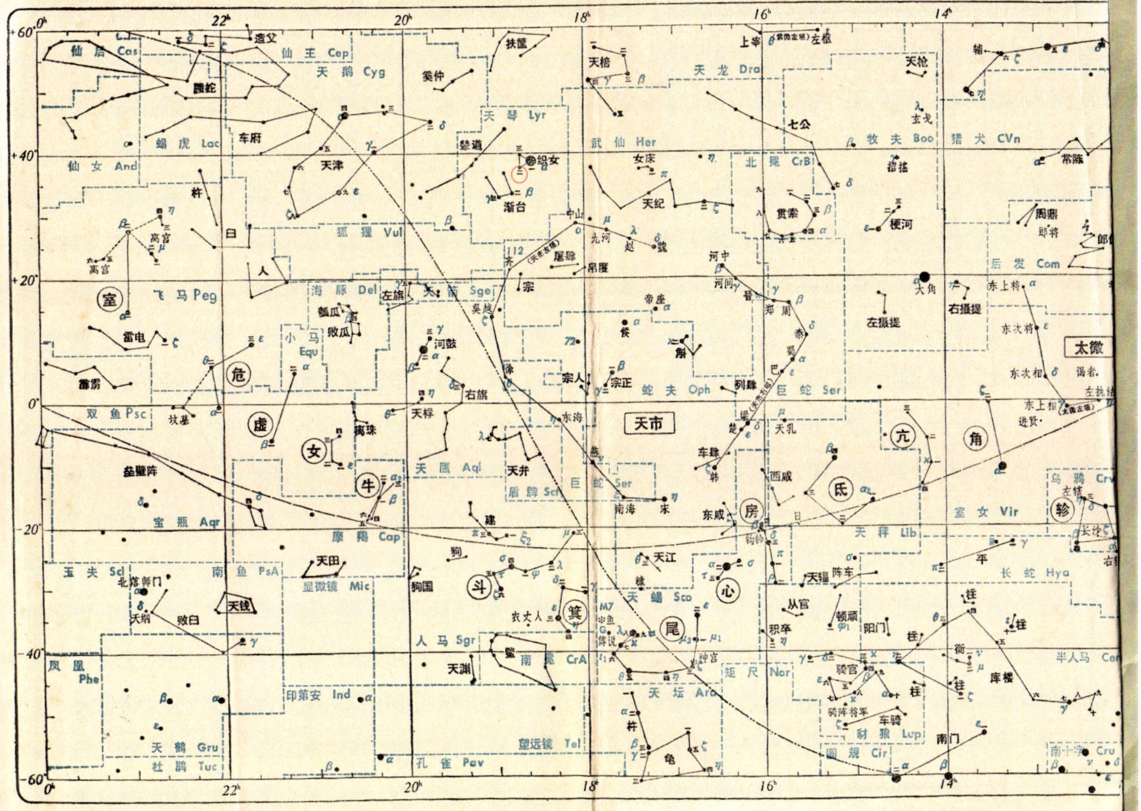

星圖，圖中紅圈之處即爲瑄朗星

快園道古

整理前言

一

《快園道古》是張岱所撰的一部筆記體雜著，體例大致模仿《世説新語》，而稍有變化。此書共二十卷，類各一卷。類目爲盛德、學問、經濟、言語、夙慧、機變、志節、識見、品藻、任誕、偶雋、小慧、隱佚、戲謔、笑談、志怪、鬼神、紕漏、詭譎、博物，與《世説新語》的三十六類亦多有差異。此書據張岱自言，『非堅人之志節則不道，非長人之學問則不道，非發人之聰明則不道，非益人之神智則不道，非動人之鑒戒則不道，非廣人之識見則不道』，遠取諸史册記載，近取諸親所見聞，津津樂道，亹亹不倦，所記以明代士民言行爲主，而越人越事尤夥。搜集撰寫時注重可讀性，詼諧可喜，雋永有味，不諱親尊，不避俚俗，記事多含微旨，記言多帶機鋒，不但可以徵前言往行，且可以覘世風人情，且形制短小，易於循覽，是張岱現存著作中極饒趣味的一部。

好書不一定有好運氣，此書也與張岱其他著作一樣，命途多舛，一直未曾刊刻，僅以抄本在少數文人間流傳。二十世紀八十年代，高學安、佘德余於紹興圖書館發現殘抄本兩册九卷（卷一至卷五、卷十二至卷十五），并以此爲底本整理出版，後又依據熊懋獎《聞聞録》增補了部分缺失的内容，但原本十一卷依然下落不明。筆者一直認爲佚失的卷次可能仍在人間，并且没有放棄尋找，歷盡波折，終於中科院圖書館又覓得一册（卷十六至卷二十），雖然離完璧尚差六卷，但已經是莫大的驚喜了。乃決定重新整理此書，并重新梳理了此書的撰寫、流通過程，産生了一些新的見解。

張岱於《快園道古小序》末署『歲乙未九月哉生明日，陶菴老人書於龍山之渴旦廬』，考此乙未年爲清順治十二年（一六五五），此年張岱五十九歲。書甲子而不書年號，表明張岱遺民身份。『哉生明』據《書·武成》：『厥四月哉生明，王來自商，至於豐。』孔傳：『哉，始也。始生明，月三日。』則此當指三日。『哉生明』訓『明之始生』，張岱似別有深意在焉。『龍山』即快園所在，快園本爲明初韓宜可（《瑯嬛文集》卷二《快園記》稱『御史大夫五雲韓公』）別業，張岱晚年賃居之處，《快園記》記此園始末頗詳，稱『園在龍山後麓』，即今紹興飯店内。張岱《快園十章》小序稱『己丑九月，僦居快園，葺茅編茨，居然園也』，己丑爲順治六年（一六四九），則張岱撰此序時已居快園六年。『渴旦廬』當是張岱齋號，渴旦，又作『曷旦』、『鶡鳴』等，《禮·坊記》『相彼盍旦』，鄭玄注：『盍旦，夜鳴求旦之鳥。』《禮記·月令》：『（仲冬之月）鶡旦不鳴。』鄭玄注：『鶡旦，求旦之鳥也。』身處黑夜，追求光明，大有遺民的倔强。當時南明尚未亡，雖然身在清廷統治區，但張岱恢復故國的希望依舊是熾烈的。

張岱《石匱書》卷三十七《藝文志》著録其自撰五種著作：《大易用》、《四書遇》二卷、《義列傳》十二卷、《夢憶》二卷、《快園道古》十二卷。考《大易用》張岱自序稱六十六歲時所作，《四書遇》及《義烈傳》皆明亡前作，《夢憶》明亡前後作，《快園道古》張岱自序爲順治十二年作，然今傳本《快園道古》却有康熙初年的紀事，如卷四《言語》所記南潯莊氏《明史》案，即發生於康熙初年。《快園道古》似有兩本，初稿本爲十二卷，後經增訂，改爲二十卷。《石匱書》著録當爲初稿本。《石匱書》張岱自稱曾『五易其稿，九正其訛』（《石匱書序》），《古今義烈傳》明代曾有刻本，入清後又有所增删，修訂後稿本今存於浙江圖書館，可見張岱有反復修改自己作品的習慣，可爲《快園道古》有兩稿的旁證。

張岱於《自爲墓志銘》中言：『好著書，其所成者，有《石匱書》、《張氏家譜》、《義烈傳》、《瑯嬛文集》、《明易》、《大易用》、《史闕》、《四書遇》、《夢憶》、《説鈴》、《昌谷解》、《快園道古》、《傒囊十集》、《西湖夢尋》、《一卷冰雪文》行世。』將《快園道古》列爲自己的代表作。張岱之孫張禮於《西湖夢尋凡例》中言：『先王父生平素多撰述，所著如《陶菴文集》《石匱全書》以及《夜行船》《快園道古》諸本，皆探奇抉奥，成一家言。以卷帙繁多，未能授梓。』卷帙繁多只是未曾刊刻的一個原因，另外一個原因則是《快園道古》多有不合時宜的内容，有傷風化及有違礙之處俯拾即是，必須經過大的删削，才能刊刻行世。張家後人既無力量也無膽量，此書也終未刊刻，只在小範圍内以傳抄的方式流傳，加上内容的敏感性，其傳抄估計也是偷偷摸摸，故而流傳絶少，清代文獻記録此書者也不過寥寥數條，其書在若存若亡之間，命懸於一線。

二

在《快園道古》流傳中最詭譎的事便是熊懋獎的剽竊案了。熊氏剽竊《快園道古》的便是《聞聞録》一書，而最早發現熊氏此行徑的是張岱同鄉吕善報。善報，字玖芸，一字珊音，號詩憨，晚號鹿虹，又作六紅。乾隆三十七年（一七七二）生。著有《六紅詩話》四卷、《律賦雅正》一卷，其中《六紅詩話》卷二云：

己巳臘月，於胡松坪大宇處見南豐熊司馬某所撰《聞聞録》二卷，嘉慶辛酉新刊。分盛德、學問，下及志怪、博物，共二十類。其書頗佳，乃假歸細閲。特是熊以江右人而語越人越事太多，江右不過畧見，非樂操土風之義，心竊怪之。明年庚午正月，又於朱晴嵐壽湝處見鈔本張陶菴《快園道古》二十卷，亦以盛德、學問等分類，每類自爲一卷。取《聞聞録》對之，乃知盡出諸此，第每類摘録數條，遂攘爲己作，以盗名欺世耳。按《紹興府志》，張陶菴名岱，字宗子……著述最夥，而付梓者寥寥，《快園道古》亦其一也。余意是書輾轉傳鈔，應不止一本，必吾越游幕之士携入行篋，偶以示熊，熊因其未梓，遂大膽竊之，并易其名，盗憎主人，實可笑也。余惜張著書之勤，鄙熊好名之妄，辨明於此，亦聊以戒後人之勦襲者。

己巳爲嘉慶十四年（一八〇九），胡大宇及朱壽湝皆不甚可考，大概亦爲紹興人。

熊懋奬（一七一九—一七八八），字勵亭，號希園，江西豐城瓘山人，其家族即所謂『瓘山熊氏』，爲江右名族。江西省圖書館藏江西瓘山《熊氏八修族譜》卷六有熊懋奬小傳：

懋奬，明臨長子。字特欽，號勵亭，行掌五。治《易》，國學生。清乾隆十一年丙寅援例捐納吏目，戊辰年選甘肅直隸階州吏目，陞補皋蘭縣丞。丁憂，服闋，選授湖南巴陵縣縣丞，又陞巴陵縣知縣。歷署湘潭、溆浦、澧州、桂陽州事。清乾隆二十年乙亥陞任永綏廳同知，又歷署辰州、沅州府事。所至卓有政績。於書無所不讀，長於經濟，治劇盜，畫兵策，悉有方畧。所著有《聞聞録》、《易意》、《西行紀畧》、《數學輯要》、《地理要言》、《陽宅秘奥》等書。縣志詳載列傳。清康熙五十八年己亥十二月十二日子時生，清乾隆五十三年戊申七月二十二日申時歿。葬富溪山城岡塘浪泊蝦蟆形壬山丙向。

熊懋奬著述存世者有《西行紀畧》一卷（天一閣博物館藏）、《易意》四卷（重慶圖書館藏，序署乾隆丙午即五十一年）、《新輯陽宅秘奥》二卷（浙江圖書館藏，序署乾隆甲辰即四十九年）等。其《西行紀畧》一書爲其任職甘肅時，奉命『勘估』甘肅各城及新疆巴里坤等地城池修築情況途中所記。前有錢塘李汪度、錢塘梁敦書、豐城熊鳳翔、高密宫去矜四序，其自序云：

歲戊辰，予奉檄佐武都，前後受知於故使相陝甘制府黄、楊、吴三公，曾以襄理軍需微勞，兩膺卓薦，庚辰夏，由武都擢陞皋蘭縣紅水丞。又四年，遭先慈之變，急欲扶櫬歸里。使相楊公以西域蕩平，一切善後事宜需員辦理，遂列名入告。予再四泣辭，公曰：『教孝作忠，非賢母心乎？』不許。適奉上諭：『丁憂人員，督撫不得率行奏留。』發部議駁。公又以軍需奏銷及勘估城工二事，仍請咨留。嗟乎，邊疆末吏，乃蒙知遇殊恩，敢不以要經從事？丙戌春二月，奉檄從烏蘭委赴甘、凉、肅及巴里坤等處勘估城工……乾隆丙戌孟夏，豐城熊懋奬勵亭氏書於巴里坤旅舍。

武都爲階州古稱，歲戊辰爲乾隆十三年（一七四八），庚辰爲乾隆二十五年（一七六〇），丙戌年爲乾隆三十一年（一七六六）。梁敦書序言『熊君以治績報最，遷湖南巴陵令』，不久即往湖南任官。此可見熊氏早年仕履。

《聞聞録》傳世不廣，僅發現上海圖書館和南京圖書館各藏有一部，上海圖書館所藏者且有缺頁。卷首有兩序，分别爲江西泰和姚頤、新建熊爲霖撰，落款皆署『乾隆庚子』。乾隆庚子爲乾隆四十五年（一七八〇），則該書刊刻當在此年前後。又兩序皆稱熊爲『司馬』，司馬爲明清同知别稱，則刻書時熊已在同知任上。前引家譜小傳云熊乾隆二十年（一七五五）陞永綏廳同知，按同知官職介於縣令、知府之間，二十年熊尚在甘肅任職，此顯誤。另據《光緒湖南通志》，熊懋奬乾隆三十三年（一七六八）任巴陵縣丞，同年遷溆浦縣知縣，三十六年（一七七一）又任巴陵縣知縣，四十六年（一七八一）任永綏廳同知，則四十五年尚未爲同知，未知何故。又《西行紀畧》熊鳳翔序云：『丙申歲，余奉命來守岳陽，而熊君適以循良報最，由巴陵令出牧澧州。』丙申爲乾隆四十一年（一七七六）。姚頤序中言：『豐城熊勵亭司馬尹巴陵時，褋採諸書所載有明一代人士言行事蹟，編爲一集，爲卷二，爲類二十，名曰「聞聞録」。』姚氏蓋據熊氏所告爲説，『尹巴陵』指任巴陵縣令，非指任巴陵縣丞。由前考知，熊任巴陵縣令爲乾隆三十六年至四十一年，此大致是熊氏得到《快園道古》抄本的時間，而抄本來源則不可考。

拿《聞聞録》與《快園道古》對比，吕善報所言不虚，熊氏剽竊抄襲痕跡宛然，一眼便可辨别出來。二十類目名及順序全同，除了《博物》有幾條是熊氏自己文字之外，其他條目幾全出於《快園道古》。不過熊於具體文字上也非全盤照搬，而是用了『删』『節』『截』『改』『移』『接』等方法改變了張岱原作的面貌。這些手法在校勘記中有詳細論列，在此不再一一舉例。

『象竊秀注』之類，向來爲士林所不齒。熊氏欺當時人無知，欺後世人無識，遂欲瞞天過海，以博得身後之名，而不料贓證具在，其拙劣行徑終無法自掩，所得反是身後惡名。設若熊氏能真心誠意表彰此書，出力刊行，不爲攘奪之事，則張岱著作可壽之梨棗，熊氏亦可附驥尾以傳，兩得其美，豈不大善？今《快園道古》佚失六卷是否依然在天壤之間，恐不可問，今人猶能賴熊氏之書得其斷簡殘編，熊氏有心之惡又轉而爲無心之善，老子云『善之與惡，相去若何』，正可道此。

三

今存世《快園道古》共發現三册，經對比字跡和裝幀，三册原是同一套書，在流傳過程中分散。三册書皆竹紙抄寫，筆跡細如蚊脚，間有紅色浮簽，訂正所抄文字。天頭偶有批語，内容則多涉及校勘。經和天一閣藏沈復燦（一七七九—一八五〇）抄《瑯嬛文集》《陶菴對偶故事》對比，用紙相同，字跡如出一手，此三册抄本當亦屬沈復燦鳴野山房抄本。沈復燦亦名復粲，爲清代嘉道時期著名藏書家、刻書家，其生平傳記見於宗稷辰《躬恥齋文鈔》卷十《沈霞西墓表》：

乾隆中東南收繳禁書，吾越相戒無藏笥。士競趨舉子業，故科目盛而學術微，其以餘力讀古書者，百不一二焉。獨沈氏三昆隱於書肆，反得究心於學。三昆中其季子有志希古，因之得名，龍山九老中所謂霞西翁名復粲者也。君幼時，貧不能事科舉，勤力以養親，母疾則刲股，父疾則嘗糞，躬行初不令人知。其心得於經史百家，人亦罕知之者。比壯且老，所博覽甚富，以書田之穫默務收藏，蓄積萬卷者倍蓰，數十年搜討幾徧，而於大儒大忠孝，尤愛重殘文賸字，護惜如異珍。于是得與同里三杜君輯成《蕺山劉子全書》四十卷，復自輯《劉子書補遺》二十四卷，書皆刊行。念劉子之門祁忠惠完節最先，更與諸杜校刊《忠惠文集》。劉子之學實本姚江，又輯《王門弟子淵源録》。先劉子而殉於甲申者，施忠愍獨無後，爲輯其緒言爲《忠愍集》。王門私淑之徒，徐文長最奇，爲輯其《遺事》四卷，皆將付刊，而君病，乃不果。他如《越中金石廣記》、《詩巢香火證因》、《朱太守事實》、《於越詩繫》、《娥江詩輯》、《遂武侯志》、《沈氏古今人表》及《瓜瓞譜》等書，大都徵國故，揚先懿，述祖舊，多可傳者。餘雜箸、碑帖之目，姓名之紀，凡數十種，不勝録。其勤也如此。余近年歸里，與君始定交，以爲吾越之獻在是，夫豈阿好哉？君以道光三十年二月哭兄致疾，遂不起，年七十有二。尺莊翁哭之哀，謂自此郡中無知古者。後三月，尺莊翁復逝。嗚呼！一鄉文獻盡矣。君先世多潛德，追遠表微，不遺餘力。族遠祖明忠愍公不祀，爲尋得其墓，且與尺莊翁爲復建新祠于蕺山，歲與忠介並祭之以爲常。既疾，以不與詩巢之祭，且不得掃忠愍墓爲恨。其乃心名教，終身不懈，非有得於是而能然耶？先是，郡大夫重君品學，欲見之，不可。會有詔徵孝廉、隱逸，將以君應，未上而君没，時皆惜之。配錢氏，同德稱孝，早卒。生一子，昉；二女，適士族。是年　月　日合葬於賢莊黄耇田之原。昉也既葬君，以狀寄京師，求余文其外碑，稷辰乃爲之表。

現存《快園道古》卷首張岱序字跡與正文不同，當是影抄，張岱落款後鈐有『張岱之印』及『天孫』兩枚陰文朱印，此二印又見於張岱手稿本《琯朗乞巧録》張岱自序之末，經對比，爲同兩方印所鈐。此二印沈復燦自何處得來，一個合理的推測是，張岱身後，遺書一直爲子孫深藏，但有部分著作在文人學者中傳抄，而沈復燦應曾去張岱後人家中抄録了一大批張岱的著作，并鈐蓋了後人手中留存的張岱印章。

沈復燦抄録此批書後，又請當時同鄉兼好友蔡名衡校勘此書，抄本中『名衡參』『衡釋』『衡評』等評批當是其手跡。蔡名衡字陸士，號詩船，又號蘭谷、青昭、巢蓮居士，蕭山諸生，工於詩，《兩浙輶軒續録》卷二十四所引可略見其詩格：

姚燮《序》略云：詩船先生之詩無浮豔，無閧聲。擬諸雲，容容裔裔，舒卷自如，鳥影山光，寫其閒致。擬諸水，渟然而止，泠然而流，碧藻紅魚，清澈可數。

陶濬宣曰：君家永興，習聞鄉先生毛西河、陳苑青、王凌雲、何石瓠諸家并其遠祖謙齋先生之緒，以習爲詩，又與鷗社諸君相酬唱，故詩學益進。然與諸先生各不相襲，一種清轉雅静之氣，溢乎行間。嘗自題其集曰：『窗前落葉時時掃，都是中郎本色詩。』深造自得之境，可以想其旨趣矣。

蔡氏著作多未刊，有《二樹先生外紀》一卷（朱格抄本，國家圖書館）、《蔡詩船詩稿》一卷（稿本，浙江圖書館）、《小柯亭詩集》二十四卷（清抄本，存卷一至三、卷十三至十八，浙江圖書館）、《望古遥集》無卷數（抄本，南京圖書館）。《小柯亭詩集》卷十五有『壬辰元旦，郁香泉袖出「行年五十一」印章贈賀，云即日命鈍刀勒此。良工辛苦，曷勝拜嘉。曾憶白香山詩有「長慶二年秋，我年五十一」之句，漫以「行」字改製「我」字，頗無行跡之見。雪窗夜坐，拈筆寄謝』一詩，詩中復有『奇石撐勁質，頻煩舊例仍。去年見贈『行年五十』印章。五十轉眼疾，馬齒忽加長』之句，可知壬辰年蔡五十一歲，考壬辰爲道光十二年（一八三二），逆推五十年，則蔡名衡當生於乾隆四十七年（一七八二），其卒年則不可考。沈復燦比蔡名衡年長三歲。《小柯亭詩集》卷十五有『沈霞西得古硯一方，田水月製。銘云「葉塘制古石有芒，主人工者書與方。箋百草，摹二王」。上有「端古」二篆文，書刻俱佳，諸人題咏甚夥，索予拙作，勉成七言一首』，可窺沈、蔡交游之一斑。南京圖書館藏蔡名衡手批本沈復燦《鳴野山房書畫記》，卷首有蔡名衡題識：『蕭山蔡名衡陸士甫假閲一過。癸未立夏，内有釋。』癸未即道光三年（一八二三），而沈抄《快園道古》避乾隆以前諱，全書無『顒』『琰』二字（嘉慶諱），不避道光『寧』字諱，則此書當抄録於嘉慶時，蔡氏批校當在嘉道之間。

後鳴野山房藏書流散，此書抄本歸於紹興漁渡富商兼藏書家董金鑑（一八五九—一九二二）。董金鑑，字竟吾，生平見《紹興縣志資料》第一輯及《清國學生兵部員外郎銜二品封典會稽董竟吾先生五十九歲生日徵詩文啓》（紹興圖書館藏）、《董竟吾壽言録》（浙江圖書館藏）及董金鑑曾孫董松《漁家渡董久大史料補遺》等。《董竟吾壽言録》上虞章球《讀董子竟吾六十徵文啟書後》云：

予友董子竟吾，好讀書，過目不忘，喜與人談古，洞見其得失。且歷歷於歲月、人名，不遺一字。惟絶口不言今人，問之，曰：『今古借鑑，得失所同。我輩爲古人訟不平且未遑，當代之事宜留爲後世談古者訟之。』此其所見爲何如乎！尤刻意於藏書，編次可二萬餘卷，而於殘篇闕疑者益蒐之集之不遺餘力。其言曰：『吾無所願，但求爲野拾遺，稍釋古人之憾耳。網羅散失，所不敢言也，或覓單辭片言於劫灰中，殷勤而拂拭之，如受托孤之命，唯恐其得而復失也。故苟入吾橐者，偏質名宿，必期翔實於來兹，不復使闕疑以失其真，此吾之所志也。』嗟乎！聞斯語可知斯人矣。其生平所獲者富，藏樓常五六十楹，待訪編目者又千數百種。歲周甲矣，猶窮年兀兀，旁搜遠紹而勿倦，不亦見其勤且勞哉！可見董氏品性志趣。董氏商號名『董久大』，藏書樓則名『取斯堂』。據董光緒戊申（一九〇八）爲《快園道古》所作序，未言此書有缺佚，則書在董家時仍是全本。董氏爲此書作序，當是已有刊刻的想法，不知何故，此書最終没有刊刻，不然，此書當可以完整面貌示人，而没有之後的曲折了。

董金鑑晚年居住上海，民國十一年（一九二二）卒於上海寓所，并歸葬漁渡。身後『董久大』産業日漸敗落。二十世紀五十代初『土改』期間，董家被劃爲大地主，財産被分，圖書亦被没收，先存放於湯浦區公所，又歸於魯迅紀念館，終歸於魯迅圖書館，即今紹興圖書館。然而僅存一、三兩册，第四册則流入中國書店。今中科院圖書館藏本中有三枚中國書店標籤，根據標籤内容，大致可以推測，中國書店所得僅此一册殘本，後以八元的價格售與中科院圖書館，時間大概在五十年代末、六十年代初。標籤背面有藍色『葉淺予』字跡，則此書葉淺予當借閲過。除了葉外，此册似一直乏人問津，也從無書目著録過，深藏固扃，故一直不爲人所知。

四

此次重新整理《快園道古》，以紹興圖書館及中科院圖書館所藏三册十四卷（卷一至卷五，卷十二至卷十五、卷十六至卷二十）爲底本，所缺部分（卷六至卷十一）則取《聞聞録》補足，重合部分則以《聞聞録》爲校本，並標以＊號。異體字、古今字、通假字一般不出校。張岱《夜航船》《琯朗乞巧録》《明紀史闕》等書多有與《快園道古》内容相重者，則《快園道古》亡佚部分必有存於以上各書者，然已淆然莫辨，不敢妄補，以合昔人『闕疑』之訓。前人整理《快園道古》，取田易《鄉談》以補缺失，然取新發現者（卷十六至卷二十）比勘，實多誤收。依據現有文本，兩書重複部分集中在《鄉談》前三十多條，今依據《快園道古》現存部分及《聞聞録》，體味文風，斟酌語意，去除重複，自《鄉談》得三條疑似爲《快園道古》佚失篇目者，然猶不敢必是，故置於附録。此外，另列《聞聞録》二序、《聞聞録》博物類所收《快園道古》未收條目、《六紅詩話》相關條目爲附録，以備閲讀此書者參考。

此次重新整理，紹興圖書館所藏兩册及《聞聞録》通校由筆者負責，中科院圖書館所藏一册則由鄭凌峰負責，之後各自又覆核了對方負責部分，前後歷時三四月之久，雖云盡心盡力，却難言盡善盡美。願大方之家能匡我二人不逮，指出疵病，則我二人幸甚，張岱幸甚。

在此書整理過程中，羅琳、莫曉霞、唐微、方俞明、陸蓓容、漆德文、趙素文、汪政、朱學博、李開升、卿朝暉、陳小林、葉静超等師友，或代爲查檢，或釋疑解惑，或導覽故地，皆古道可風，給予我二人以莫大的幫助和支持。讀者諸君能讀到此新版本，不當忘記他們的功勞。

己亥年五月廿八日，路偉識於玉公橋燈窗下。

快園道古序

説部書之盛，其在明世乎？當時前後七子互相標榜，靡其風者，人人以秦漢自命。雖在賢達，擩染既久，其有出人一頭者，不傾其所積不止。一篇既出，衆口交訣，積訣不疑，梨棗遂夥。陶氏之《續説郛》，沈氏之《紀録彙編》，曹氏之《明世學山》，其淵藪也。然而千兔之毫，曾無一麟之角，荒忽鄙俚，彌望皆是。而何氏之《語林》，李氏之《明世説》，獨見賞于曲園俞氏，謂可與劉義慶《世説》、王讜《唐語林》、孔平仲《續世説》彙爲一編，以成小説家之巨觀。如曲園言，吾鄉陶菴先生是編，亦其選已。

先生本世家子，年五十遭國變，杜門謝朋好，著書等身。其《石匱藏書》、《越人三不朽圖贊》、《西湖夢尋》、《陶菴夢憶》諸作，俱膾人口。是編門目一仿《世説》，而于鄉邦黎獻，搜羅潛曜，十居三四。雖不及《夢憶》、《夢尋》之雋雅，然以此肩隨何、李，亦爲可觀。嗟夫！昔之君子，所以疲耗心力于言語文字之間者，蓋以己之所得，假託于筆研，使受而讀之者，各可因其事理之相近，有所效見而措之於行。若夫陰凝陽戰，玄黄未剖，尺霧之隱，危同朝露，其亦善刀而藏可矣。乃復畚拾叢殘，孜孜不倦，如先生者，其亦黍離麥秀之寄乎？豈凡爲説部家比也！

題曰『快園』，園本御史大夫五雲韓公别業，後歸韓壻諸氏，明末又歸陶菴，蓋即錦鱗橋之韓衙池。此又留心桑梓者所不可不知已。

光緒戊申，會稽後學董金鑑。

快園道古小序

張子僦居快園，暑月日晡，乘凉石橋，與兒輩放言，多及先世舊事，命兒輩退即書之，歲久成秩〔一〕。因爲分門，凡二十類，總名之曰『快園道古』。蓋老人喃喃喜談往事，如陶石梁先生所記《喃喃録》者，無非盛德之事與盛德之言，絶不及嘻咲怒罵，殊覺厭人。後生小子見者如端冕而聽古樂，則惟恐卧去。若予所道者，非堅人之志節則不道，非長人之學問則不道，非發人之聰明則不道，非益人之神智則不道，非動人之鑒戒則不道，非廣人之識見則不道。入理既精，仍通嘻咲；談言微中，不禁詼諧。余與石梁先生出口雖異，其存心則未始不同也。

世間極正經極莊嚴之事，無過忠孝二者，而東方曼倩偏以滑稽進諫，老萊子偏以戲彩承歡。在君親之側尚不廢諧謔，而况不在君親之側乎？則是世之聽莊嚴濩語而過耳即厭者，孰若其聽詼諧謔笑而刺心不忘？余蓋欲於詼諧謔笑之中竊取其莊言法語之意，而使後生小子聽之者之忘倦也。故飴一也，伯夷見之謂可以養老，盜蹠見之謂可吕沃户樞。二三子聽余言而能善用之，則黄葉止啼，未必非小兒之良藥矣。

歲乙未九月哉生明日，陶菴老人書於龍山之渴旦廬。

【校】

〔一〕按，『秩』爲『帙』之俗體，又作『袟』。

快園道古目次

【校】

〔一〕『佚』原作『逸』，據内文改。

附録

快園道古卷之一盛德部

明古劍陶菴張岱著

陶菴曰：馮子猶集《古今笑》，以德行爲迂腐，遂將獻章求嗣、周木問安，皆以一笑抹之。則古之二十四孝，泣竹扇枕，何事不是兒戲，而至今稱爲絶德耶？《論語》記『鄉人儺，孔子朝服立於阼階』。聖人遇極兒戲之事，必存一分正經，用以持世。乃敢以極正經之事而槩視爲兒戲也哉？集盛德第一。

劉文成曾祖濠，爲宋翰林掌書，每陰雨積雪，踞高阜，望其突無烟者賑之。宋亡，林融爲宋起義，元使使簿録融，株連盡其里。濠盛治牛酒，延使者其家，醉之，胠其篋，私記其渠率二百人，而自火其室。使者走火失録。濠佯爲使者游覈，第以所記二百人上，而里人所全者以千計。

*吴尚書琳家居，太祖遣使察之。使者至公舍旁，見一人坐小兀，拔秧布田，貌甚端謹。問曰：『此間有吴尚書者家，何在？』公斂手對曰：『琳是也。』使者還，白狀。召入爲冢宰。

冢宰陳恭介致政歸，夫人遣舍人兒迓於西湖，索綯蓋數百〔一〕。恭介訝問故，對曰：『夫人言，杌隉數椽，何恃不爲暑雨計？』聞者嗟歎。

【校】

〔一〕『綯』，原作『油』，浮簽改作『綯』，據改。天头有批云：『索綯以禦暑雨，「蓋數百」三字連讀。』又浮簽云：『「索油蓋」爲是，非「索綯蓋」也。名衡參。』

*張少參繼孟，年未五十致仕，家徒四壁，居旁建茅屋三楹，扁曰『一笑亭』，日觴詠其中。客至，第肅至堦，送亦不出門。即朝貴往訪，止折簡相答。間留客，不過脱粟飯，或出蔬果，杯酒三五巡即止。凡造門者，得公一飯，深以爲榮。

*黄副使卷，盛年歸里。家去城三十里〔一〕，經歲不一至。至則市童見敝輿，群指曰：『黄公來矣！』居常好客，客在座，徐起臨庖，服犢鼻衣，治具無兼味，畢乃盥手更衣出，率以爲常。常借農具於隣，其人欲舁送之，力辭，自肩至田。

【校】

〔一〕『三十里』，耿定向《萬崖黄公外傳》作『四十里』。

＊王新建封拜，見父執，事之甚謹。冬節拜牌，新建貂蟬乘馬，從者言：『韓尚書在後。』新建亟下馬，立道左。韓至，不下輿，第拱手曰：『伯安行矣，予先往。』新建拱立俟其過，乃上馬。時人兩賢之。

＊羅春坊洪先大魁天下，官修撰，侍其父憲副雙泉公於家。客至，令衣冠行酒，拂席授几，如命從事。公欣然服役。

太祖築泗州陵寢，中多襍塚，有司請徙之，太祖曰：『此皆我家舊隣舍，祭時可人予一分麪，春秋仍許其出入祭掃。』

鍾山孝陵成，門外有吴大帝冢，工部請擇地别徙，太祖曰：『孫權亦是好漢子，留他守門。』

南京宫殿成，太祖與高后往視，見輪奂嵯峨，輒歎曰：『胡做亂做，做出如許事業！』仰視，見有畫工在上，自悔失言，呼下欲除之。高后示畫工以意，自摸其耳，畫工遂假作耳聾，屢呼不應。太祖使人摘下，問是耳聾，遂赦之。

太祖常怒宋濂，使人即其家誅之。高皇后是日茹素，上問故，后曰：『聞今日誅宋先生，妾不能救，聊爲持齋，以資其冥福耳。』上悟，即馳驛赦之。

蕭山何兢父舜賓，以御史謫戍，赦歸，忤縣令鄒魯。詭言赦無驗，械送戍所，屬解人掩殺於昌國寺。捕兢，竄奔父友王鼎家。伺魯遷官，兢募死士，伏錢唐沙上，擊魯垂斃，矐其目，棄道旁，仇民以糞塗其口得活。兢詣廉訪自首，廉訪語稍阿魯，兢齧臂肉噴入公座，廉訪不能斷。上聞，遣官即訊，坐魯死，兢比唐梁悦例，戍福寧。正德改元，赦還。

*朱太守明和，事親極孝，自縣令至知府，皆奉其封公以往。凡坐堂，於堂後設一簾，每事必告而後行〔一〕。歲時燕會，必於堂上設筵，封公上坐，自隅坐侍飲，極聲伎之奉。常自言曰：『朱瑞鳳可爲榮親極矣！』郡中縉紳有設席者，必着人問曰：『有封公帖否？』無封公帖則不赴。

【校】

〔一〕『後』，《聞聞録》無此字。

朱明和待兄弟極友愛。作縣時，出謁司道，其弟得獄中重囚賄，悉縱之。獄吏倉皇走白，屢言之不應，獄吏長跽曰：『縱囚，大事也，有礙主人官守，何置之不問？』明和笑曰：『蠢才！衙内相公放去，決不是白白放去，你急他怎地？』

*朱明和在仕途，其族人有假其書牘當道關説者，事露，家人請治之。明和曰：『朱瑞鳳鄉會報至，我族人皆欣欣有喜色〔一〕，却是爲何？』

【校】

〔一〕『欣欣』，《聞聞録》作『欣然』。

*先文恭少年讀書龍光樓〔一〕，有祕室，爲太僕公私藏。凡親戚臧獲盜取貨物者，進出其前，文恭埋頭讀書，都如不見。

【校】

〔一〕『先文恭』，《聞聞録》作『張文恭』。

*先文恭試禮部〔一〕，出羅文懿門，放榜日，挾門生刺往候，文懿咲曰：『我與若結髮友也，奈何以一日遂廢半生？』固辭不受。文恭熟視良久，曰：『誠哉言也！然非羅康洲不肯，非我張陽和不敢。』遂坐上座。

【校】

〔一〕『先文恭』，《聞聞録》作『張文恭』。

＊朱文懿當國，有江右房師子以貢入廷試，文懿知之，往拜。房師子造宅回拜，百結鶉衣，自挾一刺。文懿欵之書齋，欲屬選司授一美缺，言之不應。夜冷加煖耳，强而後受。次日以煖耳送門上，不辭而歸。文懿去位，方出就選〔一〕。

【校】

〔一〕『方』，《聞聞録》作『始』。

陶恭惠以八座家居，一敝袴十年不易，補綴無完幅。朱少師衡岳里居，侍養封公，客至，常身自行酒，毫不介意。

＊席應珍髫年即辭家學老氏，孝於母。母死之後〔一〕，祀享必慟哭。或謂：『親愛既割，何必若此？』應珍曰：『吾法當割愛入道，然世間豈有不孝神仙？』〔二〕

【校】

〔一〕『之』，《聞聞録》無此字。

〔二〕此條《聞聞録》移入『博物』類。

*薛文清與王振同鄉，振薦之起用，不肯赴振謝〔一〕。振怒，中以危法，當刑。門人皆奔走哭，文清神色自若。振有老僕，伏竈下抱薪而哭。振怪問之，僕曰：『聞今日薛夫子將刑，故哭也。』振感悟，遂得釋。

【校】

〔一〕『赴』，《聞聞録》作『詣』。

*蘇人范從文，文正公的裔也〔一〕。洪武中爲御史，忤旨，下獄論死。上閱獄案〔二〕，見其姓名、籍貫，遽呼問曰：『若非范文正後乎？』對曰：『臣仲淹十一世孫也〔三〕。』上命取帛五方〔四〕，御書『先天下之憂而憂，後天下之樂而樂』二語賜之〔五〕，諭曰：『免汝五次死。』人稱上憐才，而歎文正遺澤之遠也。

【校】

〔一〕『的裔』，《聞聞録》作『嫡裔』。

〔二〕『上』，《聞聞録》作『明太祖』。

〔三〕『十一世孫』，按《萬姓統譜》載爲『十三世孫』。

〔四〕『上』，《聞聞録》作『太祖』。下一『上』字同。

〔五〕『御書』，《聞聞録》作『書』。

＊楊鐵崖避地松江〔一〕，有一貴游子弟破産流落，數踵先生門。一日，竟持先生所購倪雲林畫去。左右欲發之，先生曰：『吾哀其困，使往見一達官，以書畫爲介耳，非盜也。』竟置不言。

【校】

〔一〕『避地』，《聞聞録》作『居』。

＊楊尚書翥有厚德。居京師，乘一驢，鄰翁老而得子，聞驢鳴輒驚，公遂鬻驢徒行〔一〕。天久雨，鄰垣穴瀦水其宅〔二〕。家人欲與競，公曰：『晴日多，雨日少。』後復侵越其址，公作詩曰：『普天之下皆王土，再過些兒也不妨。』金水橋成，詔簡有德者試涉，廷臣首推公焉。

【校】

〔一〕『鬻』，《聞聞録》作『賣』。

〔二〕『其宅』，《聞聞録》作『流溢』。

＊楊二山至孝，爲吏部侍郎，朝參畢，輒閉户謝客，終日侍母側。盥漱巵盂，搔摩扶掖，必躬任之。春時爲村粧，負太夫人迤逦行花叢中，婆娑香蔭，供取娱悦。

*文徵仲書畫盛行〔一〕，有以贋筆就正者，必曰『真蹟』。人問其故，曰：『賣畫求售，是必貧子。我一言阻之，舉家受困矣。』

【校】

〔一〕『文徵仲』，《聞聞録》作『文徵明』。按文徵仲即文徵明。

*陸師道師事文衡山，人謂：『陸公已貴，胡折節乃爾？』公曰：『文先生以藝藏道，無適非師。』奉之益篤。

*洪武初〔一〕，有孝子王漸，作《孝經義》五十卷。凡鄉里有鬪訟之事，漸即詣門，高聲誦《義》一卷，情即解釋。後有病者，亦請誦書。

【校】

〔一〕『洪武』，《聞聞録》作『明洪武』。

*劉祭酒弟璡，方軌正直。祭酒常夜呼與語，璡必下牀著衣立，然後應。祭酒怪其久不答〔一〕，璡曰：『向束帶未完。』

【校】

〔一〕『久』，《聞聞録》無此字。

*家始祖松菴公與某人同開藥舖〔一〕。先生四子，而是人乏嗣，欲求公爲種一子。一日，留公於其家，酒醉之〔二〕，扶入内寢，命其妻侍寢。公酒醒，見其妻，大驚，起，其妻挽住道其故。公曰：『不難，呼若家長來，吾有話説。』其妻走覓其夫，公逸出。次日語其夫曰：『汝無子，皆因斵喪之故。今後伴我宿，候内人經期過，則放汝入内。』如公言，後果得一子。公後病革時，夢神人告之曰：『汝有陰德，與汝子孫紗帽一船。』

【校】

〔一〕『家始祖松菴公』，《聞聞録》作『張松菴』。

〔二〕『酒』，《聞聞録》無此字。

*孔寺丞坦率宏恕，於物無争。所居園圃近水，有盗夜涉，盗其蔬果，寺丞曰：『晦夜涉水，恐有淪溺〔一〕。』即爲造橋。盗慚，不復渡。

【校】

〔一〕『淪溺』，《聞聞録》作『淪没』。

*姚蘇州善下車，訪知處士王賓，命駕往見之。及門，賓望見騶從，趨告姚曰：『恐驚老母，乞損騶侍。』善至里門下車，徒步自入，教人毋從。

*董進士損齋以差過岳州，劉忠宣宅憂在里，損齋造謁。忠宣留之飦，飦麥糈，饌惟糟蝦，無他具。損齋感省，終身砥礪清節。

*太宰屠襄惠公度量寬厚。里有柴姓者，假稱屠公子，沿途騷擾，人以聞於公。公但呼而戒之曰：『汝爲吾子，置汝父於何地耶？法有明禁，自今慎無復爲此。』其人頓首謝罪而退。

*楊文懿公守陳，以洗馬乞假歸。行次一驛，其丞不知爲何官，與之抗禮，且問公曰：『公職洗馬，日洗幾馬？』公曰：『勤則多洗，懶則少洗。』俄而報一御史至，丞乃促公讓驛。公曰：『此固宜然，待其至而讓未晚。』比御史至，則公門人也，跽而起居。丞乃蒲伏謝罪〔一〕，公卒不較。

【校】

〔一〕『蒲伏』，《聞聞録》作『匍伏』。

*鄒立齋智年十六中四川解元〔一〕。迎宴日，閭巷觀者藉藉嘆羨。公馬上占絶句云：『龍泉山下一書生，偶占三巴第一名。世上許多難了事，市兒何用喜相驚。』比上春官，里中朝貴謂曰：『予見某省解元與子相若也。』公喜其爲同志，亟訪之。其人忽問曰：『子省榜首坊金，視衆舉子增幾何？』公大恚，即拂衣起，不答而出。

【校】

〔一〕『十六』，《聞聞録》誤作『六十』。見《明史·鄒智傳》。

*豐布政慶一日行部，有知縣以賍敗，聞公至，乃以白金爲燭饋之，公未之省。既而廳子以告，公佯曰：『試燃之。』廳子曰：『燃而不着。』公曰：『燃不着，則還之。』次日，從容謂知縣曰：『汝燭燃不着，將去换來。』終不露其事。

*吉水彭教，天順八年會試，宿逆旅，樓上傾盆水，有金釧墮地，其蒼頭匿之。行十餘日，資斧乏，乃白其事。公曰：『急返之。』僕曰：『如返，則誤試期矣！』公曰：『此必女子所墮，父母以其私與人，徵求急，必致死。人命事大，試事小耳！』亟返，其女政欲自盡，見釧得活。至京，果逾期，是年闈中失火，八月重試，彭乃狀元及第。

松江曹定菴以憲副歸里，家甚貧。太守使人餽粟以斗計。易簀前，太守以粟至，曹公不受，作書曰：『老夫不食三日矣，不敢虚賢府公之賜。』其清介如此。

*三原温純封翁，少鬻豆腐〔一〕，日必羨銀數分，留以防老，四十餘年，銀且盈百〔二〕。一日他出，封婆聞隣家賣妻女完官〔三〕，分別甚慘，爲之墮淚。封公歸問，封婆告之故。封公曰：『渠所欠幾何，何不以我所藏與之？』封婆曰：『我亦有是意，慮汝不捨耳。』封公曰：『亟與弗遲。』隣人得銀事解，妻女亦免去。是夜夢天賜一子。封婆年踰六十，而癸水復至，遂生温純。少年登第，官至尚書，而二老皆壽登百歲。

【校】

〔一〕『鬻』，《聞聞録》作『賣』。

〔二〕『盈』，《聞聞録》作『滿』。

〔三〕『封婆』，《聞聞録》作『封母』。下三『封婆』同。

胡參政存齋好周旋賓客，多所貽贈，家人厭之。有客來訪，屬閽人辭以出外。存齋無事燕居，即懸一牌在門，曰『胡存齋在家』。

楊椒山讀書容城寧國寺，寺門有屠者供其饘粥，三年不怠。公既登第，屠者不復來見。及令諸城，一至署候公，公贈以一縑、白金二十兩。屠者曰：『某豈爲金帛來耶？』辭不受。後公以忤嵩下獄，每秋讞，必侍其夫人母子入京，候問甚謹。公赴義，家人不知，獨屠者經紀其槀葬事，設奠痛哭而去。

＊冀元亨以通濠事下獄，臬司逮其妻李氏與二女，俱不怖，曰：『吾夫平生尊師講學，豈有他哉！』獄中治麻枲不輟，暇誦書詞詩〔一〕。事旦白，守者欲出之，李氏曰：『未見吾夫，吾出安歸？』臬司諸僚婦召見之，辭不赴。已，潔一室就見之，則以囚服見，手不釋麻枲。問：『爾夫何學？』曰：『吾夫之學不出閨門袵席間。』聞者悚然。

【校】

〔一〕『書』，《聞聞録》無此字。

＊劉方伯毅督學山東，考某學，至晚掩門，號燈下有士子稿完，而謄止半篇者。方伯就燈下閲其稿，謂曰：『汝文不特冠場，且將連捷。』撤案前燭與之，坐至二鼓，俟其謄完，遂定第一。士子名吴光龍，丙午、丁未捷兩榜，爲浙江巡鹾御史。

*張莊懿公巡按山東，初到臨清行香，偶酒家望子掣落其紗帽，左右皆失色。公恬不介意，取紗帽著之徑行。明日，知州鎖押酒家請罪，公徐語曰：『此上司往來處，今後酒標須高挂些。』亦不與知州交一言，徑遣出。

*陳白沙訪莊定山，莊攜舟送之。有士人附載，滑稽無忌，定山怒，至厲聲色。白沙則否，當彼談時，若不聞其聲；及彼既去，若不識其人。定山大服。

*江纘石公偶立門首，遇一醉人呼名罵之，公徐徐入〔一〕。次日〔二〕，里人牽其人登門謝罪，方恐其不解也，公乃詫曰：『何爲至此？』其人叩頭求釋，公曰：『我昨日並不出門，何曾有人罵我？』酒食而遣之。

【校】

〔一〕『徐徐』，《聞聞録》作『徐』。

〔二〕『次日』，《聞聞録》作『明日』。

*孝子丘鐸既葬母，乃結廬墓側，朝夕上食如生時。當寒夜月黑〔一〕，悲風蕭颼，鐸恐母岑寂，輒巡墓號曰：『鐸在斯，鐸在斯！』其地多虎，聞鐸哭聲，輒避去。

【校】

〔一〕『寒夜月黑』，《聞聞録》作『寒宵月夜』。

*李遠菴居官清介，即門生故吏，不敢以一物餽之〔一〕。鄭曉，其得意門人也。袖一布鞋，逡巡不敢出手。遠菴問：『袖中何物？』鄭曰：『曉之妻手製一布鞋，送老師。』遠菴遂取而著之。生平受人餽，止此而已。

【校】

〔一〕『一物』，《聞聞録》作『物』。

*江文昭公凡所着衣衫〔一〕，不論好惡，人至者，任衣之而去，竟不問。後有韓尚書罹無妄之禍，公歸問夫人云：『家中所有幾何？』夫人云：『舉家所有，不過爾爾，恃以爲饑寒備者〔二〕。』公曰：『韓公有事，安論家爲？』即盡纖悉贈之。

【校】

〔一〕『衣衫』，《聞聞録》作『表衫』。

〔二〕『爲』，《聞聞録》無此字。

*朱少師恒嶽侍養其封公，有所指使，不命臧獲，必身親爲之。夏畦辛苦，封公命以黍肉

餉其長年，少師必親携行烈日中，恐拂封公意，不敢張蓋。

朱少師元配莊夫人晉封一品。易簀之時，子婦咸集，莊夫人曰：『吾將死，無以教訓若輩。』因指所服布裾，補綴無完幅，曰：『此吾適朱氏粧奩裾也，吾服之三十年，未嘗易一新裾，汝輩誌之。』

莊夫人隨朱少師之蘇州府治，解任之日，夫人行槓有大卷箱六，綑載甚固。少師駭異，命於堂上發之，皆夫人在署所紡綿絲，別無他物。少師咲曰：『村婦行藏不能改也。』命封固載還之。

先君大滌以魯國相署篆嘉祥。前令趙二儀缺庫銀千兩，胥吏留難其喪輀、妻孥。先君見其妻孥相向哭，自解其橐金完庫，復鎔其金帶贈行。邑人爲立張國相捐金碑。

先君子待婢僕極寬厚，即有過犯，未嘗少加聲色。見兒輩有怒笞臧獲者，輒誦陶淵明《誡子書》曰：『彼亦人子，可善視之。』

*余狀元煌，封公心咸先生，性卞急，待其諸子極嚴厲。公及第後，少忤封公意，輒令長跽廳事。有時扑責，則伏地受杖，非命起，不敢動移。僮僕、親朋有窺見者，急出避之。

*會稽謝寤雲以武科狀元官至都護，家居患病。時川黔不通，附子一枚價直八十兩，用以入藥，命蒼頭炙之。蒼頭不慎，煅以猛火，遂成煤炭。寤雲知之，曰：『悮也。』舉炭棄之，一字不加譙訶。

*歙縣程鐸，萬曆丁酉上公車，揚州夜泊，見一婦携週歲兒赴水〔一〕。救起問之，言隣家失火，急起走避，其衣不全，恐天明，故赴水。程留之前艙，解衣衣之，黎明送其起岸。十三科後爲崇禎戊辰，程入場，隣號一少年，燭欹焚其卷。程閲其稿，甚佳，『請以惠我』，少年許之，遂得中式。一日少年問曰：『先生際遇之奇，曾有陰德否？』乃言及此事。少年驚起曰：『此吾母也，週歲兒即某也。當年吾父謂吾母昏夜投客舟，遂棄吾母，吾母無以自白。如先生言，先生其今之柳下惠矣！場中焚卷，天以此報先生也。歸當述之吾父。』後少年父母相好如初。

【校】

〔一〕『婦』，《聞聞録》作『婦人』。

＊南陽李文達大父家種棉花，載賣湖湘。有三商交值三百兩訖，忽邸舍失火，燒罄。三商窮蹙，幾欲自盡。公慰之曰：『汝貨未及舟，尚爲我物。物失值存，我應還汝〔一〕，汝若失此貨本，何以爲生？』即悉還之。

【校】

〔一〕『汝』，《聞聞録》作『爾』。

＊吴江徐孝祥，隱居好學。偶到後園，見樹根坍陷〔一〕，有石甕，皆白金，揜而勿取。踰三十年，值歲飢，祥曰：『是物當出世耶？』乃啓甕，盡數收糴，以散貧人，全活甚衆。

【校】

〔一〕『坍』，原作『栅』，浮簽改作『坍』，據改。

＊張知在上庠日，有白金十兩，同舍生發篋取之〔一〕，學官集同舍生撿得。知曰：『非吾金也。』同舍生感激，夜袖以還。知憐其貧，以半遺之。夫遺人以金，可能也，倉卒得金不認，不可能也。

【校】

〔一〕『篋』，原作『筐』，據《聞聞録》改。

徐鉉市宅以居，後見故宅主貧甚，召謂曰：『得非售宅虧價以致是乎？予近獲撰碑錢二百千，可償爾矣。』故宅主堅辭不獲，命左右輦以付之。

*餘姚王華舘一富翁家，翁妾衆，無子。一夕，有妾奔王寢所，出一紙曰：『欲借人間種。』王即書其旁曰：『恐驚天上人〔一〕。』終不納，明日遂行。是秋中鄉榜。太守夢迎狀元，旌上有一聯云〔二〕：『欲借人間種，恐驚天上人。』明春大魁。太守質所夢，諱而不言。

【校】

〔一〕『人』，《聞聞録》作『神』。下一『人』字同。

〔二〕『旌』，《聞聞録》作『旗』。

嘉靖時，廣東張連倡亂，鎮海縣汪一清爲賊所獲。已而執一婦人至，汪視之，則友人妻也，因紿賊曰：『此吾妹氏，請無污之，以待贖。不則吾與妹俱碎首於此，若曹何利焉？』賊因并汪與婦人閉空室中，昏夕相對，凡匝月始贖歸，終不亂。

*魏文靖公驥，在南都時，官舍止一蒼頭，舉俸貲付之同鄉子。其人請封鑰，公曰：『後生何待先輩薄乎？』時同鄉子有胥以僞銀易之。比公歸，令工碎之，則僞也。工語蒼頭曰：『某

嘗爲此物，出予手，將無是乎〔一〕？』蒼頭以告，公告之曰〔二〕：『慎勿洩，彼將不安。』已而事稍露，同鄉子携貲以償，公曰：『悮矣，予銀故在，未有以僞易者。』

【校】

〔一〕『將』，原作『持』，據《聞聞録》改。

〔二〕『告之』，《聞聞録》無此二字。

*夏忠靖原吉，曾夜閲文書，撫案歎息，筆欲下而止者再。夫人問之，答曰：『適所批者，歲終大辟奏也，一下筆，死生決矣。是以慘阻不忍下也。』

*胡鏡水先生曾祖、祖皆爲清白吏，家貧不能舉火。少時入鄉塾，多枵腹。恐人笑之，高聲誦讀，反異羣兒。時人呼之『胡蚜蟟』。

*周寧宇先生里居恬退，意甚簡樸，入其庭，闃若無人，除讀書外，不見一人，亦不與一事。縉紳有公事傳單至者，先生書其名下，曰：『若有不與者，則願在不與之列。』

*山東許道光爲學士，母喪家居〔一〕。一日族叔負米囊置於路，見學士曰：『汝爲我負之。』

公欣然肩負隨行，送至其家而去。

【校】

〔一〕『家居』，《聞聞録》作『居家』。

*胡少保総制浙直，威權甚重。家僮過淳安，知縣海瑞畧不爲意，家僮訴総制，総制竟無讓〔一〕。一日語藩臬曰：『昨聞海令爲母壽，市肉二觔矣。』蓋異之也。

【校】

〔一〕『無』，《聞聞録》作『不』。

*海忠介在獄，會世廟賓天〔一〕，提牢主事設盛饌欵之。忠介飽啖，飲酒踰常度。主事曰：『先生有所聞乎？何懽之甚也？』忠介曰：『欲作飽鬼耳。』蓋故事明日赴西市，前一夕必與酒飯一次，故忠介自分必死。主事曰：『非也。』附耳曰：『宫車宴駕，先生旦夕出此，且大用矣。』忠介問曰：『果否？』曰：『果矣。』即大慟投體，肴酒盡嘔出，狼籍滿地。絶而復甦，扶歸禁處，終夜哭不輟聲。於此見忠介骨鯁批鱗，罔非忠愛。

【校】

〔一〕『會』，《聞聞録》作『明』。

*海剛峯卒於官，同鄉蘇户部簡點其宦囊，破篋中存俸金八兩〔一〕、葛布一端、舊衣數襲而已。王弇州評之曰：『不怕死，不愛錢，不立黨。』只此九字，爲我明一人〔二〕。

【校】

〔一〕『俸金』，《聞聞録》作『俸銀』。

〔二〕『我明』，《聞聞録》作『有明』。

*徐存齋督學浙中，年未三十。一士子用『顔苦孔之卓』，置四等，批曰『杜撰』。發落日，士子領責，執卷請曰：『宗師見教誠當，但「顔苦孔卓」寔出揚子《法言》，非杜撰也。』存齋起立曰：『本道僥倖太蚤，未嘗學問，承教多矣。』拔置一等。

*周文襄忱閲一死獄，欲活之無路，形于憂歎。使吏抱成案讀之，至數萬言，背手立聽，至一處，忽點首曰：『幸有此，可生矣！』遂出此人。

*蕭山方伯王三才，爲某省提學，别太夫人之任，太夫人曰：『汝父在日，凡遇考試，慮考劣等，寢食爲之不寧。汝今作提學〔一〕，須記吾言，不可多發劣等。』後三才考試，六等絶少，而四、五不過數人。

【校】

〔一〕『作』,《聞聞録》作『爲』。

大司空墨池王公精於佛理,登第後即斷葷血,絶嗜慾,後竟不食鹽醋,服淡二十餘年。其夫人師事之,朝夕晤對,執弟子禮甚謹。

*陳玄宴先生爲余諸叔蒙師。萬曆癸卯,大父延至邸館,於司馬郎署應順天鄉試〔一〕。揭榜日,先生中式,於小寓聞報後〔二〕,仍至館中課業如故。大父意其落第〔三〕,不敢問。少頃,見小録,趨賀先生,先生謝曰:『誠得僥倖附名。』神色不動。

【校】

〔一〕『陳玄宴』至『鄉試』數句,《聞聞録》作『陳元宴先生舘於張某司馬郎署,應順天鄉試』。

〔二〕『於小寓』,《聞聞録》無此三字。

〔三〕『大父』,《聞聞録》作『張某』。

*陶蘭亭公住陶堰,城中造新宅。其尊人念齋公卒於京邸,旅櫬歸,公扶櫬入城,迎入新宅。凡厨匽、厩庫無不徧歷,至一處,必向櫬告曰:『此地作某事用。』纖悉告之。仍供中堂,三年然後出殯。

*胡冏卿璞完先生〔一〕，性極長厚。元旦出拜年，乘小舟過水閣，婦人潑水適中公舟，袍幘皆濕。從人與鬨，公曰：『新春元旦，人家都要吉利，一與角口〔二〕，則舉族驚惶，萬萬不可。』遂敕返棹歸家，易衣再出。

【校】

〔一〕『冏卿』，《聞聞録》無此二字。

〔二〕『角口』，《聞聞録》作『口角』。

*徐參政檀燕，通籍三十年，家業不踰中人。族人兩縉紳争尺寸地，治兵相殺，訟累歲不已。檀燕出橐中貲，各與百五十金，争乃罷，有古人『毁璧止鬭』之風〔一〕。罷官歸，惟躭於詩酒，常夢中得句曰：『風清鳥定泉鳴枕，夜静僧歸月滿床。』其襟期之曠達如此。

【校】

〔一〕『璧』，《聞聞録》作『壁』，似誤。

快園道古卷之二學問部

明古劍陶菴張岱著

陶菴曰：古之博識有二，有從學問得者，有不從學問得者。沈寔、畢方、騶牙、巫雀，是從學問得者也；俞兒、貳負、龍鮓、梟毛，是不從學問得者也。徑而趨之與迂其道而至者，其所至則一。孔子辨萍實而歸之楚謡，辨肅慎之矢而歸之世史。蓋不欲以生知廢學問也。集學問第二。

*楊用修在翰林，武宗閲《文獻通攷》〔一〕，天文星名有『注張』，内閣取《祕書通考》，又作『汪張』。中使下問欽天監及翰林各官，皆莫能對。用修曰：『注張，柳星也。』歷引《周禮》《史記》《漢書》以復。

【校】

〔一〕『武宗』，《聞聞録》作『明武宗』。

楊用修淹博群書。『湖廣土官水盡潦通塔平長官司進貢』，同官疑爲三地名，於『長官司』上添一『三』字。用修曰：『此六字地名也。』取《大明官制》証之。

張鶴樓上疏言時政，論學術不正，有『喬宇嵬瑣』之語。上問内閣，用修適在館中，即取《荀子·非十二子篇》以復。

高皇帝微行，見虹蜺，口占二語：『誰將紅緑線兩條，連雲和雨繫天腰。』難續下韻，政費吟哦，一士問故，戲續云：『應是晚來鑾駕出〔一〕，萬里長空架玉橋。』帝甚喜之，使爲某處布政。

【校】

〔一〕『鑾』，原作『鸞』，浮簽改作『鑾』，據改。

楊椒山學樂於韓尚書，尚書欲製十二律之管，管各備五音七聲而成一調。椒山退而沉思，廢寢食者三日，夢大舜坐殿上，授椒山以金鐘曰：『此黄鍾也。』醒而汗，恍若有悟，起篝燈促役製管，至明而成者六。已而十二管成，尚書歎異之，曰：『昔余輯《志樂》成〔二〕，而九鶴飛舞於庭，其應乃在子矣。』

【校】

〔二〕『志樂』，疑當作『樂志』。

北平宫闕成，文皇帝命解縉書門帖。縉搆思甚苦，偶見小書『日月光天德，山河壯帝居』，即書以進。上大喜，賜賚甚厚。

成祖巡北，有白鵲之瑞。仁宗監國，例有賀表，命贊善某撰稿，以示楊士奇。楊曰不着題，因改兩聯，一云：『望金門而送喜，馴彤陛以有儀。』又云：『與鳳同類，蹌蹌於帝舜之廷；如玉其輝，皜皜在文王之囿。』仁宗喜曰：『此方是帝王家白鵲氣象。』

文皇帝中秋夜宴，月爲雲揜，召解縉賦詩。縉口占《風落梅》一闋，其詞云：『嫦娥面，今夜圓。下雲簾，不着臣見。拚今宵倚欄不去眠〔一〕，看誰過，廣寒殿。』上覽之懽甚，爲停杯以待。夜午，月復明，上大咲曰：『解縉真才子奪天手也。』命宮人賜以巵酒，盡懽而罷。時人比之李白《清平調》。

【校】

〔一〕『拚』，原作『搆』，據《琯朗乞巧録·慧業》改。

*成祖一貴妃死〔一〕，致祭，召學士解縉讀祭版。讀時止白紙一張，内書四『一』字。縉即讀曰：『巫山一片雲，峨嶺一堆雪，上苑一樹花，長安一輪月。雲散，雪消，花殘，月缺，嗚呼哀哉，尚饗！』上悦〔二〕。

【校】

〔一〕『成祖一貴妃死』,《聞聞録》作『永樂時一妃死』。

〔二〕『上悦』,《聞聞録》無此二字。

*孫蕢爲藍玉題畫〔一〕,太祖見其畫〔二〕,命殺之。臨刑,蕢賦詩曰:『鼉鼓三聲急,西山日又斜。黄泉無客店,今夜宿誰家?』上問監殺指揮:『孫蕢死時有何語?』指揮以此詩對〔三〕。上曰:『有此好詩,而汝不奏聞〔四〕,何也?』竟殺指揮。

【校】

〔一〕『孫蕢』,原作『孫賁』,據《石匱書》本傳改。

〔二〕『太祖』,《聞聞録》作『明太祖』。

〔三〕『此』,《聞聞録》無此字。

〔四〕『汝』,《聞聞録》作『爾』。

*正德間有妓女,失其名〔一〕,於客所分詠,以骰子爲題,有句曰〔二〕:『一片寒微骨〔三〕,翻成面面心。自從遭點污〔四〕,抛擲到如今。』座客驚歎。

【校】

〔一〕『失其名』,《聞聞録》作『馬湘蘭』。

〔二〕『句』，《聞聞録》作『詩』。

〔三〕『寒微』，《聞聞録》作『堅貞』。

〔四〕『污』，《聞聞録》作『後』。

徐文長《闕篇》成，自序用『怯里赤馬』。先大父尚幼，私語人曰：『徐先生那得誤「怯里馬赤」作「怯里赤馬」邪？』其人往告，文長曰：『幾被後生覷破。』

陳松，六合人。客游順德，止郵舍，題詩牆間，有『山色三分猶白晝，鐘聲十里已黄昏』之句。亭長猝辟客曰〔一〕：『太守來！』松蹌踉走。太守至，讀牆間詩，訐亭長故，曰：『奈何逐詩人！』榜之，亟物色松，松去已遠。太守，李于鱗也。

【校】

〔一〕『猝』，原作『倅』，浮簽改作『猝』，據改。

*柳小虞瀫家有屏畫《石崇金谷園》圖〔一〕，二女鬟私語。小虞題其上：『何事雙鬟口語慇，明朝賓客集如雲。行酒徵歌都不恨，座上怕有王將軍。』文長常稱之。

【校】

〔一〕『瀫』，《聞聞録》作『瀫』。

*方正學過嘉禾，見朱買臣棄妻之墓，曰『羞墓』。作詩咏之：『青草塘邊土一坵，千年埋骨不埋羞。丁寧囑付人間婦，自古糟糠合到頭。』

*陸詩伯咏雪下枇杷樹詩：『一株枇杷樹，兩个大丫叉。』後韻未成，吴匏菴續之曰：『未結黄金果，先開白玉花。』陸搖首曰：『脂粉氣。』

*錢鶴灘應童子試，作『非帷裳，必殺之』而忘其註。破題曰：『服非常之服，刑非常之刑。〔一〕』書旨背謬〔二〕，而文字典古〔三〕，文宗杖而取之。

【校】

〔一〕『服非常之服，刑非常之刑』，《聞聞録》作『非先王之法服，服先王之上刑』。

〔二〕『背』，《聞聞録》無此字。

〔三〕『而』，《聞聞録》無此字。

*于忠肅少時賦《石灰》詩，有云：『千搥萬鑿出深山，烈火叢中煉幾番。粉骨碎身都不顧，只留清白在人間。』遂成詩讖。

錢鶴灘歸田，有言江都妓美，即訪之，既至，已嫁鹽賈。公往叩求見，賈令妓出見之，衣裳縞素，出白綾帕請留詩句。公即書曰：『淡羅衫子淡羅裙，淡掃蛾眉淡點唇。可惜一身都是淡，如何嫁了賣鹽人。』

*郭定襄送岳正詩曰：『青海四年羈旅客，白頭雙淚倚門親。莫道得歸心便了，天涯多少未歸人。』又曰：『甘州城南河水流，甘州城北胡雲愁〔一〕。玉關人老貂裘敝，苦憶生平馬少游。』李西涯稱其詩爲國朝武臣之冠〔二〕。

【校】

〔一〕『胡雲』，《聞聞録》作『塞雲』。

〔二〕『國朝』，《聞聞録》作『有明』。

*張江陵奪情，編修吴中行、簡討趙用賢疏上，江陵大怒，即日受杖，驅出國門，同官不敢候見。許文穆方以庶子充日講，鐫玉杯一，曰『班班者何卞生淚〔一〕，英英者何藺生氣，追之琢之永成器』，以贈中行。鐫犀杯一，曰『文犀一角，其理沉黝。不惜剖心，寧辭碎首？黄流在中，爲君子壽』，以贈用賢。

【校】

〔一〕『班班』，《聞聞録》作『斑斑』。

徐文長游五泄，寺有石鼓，令門人王海牧刻字其上，曰：『銀河墮流，觀者忘休。深林無人，杳不可留。』

馬湘蘭有畫蘭扇一柄，前有九妓題咏。徐文長跋其後曰：『南國才人不下千百，能詩文者九人而已。才難，不其然乎！』

*越僧某索畫於沈石田，寄一絶云：『寄將一幅剡溪藤〔一〕，江上青山畫幾層。筆到斷崖泉落處，石邊添個看雲僧。』石田欣然畫其意答之。

【校】

〔一〕『幅』，《聞聞録》作『副』。

徐文長一端石研，曾攜入獄中者，銘曰：『演《易》治《書》，汝則從予；白水蒼山，我寧不汝俱。譬諸小白毋忘帶鉤，仲毋忘檻車。』

徐文長銘其所用羅盤曰：『斗宵縣北〔一〕，姬旦指南。道者妙用，在股掌間。』

徐文長一《石磬銘》曰：『客話餘，煮茗罷，三一聲，秋月下。』

徐文長《竹臂閣銘》曰：『閣臂以書，停毫摹想，是故刻王氏父子於上。』

徐文長《鼉磯研銘》曰：『箕翕舌，飲河水。斗何之？化七豖。隕而爲石兮歸野史。』

徐文長衣袖二銘，一曰：『語則舉，默則止。小人軒軒，君子幾幾。』一曰：『有口而不語，爾取；有口而不啜，爾節。』

徐文長《四仙圖贊》：鐵拐李，曰：『色身不全，謂非法器。此虚言耳，神光斷臂。』鍾離權，曰：『是宜上昇，爲神仙祖。無罣礙心，是活子午。』吕喦，曰：『遍游人間，翁常見人。人不見翁，索翁以形。』張果老，曰：『當其騎驢，不免尋覔。今其下驢，欲覔何物？』

【校】

〔一〕『斗宵』，疑當作『斗霄』。

徐文長《端石研銘》曰：『頷則燕而虎爲頭，眶則螭而鸜鵒爲之眸。彼飛而食肉，此飛而飲於流，墨卿耳，何足以侯？』

徐文長《鼉磯研銘》曰：『稠隃麋，一何捷。敗潁兔，猛於獵。馬善走，必蹄齧。才難哉！』又曰：『拔中山，吾女訝。猶勝彼攻即墨者，終歲而不能下。』

*先大父游雁宕〔一〕，拾寒谿石子爲研〔二〕，作銘曰：『與女識，谿之側。人喚女〔三〕，是寒山。我喚女，是拾得。』

【校】

〔一〕『先大父』，《聞聞録》作『昔有張某』。

〔二〕『研』，《聞聞録》作『硯』。

〔三〕『女』，《聞聞録》作『爾』。下一『女』字同。

李崆峒作詩，一句不工，即棄去不録，何大復深惜之。李曰：『自家物終久還來。』

*松江唐士雅雙目失明〔一〕，聽書數千卷。陶菴遇之蕪湖，陶菴適著《義烈傳》，以目録讀

呼書記一一寫出，補入二百餘人。與聽，恐有未備，乞士雅查之。士雅閉門七日，喃喃默念，云已查徧二十一史，某代尚有某某，

【校】

〔一〕『松江』，《聞聞録》作『昔』。

先大父携聲伎往游曹山，陶石梁作《山君檄》討之，有曰：『爾以絲竹，穢我山靈。』大父作《曹山判》曰：『誰云鬼刻神鏤，竟是殘山剩水。』陶司成見之，謂石梁曰：『文人也，可犯其鋒？不若自認。』乃磨崖鐫此四字。

*胡少保燕將士爛柯山，酒酣樂作，命沈嘉則作鐃歌。嘉則援筆立就，有云：『銜枚疾走五千兵，密受將軍號令明。狹巷短兵相接處，殺人如草不聞聲。』胡起，捋沈鬚曰：『何物沈郎，雄快若是！』

*姑蘇李氏女善詩，偶拾半錢，咏曰：『半輪殘月掩塵埃，依希猶見開元字。想見清光未破時，買盡人間不平事。』

吴徹爲陳友諒賓師，間行覘我，有縛以獻者。高帝素聞徹名，解其縛，使題《天閑百馬圖》。徹應上詩曰：『問渠何日渡江來，百騎如雲畫鼓催。九十九中皆汗血，當頭一個是龍媒。』高帝奇之，度其不爲我用，乃刺『詭譎秀才』於面，遣之還。

嘉靖戊午，倭亂崑山，夏生爲倭所獲，自稱能詩。倭將以竹輿乘之，令從行，日與唱和，竟免禍。久之乞歸，厚贈而返。夏稱倭將亦能詩，其咏《丈菊》有云：『五尺欄干遮不盡，還留一半與人看。』

*舊院妓馬湘蘭有詩云：『自君之出矣，不共舉瓊巵。酒是消愁物，能消幾個時？』王穉登稱之曰：『即唐之魚玄機、李季蘭，何遂能過！』

*《水滸傳》形容汴京燈景云：『樓臺上下火照火，車馬往來人看人。』只此十四字，古今燈詩燈賦，千言萬語，刻畫不到。

*孝宗御經筵〔一〕，問講官曰：『吴融何以字若川？』講官不能對。有中書某對曰：『臣聞天地之氣融而爲水，結而爲山。臣意「若川」之字吴融，其猶「次山」之字元結。』孝宗大喜，命

改授翰林。

【校】

〔一〕『孝宗』，《聞聞録》作『明孝宗』。

嘉靖中，胡梅林總制浙閩。文場揭榜，中式舉人七十七名，總制命徐文長人送一對。詞彩穎發，妙不可言，而更妙於貼合名次，一字不可改移。

徐文長以《白鹿表》名世，其中警句『奇毛灑雪，島中銀浪争輝；妙體摶冰，天上瑶星應瑞』，語只平平耳，不若其《代進白靈龜靈芝表》有云：『蹁然素雪，應堪蓮葉之巢；龜千歲，則巢蓮葉之上。覆以青雲，正合蓍莖之守。』此聯工確，匪夷所思。

*古人墓銘愈簡愈妙。孔子銘季札云：『嗚呼，有吴延陵季子之墓〔二〕。』傅奕自銘墓曰：『傅奕，青山白雲人也，以醉死。』一語名世，何必長篇累牘然後不朽。

【校】

〔一〕『季子』，原作『君子』，浮簽改作『季子』，據改。

＊桑悦補博士弟子。部使者按水利下邑，悦前謁之，書刺『江南才人桑悦』，使者大駭。已偵知悦名，延之校書，預刊落以試悦。悦校至不屬，即索筆請書亡誤〔一〕。使者大悦。

【校】

〔一〕『索』，原作『幸』，『亡』，原作『卞』，據《聞聞録》改。

嵩山僧贈眉公木癭爐，眉公銘之曰：『形固可使爲槁木乎？心固可使爲死灰乎？惟我與爾有是夫！』

＊王弇州曾集詞人賦緑牡丹，連篇累牘，具未極其風韻。一人忽投一絶云：『雨後捲簾看霽色，却疑苔影上花來。』衆各自失。

快園道古卷之三經濟部

明古劍陶菴張岱著

陶菴曰：司馬温公破甓救兒，在童穉時已具有救時宰相手段。蓋事在倉卒，出死入生，止有此着，即使宿學老謀籌畫終日，無以易此。昔人理亂絲，取刀斷之曰：『亂者須斬！』此不過一時苟且應急之言，問其頭緒，則未之有得也。古人處事，如入荆棘叢中，掉臂能出，則非具大經濟者不能也。集經濟第三。

*王新建平宸濠，武宗下詔親征，人情洶洶。二中貴先至浙〔一〕，新建張燕於鎮海樓，酒半，屏人去梯，出二篋示之，皆中貴交通逆藩之書也〔二〕，罄篋與之。中貴感激，從中維護之。新建得以免禍。

【校】

〔一〕『浙』，《聞聞録》誤作『江』。按鎮海樓在杭州。

〔二〕『之』，《聞聞録》無此字。

*王陽明既禽逆濠，囚於浙省〔一〕。武宗南征，駐蹕留都，中官誘令陽明釋濠還江西，俟御

駕親獲。差二中貴至浙諭旨，陽明責中官具領狀〔二〕，中官畏怯，事遂寢。

【校】

〔一〕『浙』，《聞聞録》作『江』。下一『浙』字同。

〔二〕『責』，原作『貴』，據《聞聞録》改。『中官』，《聞聞録》作『中貴』。

*武宗南巡還〔一〕，當彌留之際，楊介夫已定計擒江彬。慮其邊兵數千人，倉卒爲變，因謀之王晉溪。晉溪曰：『當録其扈從南巡之功，至通州頒賞。』於是邊兵盡出〔二〕，而彬遂就擒。

【校】

〔一〕『武宗』，《聞聞録》作『明武宗』。

〔二〕『盡出』，原無『出』字，據《聞聞録》補。

*黔國公沐朝弼犯法當逮，朝議皆難之。謂朝弼紀綱之卒且萬人，不易逮，逮恐生變。張江陵擢用其子，而馳單使縛之，卒不敢動。既至，請貸其死，而錮之南京。

*羅通以御史按蜀，蜀王富甲諸國，出入僭用乘輿、鹵簿，通欲檢制之。一日王過御史臺〔一〕，公突使人收王所僭用鹵簿，蜀王氣沮〔二〕。藩臬俱來見，問狀，且曰：『報聞王罪且不測，奈何？』通曰：『誠然，公等試思之。』詰旦復來，通曰：『易耳，宜密語王，但言黄屋左纛故玄元

皇帝廟中器，今復還之矣。』玄元皇帝〔三〕，玄宗幸蜀建祀老子者也〔四〕。從之，事乃得解。王亦自歛。

【校】

〔一〕『過』，《聞聞録》作『至』。

〔二〕『沮』，原作『阻』，據《聞聞録》改。

〔三〕『玄元皇帝』，《聞聞録》作『玄元皇帝廟』。

〔四〕『玄宗』，《聞聞録》作『明皇』。

梅衡湘總制三邊，鹵獻鐵數鎰，云：『此沙漠新産也。』公受之曰：『此冀我弛鐵禁耳。』乃以其鐵鑄一劍，鐫云：『某年月某王贈鐵。』因告諸邊：『鹵中已産鐵矣，不必市釜。』後鹵以缺釜來請，公曰：『汝國産鐵，可自冶也。』鹵使諱言無有，公乃出劍示之。鹵使叩頭伏罪，不敢欺公一言。

張佳胤令滑，巨盜任敬、高章詐傳密旨，挾匕首以千金劫張，張曰：『庫藏空虛，我將貸諸豪右。』乃手書十人名，令人持百金來。十人素善捕盜者，須臾，人捧二十金以進。公佯怒曰：『賦汝百金，胡二十也？』取法馬兑之，良久，賊少懈。一人前，忽躍而就之，刺一人，餘皆就縛。

*祁門胡興爲趙王長史。漢庶人將反，密使至，趙王大驚，將執奏之。興曰：『彼舉事有日矣，何暇奏乎？萬一事泄，是趣之叛〔一〕。』一日盡殲之。漢平，趙王讓還護衛，宣宗聞斬使事，曰：『吾叔非二心者。』趙遂得免。

【校】

〔一〕『趣』，《聞聞録》作『趨』。

喬白岩爲應天府尹，武宗南巡，江彬所領邊兵皆跋扈驕横，白岩命於南方教師中取其最矮小而便捷者百人，每日與彬相期至教場比試。南人輕捷，北人麄坌，方欲交手，或撞其脇，或觸其腰，皆倒地殭卧。江氣大阻喪，而異謀亦寢。

黄淮爲相，阿魯台遣使納欵，請并女直、吐番聽其約束。廷臣多許之，獨淮曰：『此鹵奸謀。使各爲心，則易制；并之，難圖矣。』文皇曰：『黄淮如立高岡，無遠不見。』遂不許。

*康陵好佛，自稱『大慶法王』。外廷聞之，無徵以諫。俄内傳番僧請腴田千畒，爲大慶法王下院，乃書『大慶法王』，與聖旨並傳。尚書傅珪佯不知〔二〕，執奏：『孰爲大慶法王者，敢與至尊並書？褻天子，壞祖宗法，大不敬。』上弗問，寺田竟止。

【校】

〔一〕『傅珪』，原作『珪』，據《聞聞録》及《琯朗乞巧録・救時》補『傅』字。

*法司奏：『石亨等既誅，其黨冒奪門功，陞官者數千人，俱合查究。』上召李賢曰：『此事恐驚動人心。』賢曰：『朝廷許令自首免罪，事方妥。』于是有功者四千餘人盡首改正。

王威寧出軍安陸。一日大雪，方坐地爐，使諸妓抱琵琶，捧觴侍。一千户詷鹵還，即召入，與談鹵事，甚悉，大喜曰：『寒矣。』手金巵飲之。復談，則益喜，命絃琵琶侑酒，併金巵予之。又談，則又喜，指妓中最麗者賜之。自是千户所至，輒效死力。

*莊浪土帥魯麟爲甘肅副將〔一〕，求大將不得，恃其部落强，徑歸莊浪，以子幼請告。有欲予之大將印者，有欲召還京師予之散地者〔二〕。劉忠宣曰：『彼虐，不善用其衆〔三〕，無能爲也，然未有罪。今予之印，非法；召之不至，損威。』乃爲疏奬其先世之忠，而聽其就閒，麟卒鞅鞅病死〔四〕。

【校】

〔一〕『土帥』，《聞聞録》作『土師』。

〔二〕『予』，《聞聞録》作『與』。
〔三〕『不善』二字原無，據《石匱書・劉大夏列傳》補。
〔四〕『鞅鞅』，《聞聞録》作『怏怏』。

*汪青湖知泗州，武宗南巡〔一〕，報駕且至〔二〕，州邑徬徨，民皆逃匿〔三〕，公獨凝然不動，曰：『駕來未的，科派肆擾，費集而駕至則善，倘費集而駕不果至，將奈何？〔四〕』時中使絡繹道路，恣爲求索〔五〕。公率壯士百餘人列舟次，呼聲震地。中使沮喪〔六〕。公麾使人牽舟速行〔七〕，頃刻百里，遂出泗境。後有至者，歛戢不敢肆，而公復禮遇之〔八〕，於是皆咎前使而深德公。

【校】

〔一〕『武宗』，《聞聞録》作『明武宗』。
〔二〕『且』，《聞聞録》無此字。
〔三〕『民皆逃匿』，《聞聞録》無此四字。
〔四〕『駕來』至『奈何』數句，《聞聞録》作『信未確，費集而至則善，費集而不果至，奈何』。
〔五〕『恣爲求索』，《聞聞録》無此四字。
〔六〕『沮喪』，原作『阻喪』，據《聞聞録》改。
〔七〕『舟』，《聞聞録》作『船』。
〔八〕『而』，《聞聞録》無此字。

盧次楩爲邑宰陷死罪，以其家富，無敢白者。陸莊簡繼令濬，欲出之，告臺使者，使者曰：『此人富有聲。』陸曰：『但當問其枉不枉，不當問其富不富。果不枉，夷、齊無生理；果枉，陶朱無死法。』使者曰：『其原案若何？』陸曰：『原案謂枘之雇工人，因病轉雇某應役，後代役者向枘索工錢，枘遂毆之死，法應抵。據職勘之，某若系轉雇應役，自當從雇彼者索錢。今乃向枘索錢，則爲枘之雇工人無疑矣，當從民家毆死雇工人律坐徒。』枘竟免死。

周文襄忱所卧榻韜燈留筆簡，籌度有得，輒起注之，雖氣候亦有報偵。一粮長有所侵匿，以江風解，忱曰：『江是日無風，何得失船？』粮長駭服。久之，乃知令金焦山僧日報晴雨風濤。其詳確若此。

己巳之變，朝議燒通州倉，適周忱在京議事，曰：『通州去京四十餘里耳，又有數百萬粮，此可給京軍一歲餉，令自往取。何至付灰燼，而曰無資盜粮耶？』京軍一時騰飽。

*于忠肅超拜兵部侍郎，兼治河南、山西。忠肅命郡邑歲饒則多出官鏹，糴民粟歸庾；儉則吐庾粟，減直以糶。公私得相贍，而於下尤利。齊、秦民飢，徙入河南者，忠肅令邑各給田〔一〕，與之牛、種，而以次責其税，毋令與土箸淆〔二〕，流民不致失所。

【校】

〔一〕『令』，原作『全』，據《聞聞録》改。

〔二〕『土箸』，《聞聞録》作『土著』。

于少保爲本兵。虜將入塞，議者請燒通州倉，以絶虜望。少保令各衛軍預支半年糧，令其往取。於是肩負者踵接，不數日京師頓寔，而通州倉爲之一空。

銅梁張肖甫戢浙江兵變，未入境，而民變復作。公抵臺治事，亂民嘯聚益衆，公曰：『吾奉命戢悍兵，宜自悍民始。』乃召伍長撫之曰：『前幕府誠悮，用汝死力而不汝飽，汝寧無怏怏？』衆唯唯。則又曰：『市無賴子亂成矣，彼無他勞，非汝曹例。汝能吾討捕之〔一〕，吾且以汝功折罪。』衆踴躍聽命，頃刻縛亂民百五十餘人，斬其渠，餘悉釋去。俟明年春汛，發兵哨海，復殲其亂首二魁。二變俱靖。

【校】

〔一〕『能』下疑脱一『爲』字。

許逵令樂陵，流賊猖獗，逵預築城浚隍，貧富均役，踰月而成。又使民各築墻，高過屋簷，仍開墻竇如圭，僅可容一人。家令一壯丁執刀俟於竇内，其餘人皆入隊伍。令曰：『守吾號令，視吾旗鼓，違者從軍法。』又設伏巷中，洞開城門。未幾，賊果至，火無所施，兵無所加，旗舉伏發，盡擒斬之。

永樂間，降鹵多安置河南、東昌等處，生養蓄息，驕悍不馴。方也先入寇，皆乘機騷動，幾至變亂。至是，發兵征湖、貴及廣東西諸寇盜。于忠肅奏遣其有名號者，厚與賞犒，隨軍征進。事平，遂奏於彼，數十年積患一旦潛消。

王文成既平宸濠，武宗親征，北軍至江西，恣肆。文成傳諭百姓：『北軍離家苦楚，居民當敦主客之禮。』每出，遇有死喪疾病者，必停車問勞，厚卹之，北軍感服。會冬至節近，預令城市舉奠。時新經濠亂，哭亡酹酒者聲聞不絶，北軍無不思家，泣下求歸。

劉忠宣出理邊餉。或曰北邊粮草，半屬中貴人子弟包攬，公剛，不免取禍。忠宣曰：『處事以理不以勢，俟至彼圖之。』既至，召邊上父老，日夕講究，遂得其要領，揭之通衢云：『某倉缺粮若干石，每石給官價若干，凡境内外官民客商之家，但願輸者，米自十石以上，草自百束以上，俱准告，雖中貴子弟亦不禁。』不兩月，倉場充牣。蓋往時粮必百石，草必千束方准告，故中貴子弟得以包攬。此法立，民間一有粮草，自得告輸，故倉場立足。

*陳霽巖知開州，大水，賑飢府下。有司議：『極貧者穀一石〔一〕，次貧者五斗。』放賑時編號執旗，魚貫而進。公坐倉門點名，視其衣貌極老而貧者暗記之。次年，上司行牒，再賑極貧者。吏胥禀出示另報，公曰：『不必也。』第出點名簿，暗記極貧者唤領。鄉民以爲神明。

【校】

〔一〕『一石』，原無『一』字，據《聞聞録》補。

*趙豫，松江太守，侍郎周文襄有所經畫，必與之商確。公每見訟者非急事，則諭之曰：『明日來。』人始皆笑之，不知訟者乘一時之忿〔一〕，經宿氣平，或衆爲譬解，因而息者多矣。

【校】

〔一〕『乘』，《聞聞録》『求釋』。

*何良俊曰：『今之撫按，有第一美政所當急行者：要將各項下贓罰銀，督令各府縣盡數糴穀〔一〕；其有罪犯自徒流以下，許其以穀贖罪。大率上縣每年積穀一萬，下縣五千，兩直隸下有縣一百，則每年有穀七十餘萬，積至三年，即有二百餘萬矣。若遇一縣有水旱之災，則聽於

無災州縣通融借貸，俟來年豐熟補還，則凶荒不能爲害矣〔二〕。』

【校】

〔一〕『盡數』，原作『書數』，據《聞聞録》改。

〔二〕『矣』，《聞聞録》無此字。

梅衡湘爲固安令，有中貴乞爲徵負。公設飲，召負者前，訶之。負者訴以貧，公叱曰：『貴人債何債，而敢以貧辭乎！今日必償，徐之，死杖下矣！』負者泣而去。中貴色動，公覺之，乃復呼前曰：『吾故知汝貧，然無可奈何。亟鬻而子女與爾妻孥，速持鏹來。雖然，吾爲汝父母，何忍使爾骨肉驟離。姑寬汝一日夜，歸與妻子訣，此生不復得相見矣！』負者聞言愈泣，中貴亦泣，辭不願徵，爲之破券。

*周新爲浙江觀察使，常巡歷屬縣。微服，觸縣官，收系獄中，與囚語，遂知一縣疾苦。明日往迓觀察，乃出自獄中。縣官慚懼，皆解綬去。由是諸郡縣聞風莫不謹飭。

楊文襄與張永既平安化亂，永復命，文襄於袖中出二疏：一言平寘鐇〔一〕，一請誅劉瑾，永駭之。楊徐言曰：『公班師入，見上，先進寧夏疏，上必就公問，公詭言請屏人語，乃進内變疏。』永曰：『不濟奈何？』楊曰：『他人言，濟不濟未可知；公言，必濟。顧言時須有節次，萬一不從公，公可頓首請上即時召瑾，没其兵器，勸上登城驗之：「若無反狀，殺奴餵狗！」又頓首哭泣，上收瑾必矣。』如公策，瑾果伏誅。

【校】

〔一〕『寘鐇』，原作『鐇寘』，今改正。按朱寘鐇爲明安化王，謀叛被誅。

王璋，河南人，永樂中爲右都御史。時有告周府反者，上欲及其未發討之，問璋，璋曰：『事未有跡，討之無名。』上曰：『俟發則遲矣。』璋曰：『臣請往，可不煩兵。』上曰：『用衆幾何？』曰：『臣一人足矣〔一〕。然須奉勅，以臣巡撫其地乃可。』遂命草勅，即日行。到任，直造周府。王驚愕，問璋來意，璋曰：『人有告王謀反，朝廷已命丘大帥提兵十萬將至。臣以王事尚無跡，故來先諭。』王舉家環跪，哭不已。璋曰：『哭亦何益，願求所以釋上疑者。』曰：『唯公命之。』璋曰：『能以三護衛獻，則無事矣。』王從之。璋出示曰：『護衛軍三日不從者，斬。』不數日而散。

【校】

〔一〕『臣一人足矣』，王鏊《震澤紀聞》載言『得御史三四人隨行足矣』。

周襄敏撫宣大。摠督侍郎以苛刻失衆心，請粮不從，衆遂大閧，圍帥府〔一〕。公時以病告，諸屬告急，公曰：『吾在也，毋恐。』即便服坐院門，召諸把総，佯罵曰：『是若輩刻削之過，不然，諸軍士豈不自愛而至此？』欲痛撻之。軍士聞公不罪己，氣已平，乃擁跪而前，爲諸把総請曰：『非把総罪，乃総制貪財不卹衆耳！』公從容爲陳利害，衆讙曰：『公生我。』遂散去。

【校】

〔一〕『帥』，原作『師』，據《聞聞録》改。

*撫州饑，黄震奉命往救荒，但期會富民耆老以某日至。至則大書『閉糴者籍〔一〕，强糴者斬』八字揭於市，米價遂平。

【校】

〔一〕『糴』，原誤作『糶』，據《聞聞録》改。下『黔督撫檄各衛指揮糴米』條同。

徐杲者，世宗時木匠，由營繕所丞歷官至工部尚書。當乾清宫災，欲除瓦礫，徐云：『基址愈高愈好，可無去。』從之，省工費若干。階簷石乃白玉石，長闊堅厚，皆難其選，應易之。徐以火止及其一面，其三面並好，可翻轉用，省採取扛運工費若干。

陸兵道景鄴蒞黔中，制府檄點諸營軍。點兵多冒濫，遇點則倩人代之，每什不過二三人，稍急之，則脱巾而噪。景鄴初至，即清查七軍，令各魚貫集貢院，身坐大門，禁闌入者。時各兵已點者思出外更番應點，至是術窮。第七軍高拱北，號兵四百名，應點者止五人，遂立斬高拱北。先後汰兵萬人，而兵不敢譁。

*黔督撫檄各衛指揮糴米[一]，既隔歲，復令變價。米既積日多耗，而變價無貿者。鎮遠指揮走告監軍道陸景鄴，景鄴曰：『是不難，命所部先期支餉兩月。各負擔自携，以省轉輸。』既先期，又食佳米，衆争往，數日而畢。即以餉銀補償，衛人感泣。

魏忠賢逮周順昌，蘇民激變，立糜旗校五六人。巡撫毛一鷺束手無措，但抱聖旨牌擠入人叢中，冠帶盡裂。太守寇慎帶牙役直入旂校卧房，搜出白金三千八百兩，令人舁至府治，對衆大言曰：『官旂索詐，贜物具在，明日可據以進本。官旂之頭底在此，諸百姓勿得過於張惶，致悮大事。』衆心稍安，隨即散去。

登子母董太君捐米七百石，賑飢越中。故套：凡賑米之家，强者攫之去，婦女老弱都無顆粒。陶菴刻一票，令里総報定各坊飢户，躬至其家看驗。上貧者給米票若干，次貧者遞減。分城中爲十區，日查一區，次日齎票領米，十日俱徧，其賑米粒粒皆果飢民之腹。

燕客弟以殺人激變，嘯聚萬餘人，攻其内宅，門幾破，衆將舉火以焚其廬。陶菴出募壯士二百餘人入護，諸人曰：『勢大，難與鬭。』陶菴曰：『不要爾鬭，仍要爾攻。』諸人不解，陶菴曰：『爾衆人躋入將破之處，第言：「爾輩何怯，讓我輩生力向前！」一聲張其勢，下手稍緩。俟日晡時，聲言今日晚矣，玉石難辨，俟明蚤攻進未晚也。』一招徑行，餘人皆散。

*周文襄巡撫江南日，巨璫王振當權，慮其撓己也。時振初作居第，公預令人度其齋閣，使松江作剪絨毯遺之，不失尺寸。振益喜，凡公上利便事，振悉從中贊之。江南至今賴焉。

文皇帝御奉天門録囚，既多矜宥，尚慮有枉者，召錦衣衛等官，諭曰：『囚皆久於獄，而初至朕前，久於獄，雖枉不求辯；初至朕前，則畏不敢言。爾等更從容察之，果尚有冤，即來白。』

洪武時，户部奏蘇州連逋三十萬，請論守臣罪。上曰：『積逋不償，民困可知。若逮其官，必責於民，民重困矣。』并所逋赦之。

永樂時，皇太子過鄒縣，見民間灶釜不治，衣皆百結，歎曰：『民隱不上聞若此乎！』時布政石執中來迎，太子責之曰：『爲民牧，而視民窮若此，亦動念否？速往督郡縣，取勘飢民口數，發官粟賑之。毋懼擅發，予當自奏也。』至京，即奏之。上曰：『昔范純仁猶舉麥舟濟父之故舊，况百姓吾赤子乎！』

洪熙元年，上聞淮、徐、山東民多乏食，召楊士奇等草詔免夏税。士奇曰：『可令户、工二部與聞。』上曰：『救民之窮，當如救焚拯溺。有司慮國用不足，必持不决之意，卿等姑勿言，速遣使賫行。』左右言：『地方千餘里，宜有分别。』上曰：『恤民寧過厚，爲天下主，可與民尺寸較量耶？』

嘉靖八年，陝西僉事齊之鸞言：『臣由舒、霍踰汝寧，及經潼關，目擊禾穗無遺，流民載道，偶有居民刈穫，喜而問之，答曰：「蓬也，有綿、刺兩種，子可爲麪，飢民仰此而活者五年矣！」臣見有食者，取而啖之，螫口澁腹，嘔逆移日。小民困苦，可勝道哉！謹將蓬子封題賫獻，乞頒臣工，使知民瘼。』詔命設法賑之。

武宗南巡，駕至淮安，太守薛贇拆去沿河民房〔一〕，以便扯船，縴取絹帛爲之。及過揚州，太守蔣瑶曰：『沿河非臨幸之地，扯船自有河岸，何必拆毁民居？　如有罪，太守自當之。』又江彬傳旨，命揚州報大户，蔣曰：『揚州止四大户：一兩淮鹽運司，一揚州府，一鈔關，一江都縣。百姓窮，别無大户。』彬又傳旨選綉女，蔣曰：『揚州止三個綉女。』江問何在，蔣曰：『民間並無，止知府親生三女，必欲選時，可以備數。』江語塞，事遂寢。

【校】

〔一〕『拆』，原作『折』，據下文改。

天順中，朝廷好寶玩，命中貴查西洋水程故牒。時劉大夏爲郎，先撿匿之。尚書項襄毅公詰曰：『署中牒，焉得失？』劉在傍微笑曰：『昔下西洋，費錢穀數十萬，軍民死者以萬計。此一時弊政，牘即存，當立毁之，猶追究其有無耶？』項再揖謝曰：『公達國體，此位不久屬公矣。』

＊汪待舉知處州〔一〕，民有争訟，呼之使前，面定曲直，不以屬吏。百姓頌曰：『官舍却如僧舍静，吏人渾似野人閒。』

【校】

〔一〕『處州』，《聞聞録》誤作『虔州』。

快園道古卷之四言語部

明古劍陶菴張岱著

陶菴曰：視燕圖者言燕，而燕不核也；及至燕，而始能言燕。則空言之無當於寔見也。盲者摸象，得象耳者曰象如簸，得象鼻者曰象如杵。盲者雖無象見，其胸中猶有簸與杵見也。與其摸象而終不得象，孰若摸象之耳鼻而猶知簸與杵之象？蓋象者假象，而簸與杵者真見也。果有真見，則雖存其言可也。集言語第四。

郁離子曰：『堯舜之於民，猶以漆摶沙；三代之於民，猶以膠摶沙；霸者之於民，猶以水摶沙；後世之於民，猶以手摶沙。』

*太祖郊天〔一〕，祝文有『予』『我』字，上怒〔二〕，將罪作者。桂良彦進曰：『湯祀天曰「予小子履」，武祭文曰「我將我饗」〔三〕，儒生泥古不通，煩上譴訶。』衆得釋。

【校】

〔一〕『太祖』，《聞聞録》作『明太祖』。

〔二〕『上』，《聞聞録》作『太祖』。

〔三〕『饗』，原作『嚮』，《皇明世説新語》亦作『嚮』，據《聞聞録》改，《詩・周頌・我將》作『享』。

＊太祖召浦江鄭濟至京〔一〕，嘉歎其家法，厚賜遣還。高后曰：『聞鄭氏千餘人，老幼一心，爲所欲爲，何事不可，宜設法防之。』太祖又復召問：『汝家十世同居，何以得此？』濟對曰〔二〕：『只是不聽婦人言耳。』太祖大㗛，許即歸里。

【校】

〔一〕『太祖』，《聞聞録》作『明太祖』。

〔二〕『濟』，《聞聞録》無此字。

元幼主死，太祖命作文以祭，多不稱旨。海虞錢甦草一通以獻，中有云：『爾失天下，乃夷狄之所本無；我得天下，乃中華之所固有。』太祖大喜。

德王奏請其母妃之國，詞甚哀切，閣下不能難。尹直曰：『臣能折之。』乃爲詞云：『爾母即我母，我養即爾養，以一國養，不若朕以天下養也。』德王遂服。

＊太祖召宋濂〔一〕，問廷臣臧否，第言善者。復問否者爲誰，對曰：『其善者，與臣交，故知

之。若不善者，縱有之，臣不知也。』卒無所毀。

【校】

〔一〕『太祖』，《聞聞録》作『明太祖』。

*會稽宣温，洪武中被召，上詢以治道〔一〕，温條對甚悉。上因問曰〔二〕：『漢高祖殺功臣，光武全功臣，優劣何如？』對曰：『高祖殺功臣，功臣自殺；光武全功臣，功臣自全。』上悦其言，授四川左參政。

【校】

〔一〕『上』，《聞聞録》作『太祖』。

〔二〕『上』，《聞聞録》無此字。下一『上』字同。

*户部尚書滕德懋〔一〕，坐盜用軍粮腰斬。太祖使使覘其妻〔二〕，妻方績麻於邸，使者告曰：『若夫盜粮十萬，犯辟死矣。』妻曰：『是宜死。盜國家如許粮，不以升合歸贍老妾，其及固宜。』以其妻言末減。

【校】

〔一〕『滕德懋』，《聞聞録》作『滕公某』。

〔二〕『太祖』，《聞聞録》作『明太祖』。

＊陶石梁曰：『世間極閒適事，如臨泛游覽、飲酒奕棋，皆須覓伴尋對，惟讀書一事，止須一人，可以竟日，可以窮年。環堵之中而觀覽四海，千載之下而覿面古人，天下之樂，無過於此。而世人不知，殊可惜也。』

＊陶石梁翻司馬君實語曰：『積金以遺子孫，子孫未必能敗；積書以遺子孫，子孫未必能賣；積德以遺子孫，子孫未必能耐。』與君實三言，尤較深刻。

先大父雨若翁令清江，行取去，繼之者日於公座上打綿綫。上司知之，與諸縣令語曰：『人品不同如此：前清江在此，築城浚隍，無有寧日；而新清江日扯綿綫。』宜春令向上一揖，曰：『此之謂一爲繭絲，一爲保障。』

＊萬士亨、士和舉進士，其父古齋公每致書曰：『願若輩爲好人，不願若輩爲好官。』

徐奇以廣東布政入覲，載藤簟、蠟丸以餽廷臣，邏者獲其單目以進。上視之，無楊士奇名，召問之，士奇曰：『奇自給事中受命赴廣，衆皆作詩贈行，故有此餽。』上曰：『獨不及卿，何也？』士奇曰：『臣時有病，無所作，不然亦不免。今單名雖具，受否未可知，且物甚微，可無問也。』上意解，令煅其單。

*虞德園問蓮池大師曰：『俗言買東西，不言買南北，何也？』師即應聲曰：『南方主火，北方主水，水火家家具足，故不必買。東方主木，西方主金，金木人人所無，寧得不買？』

*張洪陽曰：『我無是心〔一〕，而人疑之，於我何與？我無是事，而人誣之，於我何慙？縱火燒空，何處着熱？風波洶湧，虚舟自閒。』

【校】

〔一〕『是』，原脱，據《聞聞録》補。

*繆當時曰：『疲精瘁神以騖朝市，如蝸牛升壁，涎枯而不知止。歛聰收明以慎屋漏，如虬龍藏淵，牿投而不能動。故善學者愛其身，以爲萬物之主；不善學者輕其身，以爲萬物之役。』

*高景逸曰：『丈夫坎壈在一世，精神在千古。今人爲身後名〔二〕，此何足道？直是一點靈光，可對天地，即與天地俱無盡也。吾輩保此無價之珍而已。』

【校】

〔一〕『身』，原空缺，據《聞聞録》補。

*趙夢白曰：『知天地神人頃刻不離，自然常存敬畏。知祖宗父子榮辱相關，自然愛惜身名。』

*洪武時，一上舍任左都御史，群僚忽之，約二三新差巡按者請教，左都厲聲曰：『出去不可使人怕，回來不可使人笑。』群屬凜然。

*白昂成進士，候鄉先達胡忠安公問處世之要〔一〕，胡曰：『多栽桃李，少種荆棘。』

【校】

〔一〕『鄉先達』，《聞聞録》作『鄉達』。

*陳眉公曰〔一〕：『無爲曰道，無欲曰德，無近於鄙俗曰文，無入於幽暗曰章，是謂道德文章〔二〕。有補於天地曰功〔三〕，有關於世教曰名，有精神曰富，有廉恥曰貴，是謂功名富貴。』

【校】

〔一〕『陳眉公曰』，《聞聞録》無此四字。按《聞聞録》一書凡稱引陳眉公語，皆删去其名，以下不復出校。

〔二〕『謂』，《聞聞録》無此字。下一『謂』字同。

〔三〕『有』，原作『召』，據《聞聞録》改。

＊趙大洲在京師，何吉陽問曰：『大洲近來講學否？』大洲曰：『不講。』吉陽曰：『若不講，何所成就？』大洲曰：『不講，政是我成就處。』

＊楊文襄總制全陝，每諭諸將曰：『無事常如有事時隄防，有事還如無事時鎮静〔一〕。』

【校】

〔一〕『還』，《聞聞録》作『常』。

＊鄧文潔曰：『功名、富貴是兩事，不要輕看功名。世間少功名之士，多富貴之士，如宋韓、范諸公，方稱功名。』

＊陳眉公曰：『讀未見書，如得良友；見已讀書，如逢故人。』

＊徐文貞當國，書之座右曰：『以威福還朝廷，以政務還諸司，以黜陟還公道。』

＊先伯九山年踰六十〔一〕，而精神不減少年。或叩以長生之術，九山曰：『長生何術？吾惟有兩語，爾輩識之：飲食吃得去，只管吃；吃不去這一碗，斷不可吃。色慾做得來，只管做；做不來這一次，斷不可做。』

【校】

〔一〕『先伯九山年踰六十』，《聞聞録》作『九山年六十餘』。

＊陶石梁曰：『每從枕上呼童子，十呼猶未離牀蓐。一日自起推户，而童子已披衣趨走於前〔一〕。以身教者從，以言教者訟。信夫！』

【校】

〔一〕『走』，《聞聞録》作『進』。

＊王文成曰：『後生美質，須令晦養深厚。天道不翕聚，則不能發散，花之千葉者無實，爲其英華太露也。』

＊陳眉公曰：『田鼠化爲鴽，雀入大水爲蛤。蟲魚尚有變化，而人至老不變，亦可嘅也。』

＊陶石梁曰：『蓮之始開也，暮則復合，至不能合，則落矣。人家富貴，如蓮始開，係常有收斂意〔一〕，尚可長久。若一開不可復合〔二〕，吾懼其彫落之不遠也。』

【校】

〔一〕『係』，疑當作『使』，《聞聞録》作『必』。

〔二〕『一』，《聞聞録》無此字。

＊陶石梁曰：『人家父子、兄弟、夫婦之間不相和叶，決無興盛之理，就令偶致富貴，亦有何樂？譬如荆棘林中，雖繁花異卉，爛焉滿目，終無可着脚處也。』

＊陶石梁曰：『小兒掃地，若置垢穢於中庭，其糞除必盡；若掃置屏處，雖堆積狼籍，亦終無運出之理，其意衹欲人不見也。故曰小人之過必文〔一〕。』

【校】

〔一〕『過』下《聞聞録》有『也』字。

陶石梁曰：『世間極奇特事，識破原只尋常。譬如演戲，作諸魔怪，千態萬狀，小兒怖畏呼啼，寢驚夢噩，而長者視之，不直一笑。』

陶石梁曰：『俗語有「淺水長流」之説，余深有味其言。唐人詩云：「一團茅草亂蓬蓬，驀地燒天驀地空。争似滿爐煨榾柮，慢騰騰地煖烘烘。」』

陶石梁曰：『秦檜千古奸人，然亦有一言可取，謂「官職如讀書，速則易終而少味」。方崔、魏擅國時，士大夫至有以臺省曹郎不一二年便服蟒垂玉者。何似隨流平進，反耐咀嚼也。』

景帝意欲易儲，間語太監金英曰：『七月二日，東宫生日也。』英叩頭曰：『東宫生日乃十一月二日。』蓋謂憲宗也。景帝默然。

*丘瓊山過一寺，見四壁俱畫《西廂》，曰：『空門安得有此？』僧曰：『老僧從此悟禪。』丘問：『從何處悟？』僧曰：『老僧悟處在「臨去秋波那一轉」。』

*張洪陽見《玉茗堂四記》，謂湯義仍曰：『君有如此妙才，何不講學？』義仍曰：『此正是

吾講學。公所講是性，吾所講是情。』

＊余肅敏公爲户部時，兩勢家争田未决，部檄公理之。甲以其地名與己姓同，執是故産，公咲曰：『若是，則張家灣着張家認了去。』

＊陳眉公曰：『有人聞人善則疑之，聞人惡則信之，此滿腔殺機也。』

＊陳眉公曰：『人生莫如閒，太閒反生惡業；人生莫如清，太清反類俗情。』

＊吴因之曰：『造謗者甚忙，受謗者甚閒。』

＊屠長卿曰：『人常想病時，則塵心漸减；人常想死時，則道心自生。』

＊一士人從王文成學，初聞『良知』，不解，卒然問曰：『良知何色，黑邪，白邪？』群弟子皆咲。士人慚而面赤。先生曰：『良知非白非黑〔一〕，其色正赤。』

【校】

〔一〕『非白非黑』，《聞聞録》作『非黑非白』。

陳眉公曰：『小兒輩不當以世事分讀書，當令以讀書通世事。』

＊陳眉公曰：『做秀才，如處子，要怕人；既入仕，如媳婦，要養人；歸林下，如阿婆，要教人。』

＊陳眉公曰：『有一言而傷天地之和，一事而折終身之福者，切須檢點。』

＊邵文莊曰：『寧爲真士夫，不爲假道學。』

＊陳眉公曰：『後生輩胸中落「意氣」兩字，則交遊定不得力；落「騷雅」二字，則讀書定不深心。』

＊陳眉公曰：『看中人，看其大處不走作；看豪傑，看其小處不滲漏。』

*陳眉公曰：『待富貴人，不難有禮而難有體；待貧賤人，不難有恩而難有禮。』

吴燕禮曰：『鬚眉之士在世，寧使鄉里小兒怒罵，不可使鄉里小兒見憐。』

*商文毅致政歸，劉文安見其子孫多賢，乃歎曰：『某與公同處若干年，未嘗見公筆下妄殺一人，宜子孫若是。』公應曰：『寔不敢使朝廷妄殺一人。』

*國初〔一〕，朱善爲大學士。太祖問：『卿家豐城，鄉里人物何如？』對曰：『鄉有長安、長樂，里有鳳舞、鸞歌，人有張華、雷焕，物有龍泉、太阿。』

【校】

〔一〕『國初』，《聞聞録》作『明初』。

*施槃在翰林，宣宗問：『卿家吴下，有何勝地？』對曰：『有四寺四橋，皆勝地也。』上問：『何名？』應聲曰：『四寺者，承天、萬壽、永定、隆興；四橋者，鳳凰、采苑、吉利、太平。』

*世宗登極之日〔一〕，御龍袍頗長，上俛視不已，楊廷和奏云〔二〕：『陛下垂衣裳而天下治。』

【校】

〔一〕『世宗』，《聞聞録》作『明世宗』。

〔二〕『云』，《聞聞録》作『曰』。

留都振武軍邀賞投帖，詞甚不遜，衆憂之。徐文貞檄操江都御史出居龍江關，整理江操之兵，萬一有事，即據京城，調江兵杜其入孝陵之路。且曰：『事不須密，正欲其聞吾意。』戒令各自爲計，變遂寢。

戚繼光每以鴛鴦陣取勝，其法：二牌並列，每牌用筤筅二枝夾之，二短兵居後。遇戰，伍長二人低頭執挨牌前進，如已聞鼓聲而遲留不進，即以軍法斬首。其餘緊隨牌進交鋒，筅以救牌，長鎗救筅，短刀、弓矢救長鎗。牌手陣亡，伍下兵通斬。

*屠枰石督學兩浙，禁諸生嚴峻。一生宿妓館，爲保甲所縛，併擒其妓抵署門。保甲入言狀，屠佯爲不見，理案牘自如。保甲膝行前，離兩纍漸遠，屠瞬門役判其臂曰：『放秀才去。』門役潛出之。屠昂首曰：『秀才安在？』保甲愕塞無以對。杖三十，逐之。〔一〕

【校】

〔一〕此條《聞聞録》置於『經濟』類。

*嚴介溪當國，宫中見鬼，多手多目，問張真人，張不能對。或以王弇州博識，往詢之。弇州曰：『何必博識，《大學》云「十目所視，十手所指」，下句是説恁的？』

世宗好言長生，乙丑會試，題『夫政也者，蒲蘆也』，又『民之秉夷，好是懿德』。上問輔臣：『蒲蘆是何物？秉夷是何義？』徐階對曰：『夷是有恒之義，蒲蘆是長生之物。』

宗子相才高，雄視一時。常謂同社曰：『朝廷若無我輩文章之士，則鳳鳥不必鳴岐山，而麒麟化爲檮杌。』

*張寧晚年無子〔一〕，禱於家廟曰：『寧何陰騭，至斬先祀？』傍一妾云：『擔誤我輩，即是陰騭。』

【校】

〔一〕『張寧』，《聞聞録》作『張某』。

＊陳眉公曰：『人有一字不識而多詩意，一偈不參而多禪意，一勺不濡而多酒意，一石不曉而多畫意，淡宕故也。』

＊解大紳常從游内苑〔一〕，上登橋，問縉當作何語，對曰：『一步高如一步。』及下橋，又問之，對曰：『後步高如前步。』上大悦。

【校】

〔一〕『常』，《聞聞録》作『嘗』。

解大紳應制，作《虎顧衆彪圖》詩曰：『虎爲百獸尊，誰敢觸其怒？惟有父子情，一步一回顧。』文皇見詩感悟，即遣夏原吉迎太子於南京。

＊倪鴻寶曰：『岳王祠泥範武穆，鐵鑄檜、卨，人之欲不朽檜、卨也，甚於存武穆也。』

倪鴻寶曰：『聖賢盡性於忠孝，必立命於文章。聖賢不懼不得爲忠臣孝子，懼不得爲文人。』

張鳳翼刻《文選纂註》，一士夫語之曰：『既云文選，何故有詩？』張曰：『昭明太子爲之，他定不錯。』曰：『昭明太子安在？』張曰：『已死。』曰：『既死，不必究他。』張曰：『便不死，亦難究。』曰：『何故？』張答曰：『他讀得書多。』

*全椒舊有項王廟，余翔爲令，一炬焚之。王弇州曰〔一〕：『此殆爲咸陽三月火復讎耳。』

【校】

〔一〕『王弇州』，原作『王弇洲』，據《聞聞録》改。

*朱平涵曰：『講閒話，可以遠口舌；讀閒書，可以文寂寥。此老廢人上上補藥，少年學此則敗矣。』

*朱平涵曰：『古人只説三不惑〔一〕，不及「氣」字，何居？要見此字難去，去了又做不得英雄，惟直養之，則方爲賢聖。』

【校】

〔一〕『三不惑』，《聞聞録》作『三不知』。

*陸平泉爲祭酒，請告歸。時唐荊川以中丞禦倭，歎曰：『公得請，未知余何日歸耳！』陸曰：『某如西賓，病則主人只得放回。公乃良醫，病勢未愈，如何肯放你家來？』

*方揚，歙縣人，隆慶辛未進士。志行端方，常語人曰：『善，陽也。而爲善宜陰，此人身上真水也。』

*徐華亭孫元春舉進士，華亭戒之曰：『無競之地可以遠忌，無恩之身可以遠謗。』咸謂名言。

湯若士嗣君開遠舉賢書，若士作一對與之曰：『寳精神則本業固，謹財用而高志全。』且曰：『吾歌《鹿鳴》三十年〔一〕，而尋一避債臺不可得，爾其念之。』

【校】

〔一〕『三十年』，據《玉茗堂全集·尺牘》，當作『五十年』。

*王心齋曰：『有意於輕功名富貴者，其弊必至於無父無君〔一〕；有意於重功名富貴者，其弊必至於弒父與君〔二〕。』

【校】

〔一〕『無父無君』,《聞聞録》作『矯情自傲』。

〔二〕『弑父與君』,《聞聞録》作『溺情不悮』。

*陳眉公曰:『富貴人須放一分寛,聰明人要學一分厚。』時人以爲名言〔一〕。

【校】

〔一〕『時人以爲名言』,《聞聞録》作『便有無限受用處』。

*王緱山主盟藝壇,四海名士多就之。董玄宰方爲諸生,嶽嶽不肯下,曰:『神仙自能拔宅,何事傍人門户!』

先君在兖東道劉半舫座,半舫善大書,滕邑宰李請其顔署,擬議未得。先君曰:『薛歸於滕,今李宰晉秩郡司馬,宜書滕薛大夫。』半舫稱善。後先君亦請顔署,半舫曰:『能工確如前語乎?』先君曰:『季孟之間,非魯右司而何?』一座叫絶。

*錢彦林曰:『日月在東,光乃在西;日月在西,光乃在東。人所可見者非其體也。體在

此，光滿此，體在彼，光滿彼，便是驕吝。』

【校】

〔一〕『錢彦林』，《聞聞録》作『又』。

*錢彦林曰〔一〕：『日之明過於月，然月有韻而日不韻。乃知太了了處，其韻不無少減。』

【校】

〔一〕『錢彦林』，《聞聞録》作『又』。

*錢彦林曰〔一〕：『金以殺人，戈以殺人，一金從兩戈，安得不殺人？』

【校】

〔一〕『錢彦林』，《聞聞録》作『又』。

錢彦林曰：『天下無真儒，而禪門有真儒；天下無真禪，而儒門有真禪。』

*錢彦林曰〔一〕：『王右丞輞川别墅甚奇勝，然右丞原以娱母，及母亡，右丞遂捨爲寺。園林泉石載以孝友，便覺景物皆含至性。』

【校】

〔一〕『錢彦林』，《聞聞録》作『又』。

思宗曾諭廷臣曰：『岳少保言：「文官不愛錢，武官不怕死，則天下太平。」如今日，文武官與前大不同。文官愛錢不怕死，武官怕死又愛錢。』大哉王言，可謂切中時弊。

江邦柱曰：『諺曰「欠債還錢，殺人償命」。近世土豪巨室，討取租債，威偪至死，屍親討命，問官執法，不過多用幾貫黄錢便可解釋。由此言之，乃是「殺人還錢，欠債償命」。』

鍾伯敬曰：『陳餘遺章邯書，歷數秦功臣之死，曰「功多，秦不能盡封，故以法誅之」。人主待功臣，與造物待文士畧相似。』

*錢彦林曰：『目之明量可周天壤，而域於眶中，物之有光者，以聚不以散也。思不可出位，亦患其光散。』

*錢彦林曰〔一〕：『迫人飲，飲者寡；任人飲，飲者多。故君子之教人，但爲人具佳釀，不爲人嚴觴政。』

【校】

〔一〕『錢彦林』，《聞聞録》作『又』。

錢彦林曰：『凡有挾而求諸古人者，是以釣餌之術讀書。鯤鵬蛟龍不可以絲緡得，能爲江海，則神物自生。』

＊江邦申曰：『勢不可使盡，福不可享盡，事不可做盡〔一〕，話不可説盡。凡事不盡處，意味偏長。』

【校】

〔一〕『事不可做盡』，《聞聞録》無此句。

＊王新建立論，每言人皆可爲堯舜。一日，倉頭辟草階前，有客問曰：『此辟草者亦可爲堯舜邪？』答曰：『此辟草者縱非堯舜，使堯舜辟草，不過如是。』

＊爾藴叔常言〔一〕：『人而無友，不如有仇。見仇人，亦足祛人眉宇間窳惰氣。』

【校】

〔一〕『爾藴叔』，《聞聞録》作『張爾藴』。

＊陳眉公曰：『吾本薄福人〔二〕，宜行厚德事；吾本薄德人，宜行惜福事。』

【校】

〔一〕『吾』，《聞聞録》無此字。下一『吾』字同。

＊陳眉公曰：『宦情太濃，歸時過不得；生趣太濃，死時過不得。甚矣，有味於淡也。』

＊陳眉公曰：『一念之善，吉神隨之；一念之惡，厲鬼隨之。知此可以役使鬼神。』

＊陳眉公曰：『救荒不患無奇策，只患無真心，真心即奇策也。』

＊陳眉公曰：『吾不知所謂善，但使人感者即善也；吾不知所謂惡，但使人恨者即惡也。』

＊陳眉公曰：『嚴君平賣卜，與子言依於孝，與臣言依於忠，與弟言依於悌。終日講學，而無講學之名，此真講學者也。』

＊陳眉公曰：『好談人閨門及好談人禍患者，必爲鬼神所怒，非有奇禍，必有奇窮。』

*陳眉公曰：『俗語近於市，纖語近於娼，諢語近於優。士君子一涉此，不獨損威，亦難迓福。』

*陳眉公曰：『喜時之言多失信，怒時之言多失體。』

*陳眉公曰：『留七分正經以度生，留三分癡呆以防死。』

*陳眉公曰：『静坐，然後知平日之氣浮；守默，然後知平日之言踈〔一〕；省事，然後知平日之費妄；閉户，然後知平日之交濫；寡慾，然居知平日之病多〔二〕；平情，然後知平日之念刻。』

【校】

〔一〕『踈』，《聞聞録》作『躁』。

〔二〕『病多』，《聞聞録》作『多病』。

*陳眉公曰：『任事者，當置身利害之外；建言者，須設身利害之中。』

武宗朝，韓公文欲攻劉瑾，屬李夢陽具奏草，曰：『毋文。文，覽弗省也。』曰：『毋多。多，覽弗竟也。』此言極得告君之體。

神宗呼光宗至膝下，出一對曰：『敬天地。』光宗對曰：『孝父母。』神宗曰：『平仄不叶〔一〕。』光宗曰：『韻雖不叶，舍却父母，不敢上並天地。』

【校】

〔一〕『仄』，原作『夊』字，天頭有蔡名衡批：『當是仄字（衡釋）』，據改。

陳眉公曰：『余極喜誦南宋陳仲微二語〔一〕：禄餌可以釣天下之中才，而不可啖嘗天下之豪傑；名航可以載天下之猥士，而不可沉陸天下之英雄。』

【校】

〔一〕『陳仲微』，原誤作『陳微仲』，據《宋史》本傳及費元禄《甲秀園集·清課》改。

陶石梁曰：『夏月之蚊，其噆人膚，必回翔審視，喋人之血而人或不知；至秋月，則傯遽無理，遇人便螫，血未濡吻而身已糜碎。晚近貪吏，皆秋月蚊也，固是品格日下，亦是時序使然。』

陶菴曰：『世亂之後，世間人品心術歷歷皆見，如五倫之内無不露出真情，無不現出真面。

余謂此是上天降下一塊大試金石。』

陶菴曰：『世界鼎革，譬如過年清銷帳目，余見積善與積不善之家俱有奇報，而目前造孽之人受報尤速者。此是年近歲偪，賒取年貨，一到除夜都要銷算，不能久延也。』

陶石梁曰：『慈湖先生曰，先君常步至蔬圃，謂園丁曰：「吾蔬每爲人盜，取何計防之？」園丁曰：「須捹一分與盜者乃可。」先君顧某曰：「此園丁吾師也。」作家者亦宜知此意。』

*陶石梁曰：『狄仁傑不識婁師德，每於武后前稱仁傑之賢〔一〕；寇準短王旦，而旦專稱其美。人皆服二公德量。余謂此深於涉世者，非獨德量之過人也。行之久久，不特令人主見重〔二〕，亦當令其人聞而自媿。』

【校】

〔一〕按此句前似當重『師德』二字。

〔二〕『特』，原作『持』，改作『特』，據改。天頭有蔡名衡批：『當是特字（衡釋）。』

*江邦玉曰：『李綱極善作事，苦不得君；王安石極爲得君，不善作事；孔明忠而早死，人

恨其夭;褚淵老而失節,人恨其壽。是以謂之缺陷。』

*陳眉公曰:『富貴功名,上者以道德享之,其次以功業當之〔一〕,又其次以學問識見駕馭之〔二〕,其下不取辱則取禍。』

【校】

〔一〕『其次』,《聞聞録》作『次』。

〔二〕『識見』,《聞聞録》作『見識』。

*富平孫冢宰在位日,諸進士謁選,齊往受教。孫曰:『做官無大難事,只莫作怪。』真名臣之言。

*王文成與友人講學,友人曰:『某非不願學,只是好色。』文成咲曰:『家裡只這個醜婆子,説恁麼好色?』其友於言下猛省。

*近一仕宦〔一〕,貪得無饜,其母誡之曰:『人吃飯是一碗一碗吃的,你貪多,左右嚼不碎。』

石亨恃寵，造第越分。一日，上登翔鳳樓，見亨新第，顧問恭順侯吴瑾、撫寧伯朱永曰：『此何人居？』永謝不知，瑾曰：『此必王府。』上笑曰：『非也。』瑾頓首曰：『非王府，誰敢僭妄若此？』上不應，始疑亨。

【校】

〔一〕『近一仕宦』，《聞聞録》作『明時一宦』。

*江邦玉曰：『東逝之長波，西垂之殘照，擊石之火星，驟隙之迅駒，風裏之微燈，草頭之懸露，臨崖之朽樹，灼目之電光，人世之不足恃類如此。』

*鍾伯敬督學閩中，方孟旋送之曰：『君此行，須辦三十年精神，使此三十年間所用道德、功業、文章皆出君門下，勿徒愛戀一榜中耀目也。』

*歸子慕敕其子曰：『人能親近賢者，雖有下才，不至墮落。吾無以貽汝，貽以此言。』

六嬸娘性卞急，以争屋事與錢相公家大鬨，頗駭聽聞。陶石梁先生偶至叔家，嬸娘出訴〔一〕，備陳其顛末。石梁先生乃顧六叔曰：『爾韡，此皆爾不是，凡人家抵禦外侮，皆男子之事，奈何累及夫人？』陶菴在旁，深服其答付之妙。

【校】

〔一〕『訴』，原作『訢』，徑改。

*王陽明先生行於衢〔一〕，有二人相詬，甲曰：『你没天理。』乙曰：『你没天理。』甲曰：『你欺心。』乙曰：『你欺心。』先生聞曰〔二〕：『小子聽之，斯兩人諄諄然講道學也。』門人曰：『詬也，焉爲學？』先生曰：『汝不聞乎？曰天理，曰欺心，非講學而何？』曰：『既講學，又焉詬〔三〕？』曰：『夫夫也，惟知求諸人，不知反諸己故也。』

【校】

〔一〕『先生』，《聞聞録》無此二字。

〔二〕『先生』，《聞聞録》作『陽明』。

〔三〕『又焉』，《聞聞録》作『焉又』。

*陳眉公曰：『人之嗜名節，嗜文章，嗜游俠，如嗜酒然，易動客氣，當以德性銷之。』

*陳眉公曰：『嗜異味者，必得異毒；挾怪性者，必得怪疾；習陰謀者，必得陰禍；作奇能者〔一〕，必得奇窮。莊子一生放曠，却曰「寓諸庸」，原跳不出「中庸」二字也。』

【校】

〔一〕『奇能』，《聞聞録》作『奇態』。

*陳眉公曰：『頤卦慎言語，節飲食。然口之所入者，其禍小〔一〕；口之所出者，其罪多〔二〕。故鬼谷子云〔三〕：「口可以飲，不可以言。」』

【校】

〔一〕『其禍』，《聞聞録》作『過』。

〔二〕『其』，《聞聞録》無此字。

〔三〕『故』，《聞聞録》無此字。

*陳眉公曰：『藥以生人，而庸醫以之殺人；兵以殺人，而聖賢以之生人。』

*海忠介撫江南，爲徐華亭處分田宅，過於刻核，華亭不堪。有爲華亭解者，謂海曰：『聖人不爲已甚。』海艴然曰：『諸公豈不知海瑞非聖人邪？』言者默塞。

*祖制〔一〕，京官三品始乘轎，科道騎馬，後來皆僭用轎矣。王化按浙，一舉人大帽入謁，按君不悦，因問曰：『舉人戴大帽始自何年？』舉人答曰：『始於老大人乘轎之年〔二〕。』

【校】

〔一〕『祖制』，《聞聞録》作『明初制』。

〔二〕『始於』，《聞聞録》作『始自』。

時純甫與王季重奕，時邊已失，角亦將危，輒苦曰：『鼷鼠又來食角。』季重曰：『食誰之角？但可云「殺時犉牡，有捄其角」〔一〕。』

【校】

〔一〕『可云』，原誤作『可之』，據王思任《謔菴文飯小品·悔謔》改。

*錦衣王佐孽子不肖〔一〕，好博縱飲。有别墅三，其二爲陸炳所得〔二〕，其一最雄麗，復欲得之，乃指以狎斜〔三〕，捕其黨與、家奴，証成其罪。不肖子母，故佐妾也〔四〕，亦在捕中。入對簿，子强辯〔五〕，母膝行前，道其子罪甚詳。子恚，呼曰：『兒到此地，母柰何速之死？』母叱之曰：『死即死，何説？』指炳坐〔六〕，顧曰：『而父坐此非一日，作此等事不止一件，而生汝不肖子，天道也，復奚爲？』炳頰發赤〔七〕，趣遣之出〔八〕，事遂寢。

【校】

〔一〕『王佐』，《聞聞録》作『王某』。
〔二〕『陸炳』，《聞聞録》作『陸某』。
〔三〕『狎斜』，《聞聞録》作『狎邪』。
〔四〕『佐』，《聞聞録》作『王』。
〔五〕『辯』，《聞聞録》作『辨』。
〔六〕『炳坐』，《聞聞録》作『陸座』。
〔七〕『炳』，《聞聞録》作『陸』。
〔八〕『趣』，《聞聞録》作『趨』。

張禺山晚年好縱筆作草書，不師法帖，殊自矜貴。常書一紙寄升菴，書其後曰：『野花豔目，不必牡丹；村酒醉人，何須緑蟻。』

*世宗皇帝問一古德〔一〕：『杭州飛來山從何處飛來？』古德曰：『天竺飛來。』帝曰：『既能飛來，何不飛去？』古德曰：『一動不如一静。』又看一大士像〔二〕，問：『大士手中何物〔三〕？』曰：『念珠。』帝曰：『所念何佛？』古德曰：『念大慈大悲救苦救難靈感觀世音菩薩。』帝曰：『何以自念自己？』古德曰：『求人不如求己。』

【校】

〔一〕『世宗皇帝』，《聞聞録》作『明世宗』。

〔二〕『看』，《聞聞録》作『觀』。

〔三〕『手』，原作『于』，改作『手』，據改。天頭有批：『當是手字。』

*一禪師被召，朝見至尊，口稱萬歲。至尊下殿，手挽之曰：『師莫行禮，且説明何以謂之萬歲？』禪師合掌遽言曰：『堯、舜、禹、湯、文、武，至今還在。』至尊大悦，寵禮甚厚。

*湖州莊龍作《明史》〔一〕，以查伊璜刻入較閲姓氏。伊璜知〔二〕，即撿舉學道，發查存案〔三〕。次年七月，歸安知縣胡子容持書出首〔四〕，累及伊璜，伊璜辯曰〔五〕：『查繼佐係杭州舉人，不幸薄有微名，莊龍遂將繼佐刻入較閲。繼佐一聞，即出撿舉，蓋在庚子十月，胡子容爲莊龍本縣父母〔六〕，其出首在辛丑七月。若以出首蚤爲功，則繼佐前而子容後〔七〕，繼佐之功當在子容之上；若以撿舉遲爲罪，則繼佐蚤而子容遲，子容之罪不應在繼佐之下。今子容以罪受上賞〔八〕，而繼佐以功受顯戮〔九〕，則是非顛倒極矣！諸法臺幸爲參詳。』公衙門俱以查言爲是〔一〇〕，到部對理，竟得昭雪。遂與胡子容同列賞格〔一一〕，分莊龍籍産之半〔一二〕。

【校】

〔一〕『莊龍』，《聞聞録》作『莊某』。下二『莊龍』同。按當作『莊廷鑨』。

〔二〕『知』，吕善報《六紅詩話》卷四引《快園道古》作『知之』。

〔三〕『案』，《六紅詩話》卷四引《快園道古》作『按』。

〔四〕『胡子容』，《聞聞録》作『吴某者』。按當作『吴之榮』。

〔五〕『辯』，《聞聞録》作『辨』。

〔六〕『胡子容』，《聞聞録》作『吴令尹』。

〔七〕『子容』，《聞聞録》作『吴某』。下四『子容』同。

〔八〕『上賞』，《聞聞録》作『賞』。

〔九〕『顯戮』，《聞聞録》作『戮』。

〔一〇〕『公衙門俱以查言爲是』，《六紅詩話》卷四引《快園道古》作『公議呈上，皆以查言爲是』。

〔一一〕『遂』下《聞聞録》有『得』字。『胡子容』，《聞聞録》作『吴某』。

〔一二〕『半』，原作『平』字，天頭有蔡名衡批曰：『當是半字(衡評)。』據改。

陳眉公曰：『余二十年前讀《太陽元精論》，即大暑能坐卧赤日中。年來嬾習此法，即廠堂匡池，高梧修竹，頗以炎蒸爲煩。因思此時田野耕耘，道途推挽，其匍匐狀殆不可言。若獄中人，襍穢糞土，煩寃疫痢，轉視此等，又如天上人耳。京師每奉旨熱審，他未有能行者，若得仁人君子請定爲例：暑月無得濫受詞，無得輕羈候。務使眼前火坑化作清涼世界，只在當路者念頭動，舌頭動，筆頭動，一霎時耳。』

陳眉公曰：『余讀書南湖，每飲必施鳥，童子遂於施食處張羅待之。余謂門人云：「燧人氏教民火食，而秦始皇以之烹儒焚書；閻立本、吴道子畫地獄變相於寺壁，化導愚頑，而酷吏倣其刑具以恣羅織。自古好事嘗被惡人弄壞，即鳥食一事，所施未幾，而童子之殺心動矣。故曰好事不如無。」』

*王陽明曰：『凡人言語正到快意時，便截然能忍默得；意氣正到發揚時，便翕然能收斂得；忿怒嗜慾正當騰沸時〔一〕，便廓然能消化得，非大勇者不能。』

【校】

〔一〕『正當』，《聞聞録》作『正到』。

快園道古卷之五夙慧部

明古劍陶菴張岱著

陶菴曰：昔孔文舉聰明絕世，而陳韙嘲之曰：『小時了了，長未必佳。』向以爲陳韙一時嫉妬之言，今乃閱世既久，而知斯言之未始不確也。漢昭帝十四能知上官桀之訐〔一〕，而長來瞶瞶，一無所聞；鮑照才思藻發，及至有年，頓覺才盡；而王勃自《滕王閣》一序之外，亦遂彫落，無所見長。蓋少年智慧亦似電光石火，政不可據以爲常也。嗟余老憊，猶憶稺年，文舉有言：『想君少時，必當了了。』集夙慧第五。

【校】

〔一〕『訐』，疑當作『奸』。

*舒芬之父得一葬地，形家曰：『此地必發鼎元，然當在四世之後。』舒父曰：『我不能待也。』芬童年侍側，曰：『信若此，何不葬芬三世之祖？』父從之，芬果大魁天下。

*洪鍾四歲能作大書〔一〕，憲宗召見〔二〕，命書『聖壽無疆』〔三〕，鍾握筆不動。上曰〔四〕：『汝容有不識者乎？』鍾叩首曰：『臣非不識，第不敢於地上書耳。』上命舁几，一揮而就。

【校】

〔一〕『洪鍾』，《聞聞録》作『洪鐘』。
〔二〕『憲宗召見』，《聞聞録》作『明成化時應召』。
〔三〕『聖壽』，《聞聞録》作『萬壽』。
〔四〕『上』，《聞聞録》作『憲宗』。

王弇州髫時見有鬻刀者，其師戲刻韻教之作詩，王輒成句云：『少年醉舞洛陽街，將軍血戰黄沙漠。』師曰：『子異日必以文章名世。』

*李東陽四齡能作大字，景帝召見文華殿，命書『麟鳳龜龍』四字，寫至龍字，手腕無力，其勾用小韡戳上。上大喜，抱置膝上，賜珍果及寶鏹。〔一〕六歲，與程敏政同召〔二〕，上試以對云〔三〕：『螃蠏渾身甲胄。』敏政曰：『鳳凰徧體文章。』東陽曰：『蜘蛛滿腹經綸。』後程官學士〔四〕，李大拜〔五〕，兆於此矣〔六〕。〔七〕

【校】

〔一〕『李東陽』至『寶鏹』數句，《聞聞録》作『景泰時，李東陽』。
〔二〕『同召』，《聞聞録》作『應召』。
〔三〕『上』，《聞聞録》作『代宗』。

〔四〕『程』，《聞聞録》作『敏政』。
〔五〕『李』，《聞聞録》作『李東陽』。
〔六〕『矣』，《聞聞録》無此字。
〔七〕本條上有眉批：『「烟鎖池塘柳」當入。』

楊用修十二歲隨太師守制蜀中，大父授以《易》，兩旬而洽〔一〕。擬作《古戰場文》，有『青樓斷紅粉之魂，白日照蒼苔之骨』數語，大父極稱賞。後命擬作《過秦論》，益大奇之，曰：『吾家賈誼也。』

【校】

〔一〕『旬』，原作『句』，徑改。

戴大賓，莆田人。八歲應童子試，見主司，主司憐其幼，指所坐椅云：『「虎皮褥蓋太師椅」，試作一對。』大賓應聲曰：『兔毫筆寫狀元坊。』主司稱賞。正德戊辰，果探花及第。

解縉，吉水人，六歲能作詩。祖父戲之曰：『小兒何所愛？』縉應聲曰：『小兒何所愛，愛者芝蘭室。更欲附龍飛，上天看紅日。』祖大稱賞。年十八，登洪武二十一年進士，選入翰林。

彭華年十五，常過邑城，坐客有持故契争産者，辯論不已。華齒坐下，獨抗聲曰：『此贋契也！』衆驚問故，曰：『契果出革除庚辰年，則當以建文三年書，乃曰洪武三十三年，非贋而何？』争者赧然而罷。

先高祖太僕，葬天衣祖壟，開壙，有黑氣瀰瞞，匠石恐洩氣，欲遽揜之。先文恭甫六齡，言：『此殺氣，政須放盡乃佳。』太僕從之。黑氣盡，清氣冉冉，乃遂揜壙。十三年後，而文恭遂薦賢書。

*潮陽女子蘇福，八歲賦新月詩：『氣朔盈虚又一初，嫦娥底事半分無。却於無處分明有，好似先天太極圖。』惜十四而夭〔一〕。

【校】

〔一〕『而』，《聞聞録》無此字。

楊石淙五六歲聰敏絶世，人欲試其心計，戲取舖家日了帳，褋記各姓所買米、鹽、魚、鮝之數，令目一過，用別本寫出，半字不訛。

＊袁太沖七歲與群兒戲，自稱小相公。彭魯溪公出對云：『願爲小相。』袁應聲曰〔一〕：『竊比老彭。』

【校】

〔一〕『應聲』，《聞聞録》作『應』。

于忠肅少有大志，出語不凡。八歲時，衣紅衣騎馬，有隣老呼其名，戲之曰：『紅孩兒，騎黑馬游街。』公應聲曰：『赤帝子，斬白蛇當道。』聞者驚異。

解學士童時，婦翁過其家，解父抱縉置椅上。婦翁戲云：『子坐父立，禮乎？』縉曰：『嫂溺叔援，權也。』

＊于少保髫時，梳丫髻，僧古春戲曰：『牛頭喜得生龍角。』于應曰：『狗口何曾出象牙。』走歸，梳三角髻出。僧又戲曰：『三角如鼓架〔一〕。』于即對曰〔二〕：『一秃似雷槌〔三〕。』

【校】

〔一〕『角』，《聞聞録》作『叉』。

〔二〕『即對』，《聞聞録》作『應』。

〔三〕『雷』，《聞聞録》作『擂』。

高祖太僕公成進士，文恭十歲。太僕公出對語令文恭對，曰：『脱穎蹔居客後。』文恭應聲曰：『致身肯讓人先。』太僕公大奇之。

解學士七歲時，友人持其父影至，解横寫『圖寫禽獸』四字於上，友人大恚怒。解取筆續之云：『圖公之像，寫公之形，禽中之鳳，獸中之麟。』友人笑而奇之。

王文恪七歲時，附學於舅氏，一小女使送茶，王戲握其手。有告舅氏者，舅氏出一對曰：『奴手爲拏，此後莫拏奴手。』王即對曰：『人言是信，從今毋信人言。』

*顧東橋填楚〔一〕，張江陵纔十二歲，應童子試。東橋曰：『童子能屬對乎？』出曰〔二〕：『雛鶴學飛，萬里風雲從此始。』張應曰：『潛龍奮起〔三〕，九天雷雨及時來。』東橋大喜，解金帶贈之。

【校】

〔一〕『填』，《聞聞録》作『鎮』。

〔二〕『東橋』至『出曰』數句，《聞聞録》作『東橋令屬對，曰』。

〔三〕『奮』，原作『舊』，據《聞聞録》改。

＊景清少穎敏，同學生有秘書借閱，次早索還，清曰：『亡有。』訟之學師，清持書往見，曰：『此清所業書。』即誦終卷。生則不能憶一字。學使叱使去。清出，即還其書曰：『書故爾書，聊相戲耳。』

＊山東于閣老慎行，年八歲，看隣家造新房，有老人出一句，呼慎行對之，曰〔一〕：『磨磚砌地。』于即應之曰〔二〕：『鍊石補天。』出口即有宰輔氣象。

【校】

〔一〕『呼慎行對之，曰』，《聞聞録》作『云』。

〔二〕『即應之』，《聞聞録》作『應』。

＊蘇州狀元施槃丱角時，有張都憲者，令屬對，曰：『新月如弓，殘月如弓，上弦弓，下弦弓。』槃應曰：『朝霞似錦，晚霞似錦，東川錦，西川錦。』都憲大奇之。

*陸景鄴三歲能作對，夏日采菱，匿數枚，封公呼命之曰：『「畏母偷菱走」〔一〕，能對則食。』答曰：『思親懷橘歸。』四歲在鄉塾，先生出對曰〔二〕：『石獅子呆笑。』對曰：『鐵馬兒假嘶。』又出對曰〔三〕：『屋下點天燈。』對曰〔四〕：『樓上打地鋪。』

【校】

〔一〕『母』，《聞聞録》作『父』。

〔二〕『曰』，《聞聞録》作『云』。

〔三〕『出』，《聞聞録》無此字。

〔四〕『對』，《聞聞録》作『答』。

陸景鄴十四歲時，古虞田父獲禹鼎，塾師命賦之，前四句云：『泗鼎沉秦後，了溪得鐸餘。尚遺物自夏，兼以地當虞。』塾師賞之。又賦《送族兄客楚》詩云：『相携白玉壺，相送有言無。茜裙最好處，莫約共摴蒲。』

*祁世培六歲時，太夫人喜啖雞蛋，煮數枚作供，爲小婢所竊食〔一〕，問不肯承。世培曰：『勿争。』命持一盆水來，令諸婢逐一漱之，竊食者吐出則皆蛋黄〔二〕。

【校】

〔一〕『所』，《聞聞録》無此字。

〔二〕『則』，《聞聞録》無此字。

＊陶菴六歲，舅氏陶虎溪指壁上畫曰：『畫裏仙桃摘不下。』陶菴曰：『筆中花朵夢將來。』虎溪曰：『是子爲今之江淹。』〔一〕

【校】

〔一〕此條《聞聞録》與下條合爲一條，『虎溪曰』至下條『缸中荷葉』數句，《聞聞録》删改作『又一客』。

＊陶菴六歲，在渭陽家，一客見缸中荷葉，出對曰：『荷葉如盤難貯水。』陶菴對曰：『榴花似火不生烟。』一座賞之。

陶菴年八歲，大父携之至西湖。眉公客於錢唐，出入跨一角鹿。一日，向大父曰：『文孫善屬對，吾面考之。』指紙屏上《李白騎鯨圖》曰：『太白騎鯨，采石江邊撈夜月。』陶菴曰：『眉公跨鹿，錢塘縣裡打秋風。』眉公讚歎，摩予頂曰：『那得靈敏至此，吾小友也。』〔一〕

【校】

〔一〕吕善報《六紅詩話》卷三引《快園道古》此條，文畧有不同：『陶菴八歲，大父攜游西湖。時陳眉公客錢唐署，出入跨一角鹿。一日，向大父曰：「文孫善屬對，吾面考之。」指屏上《李白騎鯨圖》曰：「太白騎鯨，采石江邊撈夜月。」陶菴曰：「眉公跨鹿，錢塘縣裏打秋風。」眉公曰：「那得靈敏至此，吾小友也。」』

陶菴比隣有童子，十四歲能作詩。丙申閏五月十五日月食十分，既而色微帶赤，童子咏之曰：『今年天狗太貪饕，食月何曾剩一毫？天是骰盆月是色，孤孤一點大金么。』〔一〕

【校】

〔一〕吕善報《六紅詩話》卷三引《快園道古》此條，文畧有不同：『陶菴比隣有童子，年十四，能詩，多奇語。丙申閏五望日夜月食十分，既而色微帶赤，因詠之曰：「今年天狗太貪饕，食月何曾剩一毫？天是骰盆月是色，（俗呼骰子曰色子。）孤孤一點大金么。」』

快園道古卷之六機變部

明古劍陶菴張岱著

海剛峯爲教諭。浙御史怒一縣令，縣令使盜竊其印。御史明知縣令所爲而不敢發，問計於海。海教其夜半厨中發火，郡屬赴救，御史持印箱付縣令曰：『某知縣護印！』火滅，縣令上印箱，印已在其中矣。

王文成與寧王戰，値風不便，兵少挫，急令斬先却者頭。知府伍文定等立於銃礮之間，方督各兵死戰，忽見大牌書：『寧王已擒，毋得縱殺。』一時驚擾，賊兵大潰。次日，賊既窮促，宸濠欲潛遁，見一漁船隱在蘆葦之中，宸濠大聲叫渡，漁船移棹請渡，竟送中軍，人皆不曉。

沈鍊既論斬，復逮其長子襄，一妾隨行。至中道，聞嚴氏將殺之，襄懼欲竄，而顧妾不能割。妾曰：『君一身，沈氏宗祧所係，第去勿憂我。』襄遂紿押者索金某年家，押者恃妾在，不疑，縱之去。久待不返，押者往年家跡之，無有，還復叩妾。妾把其袂大慟曰：『吾夫婦患難相守，無頃刻離，今去而不返，必汝曹受嚴氏指，殺我夫矣！』觀者如市，不能判，聞於監司。監司亦疑嚴氏真有此事，使妾暫寄尼菴，而限押者跡襄。未幾，嵩敗，襄出與妾俱歸。

明成祖召解縉曰：『宮中夜來有喜，可作一詩。』縉方吟曰：『宮中昨夜降金龍。』曰：『是女。』曰：『應是嫦娥下九重。』曰：『死矣。』曰：『料得世間留不住。』曰：『已投之水矣！』曰：『翻身跳在水晶宮。』上嘆其敏。

有友人召乩仙作《梅花》詩。首書『玉質亭亭清且幽』，其人云：『要紅梅。』即云：『着些顔色點枝頭。牧童睡起朦朧眼，錯認桃林去放牛。』又作《雞冠花》詩云：『雞冠本是胭脂染。』其人云：『要白的。』即云：『洗却胭脂似雪妝。只爲五更貪報曉，至今猶帶一頭霜。』

王文成征洞蠻，路崎曲難認，敕軍士各携菜子隨路撒之，旬日，皆長青苗。認苗而出，蠻人驚以爲神。

韓雍弱冠爲御史，出按江西。時有詔下鎮守中官，而都御史誤啟其封，懼，以咨雍。雍請宴中官，而身爲解之。明日，僞爲封識，而令吏藏舊封於懷。俟會間，使郵卒持以付己，佯不知而啟之。稍讀一二語，即驚曰：『此非吾當聞。』遽令吏還中官，則已潛易舊封矣。雍起謝罪，復欲杖郵卒，中官以爲誠，反爲救解，歡飲而罷。

有人舟行，出鍮石杯飲酒。舟人疑爲真金，頻矚之。此人乃就水洗杯，墮之水中，舟人駭惜。因曉曰：『此鍮石杯，不足惜也。』與曲逆刺船之智相類。

門某陷袁彬瀕死。有倭漆匠楊暄者，奏門違法二十餘事，且極稱彬枉。上令門逮問，暄佯作癡瘖。訊其事，皆曰：『不知。』且曰：『暄賤工，不識字，又與君侯無怨，安得有此？』乞屏人以實告，因曰：『此李閣老授暄，使暄投進，暄實不知。君王若會官廷訊，我對衆直言，李當無辭。』門聞喜甚，勞以酒肉。入朝奏請，因命午門會審。門謂賢曰：『此皆先生所命，暄已吐矣。』賢方驚愕，暄大言曰：『門指揮毋妄言，暄一市井小人，如何見得閣老？鬼神鑒照，此實門某教我指也。』因剖析所奏二十餘事，畧無餘蘊，由是疎門。

陶魯爲新會縣丞，都御史韓雍索犒牛百頭，限三日立辦。韓令出如山，僚屬皆不敢應，魯踰列任之。三司及同官交責其妄。魯曰：『不以相累。』乃榜城門云：『一牛酬五十金。』有人以一牛至，即與五十金。明日，牛爭集，魯選取百頭，以常價與之，曰：『此韓公命也。』如期以獻，公大稱賞。

鄧墩好客，有妻蘇氏善持家。一夕宴客，失金杯，諸僕嘖嘖四覔。蘇詆曰：『杯收在內，不須尋矣。』及客散，對墩云：『杯實失去，尋亦不得。公平日任俠好客，豈以一杯故，令名流不懽乎？』墩善其言。

以上各條見熊懋獎《聞聞録·機變》

快園道古卷之七志節部

明古劍陶菴張岱著

顔木，隨人，罷官居家。故人爲湖廣參政，至隨訪木，匿不見，既行部他邑，有田父荷炙雞甗酒，由中道入，門戟呵止之，乃木也。因共飲至醉。委甗擔去，不知其方。

徐舫，桐廬人，與劉青田友善。青田就聘往金陵，舟泝桐江而西。舫戴黄冠，服白鹿皮裘，立江濱笑之曰：『卿何往，寧不媿桐江水耶？』青田面有慙色。

倪雲林遊太湖，舟中有異香，爲張仕信所跡。仕信知爲雲林〔一〕，呼健兒鞭之，雲林竟不吐一語。後有人問之曰：『君被仕信窘辱，而一語不發，何也？』雲林曰：『一説便俗』。

【校】

〔一〕『仕信』，原作『士信』，據上文改。下一『仕信』同。

顧仲瑛晚年閲佛書，有悟，遂祝髮，稱金粟道人。自題其像曰：『儒衣儒帽道人鞋，天下青山骨可埋。若説向時豪俠處，五陵裘馬洛陽街。』

倪雲林好潔，每日盥頮，易水數次。冠服著時，數十次振拂。齋閣前樹石常洗拭。見俗士，避去如恐浼。其所居雲林堂，堂前碧梧，四周列以奇石，蓄古法書名畫其中，客非佳流不得入。

倪元鎮有清閟閣，無人得入。有番人進貢，道經無錫，聞其名，欲見之，以沉香百觔爲贄。元鎮令人紿云：『適往錫山飲泉。』翼日再至，又辭以出探梅花。番人以不得一見，徘徊其家。元鎮密令開雲林堂，使登焉。堂東設玉器，西設古鼎彝樽罍。番人方驚顧，問其家人曰：『聞有清閟閣，可一觀否？』家人曰：『此閣非人所易入，且吾主已出，不可得也。』反其贄。其人望閣再拜而去。

唐六如晚年坐一小樓，求畫者携酒造之，則竟日暢飲。雖任適誕放，而一介無所苟。有言志詩云：『不煉金丹不坐禪，不爲商賈不耕田。閒時寫幅青山賣，不使人間作業錢。』

倪雲林庭前有梧桐數十株，旦夕汲水揩拭。有客咯痰其下，倪使人索其痰不得，數十株梧桐一日斫盡。〔二〕

【校】

〔一〕此條下《聞聞録》有一條：『王文成封新建伯，著冕服叩拜其塾師許半圭。先生方與老妻磨麥，呼文成磨前立，曰：「完此斗麥，與爾語。」文成拱立不敢動。先生磨麥完，文成拜，第舉手小俯之，徐自汲水，呼老妻做麥餅，欵文成而別。』此事亦見《快園道古》卷十三《隱佚部》，文署有異。疑熊懋獎自彼移此，今删去。

岳正歸田。有傳天子語於正曰：『岳正倒好，只是大膽。』正因題其小像曰：『岳正倒好，只是大膽。惟帝念哉，必當有感。如或赦汝，再敢不敢。』

文徵明少有節概。俞中丞念徵明貧，欲遺之金，謂曰：『若不苦朝夕耶？』徵明曰：『朝夕饘粥具也。』中丞故指其藍衫曰：『敝乃至此耶！』徵明佯爲不解者，曰：『雨暫敝吾衣耳。』中丞竟不敢言遺金事。

文衡山爲翰林待詔，屢疏乞歸，不得請。張羅峯以議禮驟貴，召衡山主我，辭不赴。楊文襄以上相召入，衡山見獨後。文襄亟謂曰：『生不知而父之與我厚耶？而後見我。』衡山曰：『先君子棄不肖三十餘年，而以一字及者，某勿敢忘也。故不知相公之與先君子友也。』竟弗肯謝。文襄艴然，衡山固辭，遂得致仕。

文衡山致仕歸，杜門不與世事，以翰墨自娱。當道貴戚，車騎填門，求一接見，不得。其所絶不與交者，藩邸中貴，曰：『此國法也。』周王、徽王餽送盈數百鎰，使者曰：『王無所求於先生，慕先生耳。盍爲一啟封。』衡山遜謝曰：『王賜也，啟而後辭，不恭。』竟弗啟。

王穀祥家居二十年，李默爲冢宰，欲强起之。王辭曰：『豈有青年解組，白首彈冠者乎？』

文衡山素不到河干拜客。嚴介溪語顧東橋曰：『不拜他人猶可，余過蘇，亦不答拜。』東橋答曰：『此所以爲衡山也。若不拜他人，只拜介溪，成得衡山乎？』

李空峒以直節忤時，起江西學使。俞中丞監督平寇，用兩廣例，抑諸司長跪，空峒獨立不屈。中丞曰：『足下何官？』空峒曰：『公奉天子詔督諸軍，吾奉天子詔督諸生。』竟出。

以上各條見熊懋獎《閏閏録·志節》

快園道古卷之八識見部

明古劍陶菴張岱著

徐中山圍蘇州城，三百餘日不下，問劉伯温，伯温曰：『蘇城形如螺。取螺者，擊首則縮，擊尾則出。齊門，尾也；盤門，首也。擊齊門，則盤門自開矣。』諸將用其言，蘇州遂下。

劉基應聘至建康，召見。明太祖方進膳，指所用斑竹箸〔一〕，令賦之。基賦曰：『一對湘江玉竝看，虞妃曾灑淚痕斑。』帝蹙顰曰：『秀才氣。』基曰：『漢家四百年天下，祗在張良一借間。』

【校】

〔一〕『箸』，原作『著』，今改。

郭德成以戚畹常入禁内。明太祖以金二錠寘其袖，曰：『第歸弗宣。』德成敬諾。比出宫門，佯醉露金。閽者以告。曰：『吾賜也。』或尤之，德成曰：『九閽嚴密如此，藏金而出，非竊耶？且吾妹侍宫闈，吾出入無間，安知不以此相試？』衆乃服。〔一〕

【校】

〔一〕此條下《聞聞録》有二條：『王文成巡撫江西，別其師許先生，先生曰：「勿錯認帝星。」蓋楚分野界江西，明世宗在楚，故語之。』『許半圭聞寧王將有事，遣其子往南昌貽文成以棗、梨及江豆、西瓜子四物，不見文成而返。文成發果奩，驚曰：「此先生寓言，教我早離江西也！」遂有查亂兵之行，得不與難。』此二事亦見《快園道古・隱佚部》，文略有異。疑熊懋奬自彼移此，今删去。

韓雍爲江右方伯，忽報寧王弟某王來謁。公托疾乞少需，密遣人馳召三司，且索白木几一。公匍匐拜迎，王入，具言兄叛狀，公辭疾聵莫聽，請書。王索紙，左右舁几進，王詳書其事而去。公上其事，朝廷坐雍離間親王罪，械以往，雍上木几親書，得釋。

張莊簡悦督學兩浙，始以糊名校士。尋去之，曰：『我且自疑，人誰信我？』

嚴分宜當國，宜春令劉巨塘入覲，到宅祝壽，不得見。日向午，饑甚，嚴僕嚴辛者，進劉公飯。飯已，跪曰：『他日犯臺前，幸少筲我。』公驚愕曰：『那出此言？』辛曰：『去禍不遠，望尊官無忘今日。』不數年，分宜敗，劉適守袁州，辛方滯獄，劉減其贓，得戍。

嚴介溪盛時，厨下界溝多白米狼籍。鄰僧拾之，洗凈曝乾。十餘年來，約盈數廩。後嚴氏敗，介溪入養濟院，其家口寄居僧舍，以乾飯餉之，數年乃罄。嚴氏子孫謝之，僧笑曰：『君家物，君仍食去，何謝之有？』

唐六如常題《列仙傳》云：『但聞白日昇天去，不見青天走下來。忽然一日天擠破，大家都叫阿癐癐。』

有術士干唐六如，極言丹術之妙。六如云：『如此妙術，何不自爲？』術士曰：『恨吾福薄。吾觀君貌，大有仙福，故謁君耳。』六如曰：『吾有空房一間，銀汞丹鉛皆師。吾但出仙福，與師共之。丹成，各分其半。』術士猶未悟，日造其門。六如出一詩云：『破布衫巾破布裙，逢人便説會燒銀。如何不自燒些用，擔水河頭賣與人。』

彭脊菴七歲，從鄉父老入佛寺，不拜。寺僧强之，不從，反叱之曰：『彼佛裸跣不衣冠，我何拜爲？』

周文襄在吴中，好倘徉佛刹，見佛即拜。士夫笑之，文襄曰：『論年齒，亦長我二三千歲，豈不直得一拜?』

陶石梁宗人畫《行樂圖》,傍畫一妾,帶劍以侍。乞石梁贊之。石梁曰:『有一佳贊,却是邵康節先生做的。』遂題其上曰:『二八佳人體似酥,腰間仗劍斬愚夫。雖然不見人頭落,暗地教人骨髓枯。』

袁了凡好談地理。曾訪地至光福,問一村農曰:『頗聞此地有佳穴否?』曰:『小人生長於斯三十餘年矣,但見帶紗帽的來尋地,不見帶紗帽的來上墳。』袁默然而去。

姚廣孝有故人王濱,居委巷,不妄出入。廣孝封拜歸,三往見之,皆不可,乃屏騎從,徒步造門。濱闔門曰:『和尚差矣。』卒不見。

姚榮靖謁其姊姚嫛,姚嫛麾出之曰:『做和尚不了的,豈是好人?』終拒不見。

翟永齡母皈心釋教,日誦佛號不輟聲。永齡佯呼之,母應諾,又呼不已,母愠曰:『無事何頻呼也?』永齡曰:『吾呼母三四,母便不悦;彼佛者,日爲母呼千萬聲,其怒當何如?』母爲少止。

藍玉訪鐵冠道人，道人輕慢，玉不悦。酒行，藍曰：『吾有一語，請先生屬對。』曰：『脚穿草鞋迎客，足下無禮。』道人指玉所持椰杯復之曰：『手執椰杯當盞，尊前不忠。』

張晉爲刑部郎。民有與父異居而富者，父夜穿垣將入取資，子以爲盜也，撲殺之。吏議子殺父不宜縱，而實拒盜，又不宜誅。晉操筆曰：『殺賊可恕，不孝當誅。子有餘財而使父貧爲盜，不孝明矣。』竟殺之。

宣宗時，有錦衣指揮傅某，自宫請効用内廷。上曰：『此人已三品，更欲何爲？而勇於自殘，以希進用。下法司問罪，永不收用。』

明洪武間，人有隨母改嫁者，以繼父疾，割股療之。有司以孝聞。太祖曰：『繼父，爾之仇也。割父遺體以愈父仇，是不孝也。』乃置之法。

李中谿無子，其友慰之曰：『須知孔子不以孔鯉傳，釋迦不以羅睺傳，老聃不以子宗傳。

待嗣而傳，則古今有子者，何限也！』

明太祖問劉基曰：『我明氣數盡於何時？』基對曰：『陛下萬子萬孫，天地同休。』蓋泰昌爲萬曆之子，天啟、崇禎爲萬曆之孫，而崇禎爲天啟之弟，故曰：『天地同休』。

王文成聞宸濠反，福建回，恐爲賊兵所詗，尋漁船潛往吉安。下舟，從人藏黄蓋一把，文成叱其棄去，從人曰：『有用處。』後至吉安城下，追兵甚急，而不肯開門。從人張黄蓋，城上知爲都御史，即開門迓入。

朱文懿公上公車，與同里二三春元偕行。至涿州，遇響馬，衆皆下牲口，任賊搬取。諸春元爲之强奪哀求，文懿獨拱立路旁，聲色不變，但言：『留下會試文憑，諸物聽爾取去。』賊臨去曰：『公等皆碌碌，拱立道旁者，真大貴人也。』

尚書董潯陽孫青芝爲禮部主政，工於詩、字，往往以手書扇軸及詩稿贈人。尚書曰：『以我家勢，雖日以銀幣爲懽，猶恐未塞人望，奈何效清客行徑乎？將來破吾家者，必此子也。』後果驗，人服尚書先見。

山雲出鎮廣西。有老隸鄭牢者，戇直敢言。公問之曰：『世謂爲將者不計貪，我亦可貪否？』牢曰：『公初到，如一領新潔道袍，有一點污，如白袍點墨，不可湔也。』公又曰：『人云土尸饋送，却之則疑且忿，奈何？』牢曰：『居官黷貨，朝廷有重法，乃不畏朝廷，反畏蠻子耶？』公斂容謝之。

漏仲容曰〔一〕：『吾輩老年讀書做文字，與少年不同。少年讀書，如快刀切物，眼光偪注，皆在行墨空處，一過輒了。老年如以指頭掐字，掐得一箇只是一箇，掐不着时，只是白地。少年做文字，白眼看天，一篇現成好文字掛在天上，頃刻下來，刷入紙上，一刷便完。老年如惡心嘔吐，以手扼入，齜出之，出亦無多，總是渣穢。』此深於讀書之言，恐淺人不解。

【校】

〔一〕『漏仲容』，原作『漏仲客』，今改正。按漏坦之，字仲容，山陰人。

天順初，石亨從子彪鎮大同，遣使獻捷。内閣訊其狀，其人盛陳戰伐，且指斬首無算，皆梟於林木，不能悉致。岳正取地圖，指示之曰：『某地至某地，四面皆沙漠，梟於何所？』其人驚伏。

王某者修《姑蘇志》成。楊循一顧簽票，即斥去。後語王某曰：『志修於我朝，便當以蘇州名志。姑蘇，吴王臺名也，可以此名志乎？』

唐伯虎易簀時，取絹一幅，題其上云：『生在陽間有散場，死歸地府亦何妨。黄泉若遇好朋友，只當飄流在異鄉。』擲筆而逝。

姜翼龍先生譏信堪輿者曰：『天理於人屬父道，地理於人屬母道。人果得地理，不必更顧天理。何者？爾看世上何人不聽老婆之言？地果佑我，不怕天不聽從也。』

徐昌穀搆别墅，實邑之北邙，前後塚纍纍。或顰顣曰：『目中每見此輩，定不樂。』徐笑曰：『不然，見此輩正使人不敢不樂。』

一首座值母生日，以飯一盂、經一卷爲母之壽，而作偈曰：『今朝是我娘生日，挑起佛前長命燈。自米自炊還自吃，與娘齋得一員僧。』

玉麟和尚赴明世祖之召，適刑人，問和尚曰：『殺人有罪業否？』和尚曰：『陛下以法殺人，有何罪業？但陛下所殺此一人，如此人不死，生子生孫，累千累百，不可勝計。倘可矜宥，不若留此人種。』嗣後多爲減釋。

正德時，中官横甚，莫之敢指。惟太監吕憲以清謹著聞，深惡其曹所爲，第不能拯耳。憲常鎮守河南，有獲白兔以獻者，中丞送憲，約共爲奏。憲乃置酒，召中丞飲，腊兔送酒。中丞大愕，問故。憲笑曰：『夫貢珍禽異獸以結主歡，乃我輩所爲；公爲方鎮大臣，奈何獻兔？』中丞大慚。憲，濟南陽信人也。

劉文成嘗過吴門。中夜聞邪許聲，以問左右。曰：『人家上梁也。』又問其家貧富及屋之大小。曰：『貧家數楹耳。』公歎曰：『擇日人術精乃爾。』又曰：『惜哉！其不久也。』左右問故，公曰：『此日此時上梁最吉，家富大發，然必巨室乃可，若貧家驟富，必復更置。』後果驗。

長洲尤翁開錢典。歲暮，有鄰人以空票索當物者，出惡語與小郎相詬詈。尤翁出，諭之曰：『我知爾意，不過爲過年計耳。』檢其質物，得衣帷四五事，翁指絮衣曰：『此禦寒不可少。』又指道袍曰：『與爾爲拜年用。他物非所急，自可留也。』其人得二衣，默然而去。是夜，死於他家，涉訟經年。蓋此人負債多，先服毒來㱔。尤翁以善語解，故移禍於他家耳。或問尤翁何以預知而忍之，翁曰：『凡非理相加，其中必有所恃。小不忍，則禍立至矣。』人服其識。

趙東山里中有二執友，皆栖栖桑榆，猶戀鷄肋。一日，過訪東山，見庭下解木，因以爲題。東山口占絶句云：『一條黑路兩人忙，傍晚相看鬢有霜。你去我來何日了，虧他扯拽過時光。』二人知其諷己，相與感嘆而去。

以上各條見熊懋奬《聞聞録·識見》

快園道古卷之九品藻部

明古劍陶菴張岱著

薛方山曰：『劉忠宣明識治理如賈誼，通達國體如陸贄，質直不阿如汲黯，廉潔不私如包拯，忠誠懇至如司馬光，真先民遺範。』

徐武功酒中語門下士杜堇曰：『爾謂何等人堪作宰相？』堇謝不知。公曰：『左邊堆數十萬金，右邊殺人頭如切菜，而目不轉瞬者，真宰相也。』

明馮御史恩劾張孚敬、汪鋐、方獻夫，語甚激烈。上怒，下詔獄，命汪鋐會審南闕門。恩跪向外，汪令卒持公膝轉面之，公即起立，辯甚强項。觀者曰：『是御史，鐵膝、鐵口、鐵膽、鐵骨。』相傳爲『四鐵御史』。

蘇州太守林公某素薄其封公，七十老人至署，半月即勒歸，篋金廿，付悍僕押其抵家。臨行，乞三白酒數瓶不得，封公至半途熰氣死。時越城東昌坊有貧子薛五者，至孝。其父每日早至浴堂洗澡，其子必携三合熱酒禦寒，以二雞蛋下酒。山人袁雪堂作詩曰：『三合陳希敵早

寒，一雙雞子白團團。可憐蘇郡林知府，不及東昌薛五官。』〔一〕

【校】

〔一〕吕善報《六紅詩話》卷三引《快園道古》此條，文畧有不同：『蘇州太守林五磊，素不孝。封公至署，半月即勒歸，予金二十，命悍僕押其抵家。臨行，乞三白酒數色，亦不得，半途以氣死。時越城東昌坊有貧子薛五者，至孝。其父於冬日，每早必赴混堂沐浴，薛五必携熱酒三合禦寒，以二雞蛋下酒。袁山人雪堂作詩云：「三合陳希敵早寒，一雙雞子白團團。可憐蘇郡林知府，不及東昌薛五官。」』

商翼燕曰：『大人家兒女，如鳥雛初生，孱弱可憐，日後羽毛豐盛，則漸漸可喜。小人家兒女，如猫狗初生，文弱可愛，後日體格粗蠢，則漸漸可憎。』

王公某在仕途屢起屢蹶，到處俱有貪名，其居家孝友，凡有宦橐，皆分及其弟男、子侄、姊妹、姑表，屢任皆然。故天下人稱之曰：『王某雖賺銀極不好，而用銀極好。』

段虎臣曰：『王、李七才子學盛唐，不過盛唐之匡廓。至深沉之思，雋永之味，超脱之趣，尚未入室。』

李卓吾謂耿中丞曰："世人白晝寐語，公以寐中作白晝語，可謂常惺惺矣。"

劉閣老嘗議邱文莊著述曰："邱仲深有一屋散錢，只欠索子。"邱答曰："劉希賢有一屋索子，只欠散錢。"

太倉王荆石性端介，不輕接引。王弇州性坦易，多所容納。其鄉人曹子念曰："内閣是常清常浄天尊，司寇是大慈大悲菩薩。"

張江陵子嗣修丁丑登榜眼，而庚辰懋修又中狀元。有題詩於朝門者，曰："狀元榜眼姓俱張，未必文星照楚邦。若是相公堅不去，六郎還作探花郎。"

明北京吏部前，諸小兒買食物者常曰："相公們皆上應星宿，不敢怠慢。"詰之，曰："舉人進士是福星，歲貢是壽星，納監是財星。"

趙鶴督學東省，過嚴，竟以是罷官。江潮代之，亦風裁凜然。諸生題壁云："趙鶴方剪羽翼，江潮又起風波。"

江邦玉曰：『不爲功名讀書，不爲因果念佛，不爲名利出遊，此之謂「不食烟火人」。』

陸平泉宗伯晚年至蘇州。申瑶泉、王荆石皆其門人。三老年皆八十有餘，鬚眉晧白。兩相公隅坐侍飲。來遊虎邱，岸上人曰：『此活《三老圖》也。古今盛事，不可不往看。』數千人奔走若狂。

嚴介溪父子聚賄滿百萬，則置酒一高會。凡五高會矣，而漁獵猶不止。京師名之曰『財癆』。

何心隱一見張江陵輒走避。御史耿定向問之，心隱答曰：『此人能摻天下之大柄〔一〕。』耿不謂然。心隱曰：『分宜欲滅道學而不能，華亭欲興道學而不能，能興滅者，此人也。其識之。』

【校】

〔一〕『摻』，似當作『操』，涉『摻』而誤。

倪雲林畫山水不畫人物。明太祖問曰：『每見卿山水，俱無人物，何也？』雲林對曰：『自無人物可畫耳。』

明孝宗諭劉大夏曰：『事有不可，每欲召卿商確，以非卿職掌而止。今後當行當止者，卿可以揭帖密進。』對曰：『不敢。』曰：『何也？』對曰：『臣下以揭帖進，朝廷以揭帖行，因循日久，遂爲常例。萬有匪人冒居要職，亦以此行之，害不勝言。臣不敢奉詔。』

于忠肅被戮，籍其家，無長物，惟有盔甲袍帶。未幾，尚書陳公某以賄敗，上見其贓私狼籍，嘆曰：『于廉若彼，陳穢若此，賢奸相去，天壤懸絶。』石亨聞言，低頭大慙。

胡東洲督學兩浙，有士某不率教，懲以夏楚。明年，其人狀元及第，東洲以述職至京，其人欵之。以古甆器行酒，指曰：『此寶也，恨俗眼不識耳。』公曰：『以老夫觀之，恐澆薄易壞，終不若金玉之器爲渾厚耳。』其人深悔失言。

朱少師恒嶽臨終囑其子曰：『兒輩切記，不入我於鄉賢祠便是孝子。』或問之，少師曰：『余近見鄉賢祠中諸老先生大難相與，吾不能周旋其間。』

姚少師著《道餘録》，多貶程朱，識者非笑。張洪輿曰：『少師於我厚，今死矣。吾無以報，但見《道餘録》，輒爲焚棄。』

王太史評唐伯虎與畫師周某畫：『兩人稍着一筆，而好醜自見。』或問：『臣畫何以不如伯虎？』太史曰：『但少伯虎胸中數千卷書耳。』

浙江王御史某甚明於治理。其所出告示，必洞筋徹骨，民無遁情。一示出，百性聚觀者幾千，皆稱爲神明。一鄉間老農蹙頞曰：『此是説真方，賣假藥，不要理他。』衆皆失笑。

顧涇陽曰：『李延平初間是豪邁人，後來琢磨得與田夫野老一般，者便是善養氣質的樣子。吕東萊少褊急，一日讀《論語》「躬自厚而薄責於人」，平時忿悁涣然氷釋，者是善變化氣質的樣子。』

以上各條見熊懋獎《閧閧録·品藻》

快園道古卷之十任誕部

明古劍陶菴張岱著

盧柟爲諸生，與邑令善，令常語柟曰：『吾且過若飲』。柟歸，益市牛酒。會令有他事，日昃不來。柟且望且罵，牛酒自勞，醉則已臥。報令至，稱醉，不能具賓主。令恚去，曰：『吾乃爲傖人子辱。』

盧次楩囚濬獄。滑令張肖甫時時問勞。及出獄，詣滑謝肖甫，肖甫引入署中。從者以盧坐置側，盧謂張曰：『以囚當仆階前，以客當居上坐。』遂據上坐之。

桑悦爲邑博士，見巡按，侍左右，立竟日。悦請曰：『有犬馬疾，願假借之，使得坐談。』御史素聞悦名，令坐。少頃，悦即除襪，跣而爬足垢。御史不能堪，令出。尋復薦之，遷長沙倅，再調柳州。悦意不樂往。人問之，輒曰：『宗元小生擅此州名久，吾一旦往，掩奪其上，不安耳。』

桑悦爲邑博士，學使者抵邑，不往見。使吏召之，悦曰：『連宵旦雨霪，傳舍圮，守妻子不暇，何候若？』吏再促之，曰：『若真無耳者，即學使能屈博士，可屈桑先生乎？爲若期三日來，來；三日不來，不來矣。』及三日，乃往見，長揖不拜。學使者厲聲曰：『博士分不當跪耶？』悦前曰：『漢汲長孺長揖大將軍，明公貴豈踰大將軍？而長孺無賢於悦，奈何以面皮相恐，寥廓天下士哉！』因脱帽竟出。學使者度無可奈何，乃下留之。

陳藻號蒼崖，家貧嗜酒。一日，囊僅一錢，市酒飲之。作詩自嘲曰：『蒼崖先生屢絶糧，一錢猶自買瓊漿〔一〕。家人笑我多顛倒，不療饑腸療渴腸。』

【校】

〔一〕『買』，原作『賣』，據文義改。

康對山常與士女同跨一蹇驢，令從人齎琵琶自隨，游行道中，傲然不屑。

顔山農，楚人，講學甚奇。謂：『貪財好色，皆從性生，天機所發，不可閼之，第勿使留滯胸中而已。』門人羅汝芳成進士，戒弗廷對，羅不從。明年遇之淮上，笞五十，挾以游，羅唯唯惟命。後至南都，以挾詐人財事發，官捕之，笞五十，不乞哀，亦不轉側。困囹圄，且死，羅力救之，得出。出則大罵不已，謂：『獄我者尚知我，而汝不知我也。』羅亦唯唯。

黄勉之風流卓越。當上春官時，適田子藝過吴門，盛談西湖之勝，便束裝往游西湖，盤桓數月，不上公車。

彭淵才游京師十餘年，其家饘粥不給，以書召歸。挾一布囊，頗珍重。親知相慶曰：『可免凍餒矣。』淵才喜見顏色曰：『吾富可敵國。』既開囊，乃李廷珪墨一塊，文與可墨竹一枝，歐陽文忠公《五代史》草稿一束，餘無所有。

徐文長性好潔，不耐俗客。常有詣者，伺便排户半入，文長遽手拒扉，口應曰：『某不在！某不在！』

袁中郎與陶石簣游鑑湖，袁謂陶曰：『爾狂不如賀季真，飲酒不如賀季真，獨兩眼差同耳。』陶問故，中郎曰：『季真識謫仙，爾識袁中郎。』

魯阿逸好酒，赴飲友家，必竟日竟夜。其僕携燈來候，阿逸曰：『今太早，携燈來何幹？』叱之去。其僕歸，次早方至。阿逸曰：『今日正該携燈來，反不携來！』又叱之去。

徐文長不事生業，客幕時，有餽之洮絨十餘疋者，遂大製衣被，下及所嬖私褻之服，一日都盡。

以上各條見熊懋獎《聞聞録·任誕》

快園偶雋部卷第十一

明古劍陶菴張岱著

紹興蕭太守造望海亭成，題其柱曰：『放眼千里外。』苦思無偶。召徐文長至，文長應聲曰：『無言一笑中。』太守服其敏妙。〔一〕

【校】

〔一〕吕善報《六紅詩話》卷三引《快園道古》此條，文略有不同：『紹興蕭太守造望海亭成，題其柱曰：「放眼千山外。」苦思對句不就，以問徐文長。文長即應聲曰：「無言一笑中。」太守服其敏妙。』

胡來朝西湖湖心亭對曰：『四季笙歌，尚有貧民悲夜月；六橋花柳，但無隙地種桑麻。』

西湖放生池對曰：『天地一網罟，欲度衆生誰解脱；飛潛皆性命，但存此念即菩提。』

以上各條見熊懋奬《閒閒録·偶雋》

海陵生詆訶歷下詩，借其集中詞爲《漫興》，賦之曰：『萬里江湖迥，浮雲處處新。論詩悲落日，把酒歎風塵。秋色眼前滿，中原望裡頻。乾坤吾輩在，白雪誤斯人。』其活套已盡。又摘其《送楚使》詩：『江漢日高天子氣，樓臺秋敞大王風。』此是賀陳友諒登極詩也。聞者噴飯。

周相公玉繩以事賜死。後馬閣部瑶草南都當國。時人取以作對曰：『周玉繩，先賜玉，後賜繩，繩繫玉繩之頸；馬瑶草，名爲瑶，實爲草，草楦瑶草之皮。』

以上二條見吕善報《六紅詩話》卷三

快園道古小慧部卷第十二

明古劍陶菴張岱著

陶菴曰：王荆公作《字説》，附會穿鑿，揆之義理，多窒礙不通，水骨土皮，所以見笑於東坡也。後世酒令、燈謎，拆白道字，怪幻百出，意味深長，偶記一二，靈巧絶倫。雖知星星爝火，不足與日月争光，而若當陰翳晦冥，腐草流螢，掩映其際，亦自灼灼可人，斷難泯滅矣！孔子曰：『羣居終日，言不及義，好行小慧，難矣哉！』而他日又曰：『不有博奕者乎，爲之猶賢乎已。』集小慧第十二。

詩　謔

*卓珂月爲人作合歡迎送詞迴文《菩薩蠻》云：『春宵半吐蟾痕碧，斜窺愁臉如相憶。空撚兩三絃，朱扉寂寂然。依期郎踐約，悄步人疑鶴。小舒輕霧紗，收袂蘸紅霞。』此迎詞。『霞紅蘸袂收紗霧，輕舒小鶴疑人步。悄約踐郎期，依然寂寂扉。朱絃三兩撚，空憶相如臉。愁窺斜碧痕，蟾吐半宵春。』此送詞。

*徐文長水神殿迴文《燈》詩云：『新架燈垂高厰殿，舊場毬蹴鬭芳年。春花有幾能希賞，

夜月無多惜早眠。輪迫馬蹄盤作陣，燭抽蓮葉嫩如錢。人游厭聽催壺漏，客醉扶看墮髻鈿。』『鈿髻墮看扶醉客，漏壺催聽厭游人。錢如嫩葉蓮抽燭，陣作盤蹄馬迫輪。眠早惜多無月夜，賞希能幾有花春。年芳鬭蹴毬場舊，殿厰高垂燈架新。』

萬曆乙卯，順天鄉試有掛選監生十七人登賢書，年皆六十餘矣。余叔葆生作詩嘲之曰〔一〕：『堪羨新科十七賢，商山齊赴鹿鳴筵。却言序齒原無齒，共歎同年是暮年。丹桂折來花滿眼，青雲踏去雪盈顛。可憐到手烏紗帽，反帶儒巾入九泉。』

【校】

〔一〕『萬曆』至『嘲之曰』數句，吕善報《六紅詩話》作『萬歷乙卯，順天鄉試掛選監生登賢書者十七人，年皆六十餘矣。余叔葆生作詩嘲之云』。

*南昌張相公、蘭溪趙相公皆與江陵相左，由翰林謫州同，後屢遷，俱於辛卯入内閣。太倉王元馭當國〔一〕，以詩戲之曰：『龍樓鳳閣城九重，新築沙堤迓相公。我貴我榮君莫羨，十年前是兩州同。』

【校】

〔一〕『王元馭』，《聞聞録》作『王元美』。按王錫爵字元馭，官至内閣首輔，王世貞字元美，未曾入閣，則

《聞聞録》誤。

鳳林夏五名景倩，延師周四維訓子，以不稱，欲再延，妻曰：『何爲又增人口？』夫不從，又延羅成吾。時諸理齋亦延於夏，戲曰：『夏五本是五，增口便成吾。四維尚未去，如何又請羅？』又夏五甚矮，妻甚長，理齋作歇後詩謔之曰：『夏五官人罔談彼，夏五娘子靡恃己。有時堂前相遇見，剛剛撞著果珍李。』

唐伯虎出游遇雨，過一皂隸家，出紙筆求畫。伯虎畫海螄數百，題其上云：『海物何曾數著君，也隨盤饌入公門。千呼萬喚不肯出，直待臨時敲窟臀〔一〕。』

【校】

〔一〕『直』，原作『真』，據馮夢龍《古今譚概・文戲部》改。

*無錫鄒光大連年生女〔一〕，召翟永齡飲，翟作詩嘲之云：『去歲相招云弄瓦，今年弄瓦又相招。寄詩上覆鄒光大〔二〕，令正原來是瓦窰。』

【校】

〔一〕『無錫鄒光大』，《聞聞録》作『無錫人鄒某』。

〔二〕『鄒光大』，《聞聞録》作『聊相戲』。

＊有裁縫以賄得冠帶，顧霞山嘲之曰：『近來仕路太糊塗，强把裁縫作士夫。軟翅一朝風盪破，分明兩个剪刀箍。』

＊莫廷韓與屠赤水過袁太冲家，見桌上有帖寫『琵琶一盤』者，相與大笑。屠曰：『「枇杷」不是這「琵琶」！』袁曰：『只爲當年識字差。』莫曰：『若使琵琶能結果，滿城簫管盡開花。』

有時少灣者，延師頗不盡禮，致其師争競而散。或用吴語賦歇後詩嘲之曰：『少灣主人吉日良時，束修且是爺多娘少。身材好像夜叉小鬼，心地猶如短劍長鎗。三杯晚酌金生麗水，兩碗晨餐周發商湯。年終算賬索筵席賴，《百家姓》有『索咸席賴』。劈拍之聲一頓相打。』

有嘲監生詩云：『革車買得截然高大帽，周子牕前草滿腹包。有朝一日高曾祖考，焕乎其有文章没半毫。』

＊廣文先生之貧自古記之，近日士風日趨於薄，有門人饋之肉，乃瘟豬也。先生嘲之曰：

『秀才送禮，言之可羞。瘦肉一方，堯舜其猶。』又有以銅銀爲贄者，又嘲之曰：『薄俗送禮，不過五分。啓封視之，堯舜與人。』或作破云：『時官之責門人也，言必稱堯舜焉。』

舊有賦缺嘴者云：『多聞疑，多見殆，吾猶及史之，君子於其所不知蓋。』四語皆出四書，皆隱『闕』字，而末句尤奇。吴江一老翁貌似土地，沈寧菴吏部亦用此體賦云：『入疆闢，入疆蕪，諸侯之寶三，狄人之所欲者吾。』又吴中有顧秀才名達者，不學而狂，同學者嘲之云：『在邦必，在家必，君子上，小人下，不成章不。』竝堪伯仲。

有士人游虎跑泉，賦詩以『泉』字爲韻。一人但哦『泉，泉，泉』，久不成句。有老人曳杖而至，問其故，應聲曰：『泉，泉，泉，亂迸珍珠个个圓。玉斧砍開頑石髓，金鉤搭出老龍涎。』衆驚問曰：『翁非貫酸齋乎？』曰：『然，然，然。』遂邀同飲，盡醉而去。

壽春道士以小像乞解學士題贊，解聯寫『賊賊賊』，道士愕然。續云：『有影無形拏不得，只因偷却吕仙丹，而今反作蓬萊客。』

一内相好弄筆墨，題一壽意，上畫壽星持杖，白日黄麋，松柏龜鶴，書其上曰：『柳梢枝上一輪月，黄狗身上幾點雪。不是老兒柱杖打，幾乎鷺鷥吞了鱉。』

姑蘇蔣思賢父子寫真，交畫不像。有人嘲之曰：『父畫子不像，子畫父不真。自家骨肉尚如此，何況區區陌路人。』

張明善常作《水仙子・譏時》云：『鋪唇苫眼早三公，裸袖揎拳享萬鍾。胡言亂語成時用，大都來却是哄。說英雄誰是英雄，五眼雞岐山鳴鳳，兩頭蛇南陽卧龍，三脚貓渭水飛熊。』〔一〕

【校】

〔一〕呂善報《六紅詩話》卷三引《快園道古》此條，文畧有不同：『張明善嘗作《水仙子・譏時》云：「鋪唇苫舌早三公，裸袖揎拳享萬鍾。巧言亂語成時用，大都來却是哄。說英雄誰是英雄，五爪雞岐山鳴鳳，兩頭蛇南陽卧龍，三脚貓渭水飛熊。」』

有人嘲秃指《醉扶歸》云：『十指如枯筍，和袖捧金樽，搊殺銀箏字不真。搔痒天生鈍，縱有相思淚痕，索把拳頭揾。』

一妓爲人傷目，睫下有青痕。嘲之者作《沉醉東風》詞曰：『莫不是捧研時太白墨灑，莫不是畫眉時張敞描差？莫不是檀香染，莫不是翠鈿瑕？莫不是蜻蜓飛上海棠花，莫不是明皇宫墜下馬？』

＊詞客貧甚，戲作《清江引》曰：『夜半三更睡不著，惱得我心焦躁。跎蹬的響一聲，儘力子嚇一跳，把一股脊梁筋窮斷了。』

杭州酒淡，有作《行香子》云：『湖水澄清，灰價廉平，升半酒，攙做三升。茅柴焰過，肚脹彭亨。教君霎時飲，霎時醉，霎時醒。聽得淵明，説與劉伶，這一瓶，約莫三觔。君還不信，把秤來秤，有一觔酒，一觔水，一觔瓶。』

巧　言

王、盧二人相謔〔一〕，盧嘲王云：『有言則誑，近犬則狂；加頸足爲馬，拖角尾成羊。』王嘲盧云：『卿姓在亡成虐，在丘爲虛；生男爲虜，配馬成驢。』

【校】

〔一〕按據《啟顔録》，此爲徐之才嘲王昕、盧元明事，非二人相謔。

張乂入太學爲齋長，其人渺小，動以苛禮律諸生。林叔弓作賦嘲云：『身材短小，欠曹交六尺之長；腹内空虛，乏劉乂一點之墨。』又詩云：『中分爻兩段，風使十横斜。文上全無分，人前强出些。』

吴人馬承學性好乘馬，喜馳驟。同學錢同愛戲曰：『馬承學，學乘馬，汲汲而來。』馬應曰：『錢同愛，愛銅錢，孳孳爲利。』

方千里一日會張更生，方作一令戲曰：『古人是劉更生，今人是張更生。手執一卷《金剛經》，問爾是胎生、卵生、濕生、化生。』張答曰：『古人是馬千里，今人是方千里。手執一卷《刑法志》，問爾是三千里、二千里，一千里？』

石中立員外常與同列觀上南園所蓄獅子。主者曰：『縣官日破肉十觔飼之。』同列曰：『吾儕反不及此。』石曰：『吾輩皆員外郎，敢比園内獅子！』

夏忠靖公與給諫周大有治水，一日偕宿天寧寺。周早如厠，夏戲曰：『披衣拖履而起，急事，急事！』周應聲曰：『棄甲曳兵而走，常輸，常輸！』

*浙江花提舉與鄞縣校官交往〔一〕，花戲之曰：『雞卵與鴨卵同窠，雞卵先生，鴨卵先生？』校官應曰：『馬兒與驢兒竝走，馬兒蹄舉，驢兒蹄舉？』

【校】

〔一〕『校官』，《聞聞録》作『教官』。下一『校官』同。

陸文量參政浙藩，與陳啓東飲，見其寡髮，戲之曰：『陳教授數莖頭髮，無計可施。』啓東曰：『陸大人滿臉髭鬚，何須如此。』陸大賞歎，笑曰：『兩猿截木山中，這猴子也會對鋸。』啓東曰：『有犯，幸勿罪。』乃云：『匹馬陷身泥内，此畜生怎得出蹄。』相與撫掌竟日。

一虞姓者爲許氏西賓，虞有所私，午後輒出館。許每往不遇，因書於簡云：『夜夜出游，知虞公之不可諫。』虞歸，即答云：『時時來擾，何許子之不憚煩。』

余進士田與湯進士日新相善，因戲曰：『湯之盤銘曰「苟」者，君乎？』湯應曰：『「卿以下必有圭」者，君也。』

詹侍御與蘇大行五鼓行長安街，呵道聲相近，蘇問前行爲誰，從者曰：『道裏詹爺。』蘇曰：

『儋之在前。』儋問後來爲誰，從者曰：『行人司蘇爺。』儋曰：『後來其蘇。』相顧一笑。

＊石動筩至國學，有博士問：『孔子弟子身通六藝者七十二人，幾人已冠，幾人未冠？』動筩曰：『以某攷之，冠者三十人，未冠者四十二人。』博士曰：『所攷何書？』石曰：『《論語》云「冠者五六人」，五六得三十也；「童子六七人」，六七四十二也，合之爲七十二人。』皆大笑。一説又問：『三千徒弟子後來作何結果〔一〕？』答曰：『二千五百人爲軍〔二〕，五百人爲旅。』俱極巧。

【校】

〔一〕『徒』，《聞聞録》作『門』。

〔二〕『軍』，《聞聞録》作『師』。

一士人家貧，與其友上壽，無從得酒，乃持水一瓶，稱觴曰：『君子之交淡如。』友應曰：『醉翁之意不在。』

陸通明世居洞庭，一日，内人臨蓐生女，溺之。友人吴生誚之曰：『兄諱通明，這事欠通了〔一〕！』陸訝之，吴曰：『豈不聞溺愛者不明耶？』

【校】

〔一〕『欠』，原作『久』，浮簽改作『欠』，據改。

青齊一士夫馮姓者極畏内，其夫人宋氏也，親友咸知之，無所諱。一日，客與語及家事，戲曰：『無若宋人然！』馮笑曰：『爾即以此屬對。』客思之良久不得。馮曰：『我仍對之：「是爲馮婦也」。』其工巧若此。

酒令

張磊塘善清言。一日，赴徐文貞席，食鯧魚、鰉魚，庖人悞不置醋，張云：『倉皇失措。』文貞捫一虱，以齒糜之，聞響聲。張云：『大率類此。』文貞解頤。

韓襄毅與夏公塤飲，韓舉一令曰：『傘字有五人，下列衆小人，上侍一大人〔一〕。所謂有福之人人伏侍，無福之人伏事人。』夏云：『爽字有五人，旁列衆小人，中藏一大人。所謂人前莫説人長短，始信人中更有人。』

【校】

〔一〕『上侍一大人』，原脱，據陳沂《畜德録》補。

陳祭酒詢忤一權貴，出爲州同，同僚餞行。陳學士循舉一令曰：『轟字三个車，余斗字成斜。車車車，遠上寒山石徑斜〔一〕。』高學士穀曰：『品字三个口，水酉字成酒。口口口，勸君更盡一杯酒。』陳祭酒云：『矗字三个直，黑出字成黜。直直直，焉往而不三黜。』合席大笑。

【校】

〔一〕『車車車』，原作『轟轟轟』，顯誤，今改正。

杜朝紳令麻城，毫無情面。一日讌鄉紳，梅西野舉一令曰：『單奚是奚，加點是溪，除却三點，加鳥爲鷄。諺云：得志猫兒雄似虎，敗翎鸚鵡不如鷄。』毛石崖曰：『單青是青，加點是清，除却三點，加心爲情。諺云：火燒紙馬舖，落得做人情。』又一人云：『單其是其，加點爲淇，除却三點，加欠爲欺。諺云：龍游淺水遭蝦戲，虎落平洋被犬欺。』杜答云：『單相是相，加點爲湘，除却三點，加雨爲霜。諺云：各人自掃門前雪，休管他家瓦上霜。』

劉端簡居鄉，邑大夫或慢之。值宴會，劉出一令，用唐詩一句，附以方言，上下相屬。劉云：『一枝紅杏出牆來，見一半，不見一半。』一士夫云：『旋斫松柴帶葉燒，熱竈一把，冷竈一把。』邑大夫云：『杖藜扶我過橋東〔二〕，我也要你，你也要我。』一士夫解之云：『點溪荷葉疊青錢，你也使不得，他也使不得。』

【校】

〔一〕『橋』，原作『牆』，按『杖藜扶我過橋東』爲宋僧志南詩句，今改正。

沈石田、文衡山、陳白陽，王雅宜游虎丘，飲千人石上。石田行令，取上一字，下拆兩字〔一〕，意義相協。沈云：『山上有明光，不知是日光月光。』文云：『堂上挂珠簾，不知是王家簾朱家簾。』陳云：『有客到舘驛，不知是官人舍人。』王云：『半夜生孩兒，不知是子時亥時。』各賞一大觥。

【校】

〔一〕『拆』，原作『柝』，浮簽改作『拆』，據改。

高麗一僧陪宴朝使，戲行一令曰：『張良項羽爭一傘，良曰涼傘，羽曰雨傘。』朝使信口曰：『許由鼂錯爭一葫蘆，由曰油葫蘆，錯曰醋葫蘆。』

有人爲令云：『子路百里負米，不知是糙米熟米。若是糙米，子路請禱；若是熟米，子路不對。』一人云：『子路宿於石門，不知開門閉門。若是開門，由也升堂；若是閉門，子路拱而立。』

羅狀元念菴與鄒公、徐公讌於寺觀，鄒指塑像出令曰：『祖師買巾，價只要輕，以此買不成，被髮到如今。』徐曰：『玉皇買傘，價只要減，以此買不成，頭頂一片板。』羅曰：『觀音買鞋，價只要捱，以此買不成，赤脚上蓮臺。』

*張退如爲山陰令，與同寮飲卧龍山上，見緋衣婦人踱嶺而去〔一〕。一寮友舉杯起一令曰：『二八佳人過嶺東，映山紅。』以婦人起義，而合一花名。次至某曰：『二八佳人同枕眠，並頭蓮。』張退如曰：『二八佳人經水通，月月紅。』

【校】

〔一〕『踱』，《聞聞録》作『度』。

*徐文長與友人飲，行令要一花名，一鳥名，搭四書二句，詞曲一句。〔一〕一友曰：『虞美人嫁了白頭翁，曰〔二〕：「吾老矣，不能用也。」寒窻更守十年寡〔三〕。』文長曰：『十姊妹嫁了八哥兒，八口之家可以無飢矣。可憐兩口兒無依倚。』

【校】

〔一〕《聞聞録》『一句』下有『一友曰：「老少年擡了行不得哥哥，或百步而後止，或五十步而後止，終須有日歸家裏」』數句。

〔二〕『曰』上原有『翁』字，據《聞聞録》删。

〔三〕『寒窻更守』，《聞聞録》作『向寒窻重守』。

*伎女張斗奴侍三楊讌飲〔一〕。東楊行令，飲春月詩曰〔二〕：『梨花院落溶溶月。』南楊飲夏月曰：『舞低楊柳樓頭月。』西楊飲秋月曰：『金鈴犬吠梧桐月。』英公語斗奴曰：『汝試歌之。』斗奴乃拜而歌曰：『梨花院落光如雪，犬吠梧桐夜。佳人楊柳腰，舞罷晴光滅。春月者，夏月者，秋月者，總不如俺尋常一樣牕前月。』諸公大加稱賞。

【校】

〔一〕『伎女』，《聞聞録》作『妓女』。按據陸采《天池聲雋》，伎名爲江斗奴，飲春月者爲南楊，飲夏月者爲東楊。

〔二〕『飲』，《聞聞録》作『歌』。下二『飲』字同。

確　對

江西有提學出對云：『風擺椶櫚，千手佛摇摺疊扇。』諸生無對者。乃祈乩仙，降書自稱李太白，對云：『霜凋荷葉，獨脚鬼戴逍遥巾。』

刑部郎中黄暐亦常召仙，令對『羊脂白玉尺』，乩云：『當出丁家巷田夫口。』暐明日往試

之，其一耕者鋤土甚力，問此何土，耕者曰：『此鱔血黄泥土也。』暐大嗟異。〔一〕

【校】

〔一〕此條有浮簽云：『《聊齋誌異》載此條大同小異。』按此指《聊齋誌異·乩仙》。

相傳有俗對云：『墻頂葫蘆尖，捏拳頭錐白日；城頭箭垜倒，生牙齒咬青天。』亦工而可笑。

*旅店中一鬼誦一對云：『鼠偷蠶繭，渾如獅子抛毬。』叫唤竟夜。後一士子至，對曰：『蟹入魚罾，却似蜘蛛結網。』怪絶不聞。〔一〕

【校】

〔一〕按此條及以下數條《聞聞録》摘録數條，僅存對語，删去紀事，作『鼠偷蠶繭，渾如獅子抛毬；蟹入魚罾，却似蜘蛛結網』『的頸葫蘆，空心蘿蔔』『凍雨洒窻，東二點，西三點；切糕分片，上七刀，下八刀』『屋北鹿獨宿，溪西鷄齊啼』。『簷下蜘蛛，一腔絲意；階前蚯蚓，滿肚泥心』『無錫錫山山無錫，平湖湖水水平湖』『冰上結冰冰上雪，雪上加霜；空中起霧霧成雲，雲開見日』『儒忠恕，佛慈悲，道感應，三教同心；堯咨嗟，舜吁咈，禹咸若，一朝共口』，内『冰上結冰』當作『水上結冰』。

*蘇郡蔣濤善屬對，有：『三跳跳下地；一飛飛上天。』又有：『凍雨洒牕，東二點，西三點；切糕分客，上七刀，下八刀。』皆精切。

李空同督學江西，有士子同其姓名。公曰：『吾試汝一對，曰「藺相如，司馬相如，名相如，實不相如」。』士子對曰：『魏無忌，長孫無忌，彼無忌，此亦無忌。』公賞之，特置高等。

唐皋使朝鮮，朝鮮國王出對云：『琴瑟琵琶，八大王一般頭角。』皋對云：『魑魅魍魎，四小鬼各樣肚腸。』王大駭服。

舊學士院壁間有題云：『李陽生，指李樹爲姓，生而知之。』楊大年爲學士，對之云：『馬援死，以馬革裹屍，死而後已。』

*徐晞爲州吏目，偶隨守步庭墀中，見一鹿伏地。守得句云：『屋北鹿獨宿。』晞曰：『可對「溪西雞齊啼」。』守大驚異，不以常禮遇之。

常州府同知吴、通判董至無錫，飲紅白酒而醉。吴出對云：『紅白造成，醉倒不知南北。』董對云：『青黄未接，急來要賣東西。』

東郊巡按蘇松刷卷，許御史戲云：『北臺東御史，西人巡按南方。』東不能屬，陸采對曰：

『冬官夏侍郎，春日辦完秋税。』又李空同在江西有對云：『孤雁渡江，顧影徘徊如得偶。』人不能對，陸云：『老翁照鏡，鑒形彷彿似傳神。』

*屠赤水與莫廷韓游顧園，酒酣，屠偶吟云：『簷下蜘蛛一腔絲意。』莫云：『階前蚯蚓滿肚泥心。』

世宗事玄，有獻靈龜者，上出對曰：『赤水靈龜雙獻瑞，天數五，地數五，五五二十五數，數數合於道，道號元始天尊，一誠有感。』一詞臣對之曰：『丹山彩鳳兩呈祥，雌聲六，雄聲六，六六三十六聲，聲聲聞於天，天生嘉靖皇帝，萬壽無疆。』上喜甚，厚賚之。

趙太守時逢指筵上炮栗曰：『栗破縫黄見。』坐客不能對。贛妓朱雲楚對曰：『藕斷露絲飛。』趙大奇之。

*惠山寺有人出對曰：『無錫錫山山無錫。』後有對曰：『平湖湖水水平湖。』

蘇士金用元善屬對，在文翰林座謔其蒙師潘某。潘愠曰：『吾一對，汝能對，甘受汝侮。』

金請之，潘曰：『王大夫昆季築牆，一土蔽三人之體。』金即對曰：『潘先生父子沐髮，番水灌兩牛之頭。』一座大笑。

陳啓東訓導分水，一人題橋上云：『分水橋邊分水喫，分分分開。』啓東過而見之，對曰：『看花亭上看花回，看看看到。』皆其地名也。

陳啓東嘗思『的頸葫蘆』，無有確對。一日，方浴而得之，曰『空心蘿蔔』。天生語也。喜而躍，浴盤頓破。

蘇東坡在翰林時，北使以『三光日月星』請坡公屬對。坡公首以『四詩風雅頌』，妙矣，而又對以『四德元亨利』，『貞』字爲仁祖諱，故缺之，畢竟不妥。陶菴對以『六脈寸關尺』，與首句並妙。

季祖廷尉公在燕邸寄一對句云京師無有對者，出句云：『天啓七年，七月七日天氣。』陶菴對曰：『大明一統，一府一縣大名。』

季祖廷尉公面麻奇醜，眼眶臃腫，痘瘡層遝，短髭戟張，見者失咲。陶菴七八歲時，廷尉喜置之膝上，捋其髭。廷尉曰：『兒善屬對，爲我作鬚對。』陶菴曰：『大人：美目深藏，桃核縫中尋芥子；勁髭直出，羊肚石上種菖蒲。』廷尉撫掌大笑。

歸安沈筠溪少絶敏慧，與弟在途，風雨暴作，遇陳方伯兄弟。方伯戲曰：『大雨沉沉，二沈伸頭不出。』沈應曰：『狂風陣陣，兩陳摇尾不開。』

蘇州吴原墅麻臉鬍鬚〔一〕，蒲田王玉峯面歪而眼多白。王戲云：『麻臉鬍鬚，羊肚石倒栽蒲草。』吴應曰：『歪腮白眼，海螺殻斜嵌珍珠〔二〕。』聞者絶倒。

【校】

〔一〕『吴原墅』，原作『吴厚墅』，據《古今譚概·酬嘲部》改。

〔二〕『殻』，原作『石』，浮簽改作『殻』，據改。《古今譚概·酬嘲部》作『杯』。

常熟嚴相公面麻，新鄭高相公作文用腹草，前後在翰林，高戲嚴曰：『公豆在面上。』嚴應曰：『公草在腹中。』

*近傳聞一對無有對者，出句云：『儒忠恕，佛慈悲，道感應，三教同心。』陶菴對曰：『堯咨嗟，舜吁咈，禹咸若，一朝共口。』又：『漢勃周勃劭應劭，唐功徐有功勣李勣，宋勝朱勝非勳王繼勳，六臣協力。』

越有三號『彭山』：季以進士，程以指揮，彭以軍舍；而青衿有三號『六峯』：葉死，袁生，而陸正病篤。徐文長取以作對曰：『文彭山，季彭山。武彭山，程彭山。半文半武彭彭山。活六峯，袁六峯。死六峯，葉六峯。不死不活陸六峯。』

蘇州范長白無嗣，夫婦上天平山求子。蘇州人口號曰：『范長白夫婦上天平，乏子。』後越中王宗溪、孫王剡生與陸御史夢祖、督學夢龍争産，王拆其梁。陶菴取以作對曰：『王宗溪祖孫打雙陸，拆梁。』

*韓襄毅巡江西，方鞫死囚，忽誦句云：『水上結冰冰上雪，雪上加霜。』久不能對，一囚曰：『囚冒死敢對。』公曰：『汝能對，貸汝死。』囚曰：『空中起霧霧成雲，雲開見日。』公撫掌稱佳，即爲減死。

蘇州尤展成作對偶極工巧。戲作一對云：『天地小梨園，牽帝王將相爲傀儡，二十一史演成一部傳奇；佛門大養濟，收鰥寡孤獨爲丘尼，億千萬人遍受十方供養。』

尤展成對偶：『廣成修道一千二百歲，不知壺中日月纔過分陰；仲尼作史二百四十年，何如皮裏春秋都無一字。』○『嫠婦憂周〔一〕，漆女憂魯，婦女之謀國，深於丈夫；田夫獻曝，野老獻芹，父老之愛君，真於卿相。』○『馮瀛王首尾唐周五朝，無異夏姬三少；趙真定平分《論語》一部，恰似徐妃半粧。』○『《法言》學《論語》，比陽貨之貌聖〔二〕；王充作《刺孟》，亦桀犬之吠堯。』○『二十四孝，貴人紫綬朱衣〔三〕，笑半日黄粱春夢；三十六宫，美女翠鈿紅粉，哭一堆白骨秋墳。』○『李嵒老下四脚棋盤，賽過兩家三百六十著；劉玄石飲千日美酒，祇當一年三萬六千場〔四〕。』○『生公聚石説法，問人反不點頭；太白邀月舉杯，算我誰堪對影。』○『蠻觸氏干戈擾攘，蝸角裏百代春秋；槐安國朱紫榮華，蟻穴中一生仕宦。』○『塵夢勞人，請倩鳥呼歸去；山靈好客，願隨石化飛來。』○『枕流漱石，形骸自有山川；子鶴妻梅，眷屬豈無花鳥？』○『草茅富貴，惟有百城書；煙火神仙，無如千日酒。』○『眼前得失，但看棋局一枰；身後死生，總付蒲團半偈。』

【校】

〔一〕『憂』，原作『夏』，形近而誤，今改正。

〔二〕『比』，原作『此』，浮簽改作『比』，據改。
〔三〕『紫』，原作『柴』，浮簽改作『紫』，據改。
〔四〕『一年』，原脱，據尤侗《西堂雜組》一集卷八補。

燈　謎

蜜蜂窠

放之則彌六合，收之則退藏於密。

竹　簾

不用刀，只用篾，勒碎風，劈破月。

走馬燈

但見争城以戰，不見殺人盈城，是氣也，而反動其心。

半邊銅錢

四書一句：不能成方圓。又骨牌名一個：天地分。

影戲

做得好又要遮得好，一般也號做子弟兵，有何面目見江東父老。

黄蜂　如夢令

舞處腰肢纖瘦，繡處金針斜透。歸到洞房中，羞見蝶雙鴛偶。知否，知否？命裡生來獨守。

燈毬

六個姊妹閒耍，搭起鞦韆一架。高燭照紅粧，多在星前月下。春夜，春夜，處處柔腸牽掛。

花燈

四面笙歌鼎沸，兩脚何曾著地。只爲有情人，遠在碧雲天際。迢遞，迢遞，流盡兩行珠淚。

帳偶

有大人之事，有小人之事。一人之身，而百工之所備。吾聞其語矣，未見其人也。

放鷂

孩兒意，只爲功名半張紙。臨行時，惹母手中線，費幾許。只要去，扯不住。不愁你下第，只愁你際風雲，腸斷天涯何處。

銃楔

有放心而不知求，方寸之木，可使高於岑樓。

傘

開如輪，歛如槊，剪紙綢繆護新竹。日中荷蓋影亭亭，雨裏芭蕉聲肅肅。晴天則陰陰則晴，二天之説誠分明。安得大柄居吾手，去覆東西南北之人行。

皇曆

摸著無節，看著有節。兩頭氷冷，中間火熱〔一〕。

【校】

〔一〕『熱』，原作『熟』，形近而誤，今改正。

筆

少年髮白，老年髮青。有事科頭，無事戴巾。

走馬燈　無際禪師詠

團團游了又來游，無個明人指路頭。除却心頭三昧火，鎗刀人馬一齊休。

二僧兩頭睡　顧聖之作

兩頭兩頭，中間兩頭。兩頭大，兩頭小；兩頭破，兩頭好；兩頭光，兩頭草；兩頭豎，兩頭倒。

叉袋　祝枝山作

無物不開口，開口便成佛。盤多羅，詰多羅，破多刹多佛多難陀。

鏡　架

上無父母之命，下無媒妁之言。

木　鑿

若要長，去兩頭；若要闊，去兩邊。

拆　字

『他』字。問管仲。

『佯』字。何可廢也，以羊易之。

『州』、『洲』字。三點水，六點水，稱呼同，左右異。

『圉』字。國之所存者，幸也。

『秦』字。二畫大，二畫小。

『卜』字。上又無畫，下又無畫。

『乁』字。曲牌名：懶畫眉。骨牌名：八不就。俗語：撇脱，又忘八。

『井』字。四十八個頭。

『湯』字。古人名二個：曾點、成湯。

『用』字。上有可耕之田，下有長流之川。一月復一月，兩月共半邊。一字共六口，兩口不周全。

『孕』字。上寫了一撇，下寫了一畫。

『田』字。四山縱横，兩日綢繆；富是他起脚，累是他起頭。

『呆』字。出自幽谷，遷於喬木。

『晶』字。九畫六直，神仙不識。

『几』字。鳳鳥不至。

『四』字。欲罷不能。

『斤』字。丘未能一焉。

『竒』字。可與立。

『春』字。節氣一个：春分。

『旭』字。節氣一个：重陽。

『本』字。無天於上，無地於下。

『美』字。俗語：羊頭扯在狗腦。

『書』字。莫説盡頭，還有一日。

『冐』字。一日一月，其中稍缺。

『同』字。有用之形，無用之寔；憎兹多口，遇吉不吉。

『咲』字。俗語：笑不得，哭不得。

『亘』字。尋三不見真可怪，一在其中二在外。

『吝』字。先生不通，文在口中。寥天不著，開口即凶。

『束』字。不象東翁，外貌則同；呆在肚裏，一字不通。

『楼』字。長子經過十八，矮子經過八十八，一个婦人底下壓。

『米』字。上面看來是八十，下面看來是十八，四面看來四个不，連環看來八个不。

『乾』字。上邊一个十，下邊一个十，中間一个不是十的日；直豎一个一，橫放一个一，下邊一个不是一的乙。

『蕃』字。只種一爿田，有草又有米。

『几』字。俗語：人不像人，鬼不像鬼。

『埋』字。左邊一塊土，下邊一塊土，上頭打个箍，蘆圈中間還有一塊土。

『皿』字。侶四非四，侶血非血，仔細看來，孟子跌折。

『复』字。夏字少一撇，又在旁邊立，枉做揚州人，顧侯也不識。

『驢』字。驢頭不對馬嘴。

『亞』字。若還加口便啞，不可有心爲惡，中間全没肚腸，外面任生頭角。

『尹』字。伊無人，羊口羣，斬頭笋，減口君，拖尾全身丑，蹩脚半邊門。一條横扁擔，擡起冷尸魂。

『王曰叟』字。兩山獨背背相連，兩山對面面相連。更有兩山對面處，中間文筆直沖天。

『賞』字。和尚與秀才争口，帮了和尚不成秀才，帮了秀才又不成和尚。

『資』、『賀』二字。貝字欠兩點，莫作目字猜。目字加兩點，莫作貝字猜。

『詞』字。未同而言。

『虫』、『二』兩字。徐文長贈一妓爲齋名，取義『無邊風月』。

《孟子》一句。道是二九一十八，又不是二九一十八。道是三八二十四，又不是三八二十四。道是四七二十八，又不是四七二十八。道是五六得三十，又不是五六得三十。其實皆十一也。

『尹巨又了』。君不君，臣不臣，父不父，子不子。

講　書

餘姚先生講『其次致曲』章：大約第一等好麥都當飯喫了，其次的方纔製曲。麯做成時，自然方方正正成一麯形。成形之後，將他掛在簷際風晒，日久未免要蛀。蛀成窟籠，裡面漸漸透明。及至透明，遇風吹則翕翕自動。蓋其動時，已把初時形狀盡行變過，變之不久，一發零零落落，脱化在地矣。你道世間何物能如此脱化？唯天下蛀虫爲能化也。

又講『德行顔淵』節：德行顔是一个傯賴人，口嘴不好，冤那閔子牽了冉伯的牛。仲弓是他隣舍，不忍坐視，出與處分，費了許多言語，説道：『閔子是个好人，你如何冤他偷牛，理合置酒討饒，必須宰鵝。』子貢在傍説道：『政是。』言政該如此也。兩邊情願，已將此事和息。冉有季在路上聞得此事，便學向子游子知道，子游子聞説，曰：『嗄，有這様事！』

補巧言後

妓王四面有紅疤，文長作《黄鶯兒》嘲之曰：『王四有天䵡，火燒班穢素綾，胭脂誤落饅頭蒸。似豬油帶精，似西瓜有丁，石灰罈上黄泥印。細論評，白羅帕上，累一搭月經痕。』

費文憲宏官侍郎，其兄爲太常少卿。公宴，以少長易其位，劉瑾適過之，云：『費秀才以羊易牛。』公答云：『趙中貴指鹿爲馬。』瑾怫然去。

廖鳴吾、倫彦式偕入朝，洞野曰：『有一偶語試對之：人心不足蛇吞象〔一〕。』白山徐應曰：『天理難忘獺祭魚。』廖，楚人。倫，粤人。蓋以物産相嘲云。

【校】

〔一〕『足』，原作『是』，形近而誤，今改正。

里中有胡矮子，諢名三寸丁，縣前開一飯鋪，飭極精腆，以胡飯出名。曾石卿作《黄鶯兒》嘲之曰：『胡飯寸三高，進陰溝帶雉毛，鵝黄蚕繭燕氊帽。扇套兒束腰，拐杖兒等稍，柴榆綽板棺材料。擺摇摇，重陽白菜，錯認做老芭蕉。』

快園道古隱佚部卷第十三

明古劍陶菴張岱著

陶菴曰：自古箕山潁水，凡有隱士之名者，皆不成其爲隱士也。何者？身既隱矣，焉用名之？使人知有箕山，知有潁水，則許由、巢父已遂不得自隱矣。王君公避世牆東，儈牛自隱，市囂塵襍，日日相見，而孰測其爲兼山之遯乎？故曰：『小隱在山林，大隱在城市。』集隱佚第十三。

*龍潭老人潛心古學，與吴康齋相友善，籬落蓬門，無人知識。陳白沙嘗以《周易》疑義質康齋，康齋曰：『過清江可叩龍潭老人。』白沙如其言往謁，適老人雨中蓑笠犁田。乃延至家，與之對榻信宿，辨析疑義。白沙歎服而去。老人語兒輩曰：『吴康齋非愛我者。』

*朱逸，泰州人。樵柴易麥稰，擇精者供母，糗其糲粃以樵。一日，過道學王東崖間，行吟曰：『離山十里，薪在家裡；離家一里，薪在山裡。』東崖謂其徒曰：『小子聽之，人病不求耳！』

虞原璩博涉經史，隱居瑞安，郡守何文淵時時乘小舟詣之，稱莫逆。一夕忽至，坐談久之，不覺夜半，村落無所覓酒。太守曰：『醯可代也。』璩遂出新醯，侑以蔬韭，對酌劇論，時人謂之醋交。

*王麟洲宦關西〔一〕，見二叟策杖而行，狀貌甚古，王問：『何以得此？』一叟曰：『力田收穀，可供饘粥；釀泉爲酒，可留親友。臨野水，看浮雲，世事百不一聞。』一叟曰：『濬池養魚，灌園藝蔬，教子讀書。不識催租吏，不見縣大夫。』王作而謝曰：『真太古之民！』

【校】

〔一〕『王麟洲』，原作『王麟州』，據《聞聞録》改。按王世懋號麟洲。

李芠號岣嶁，武林人，住靈隱韜光山下。造山房數楹，盡架迴谿絶壑之上，谿聲淙淙出閣下，古木蓊翳，大有幽致。山人居此，孑然一身。好詩，與天池徐渭友善。客至，則呼僮駕小舟盪槳於六橋、西泠間，散髪箕踞，澹然嘯歌。自碤石爲壙〔一〕，死則瘞於山房之側。

【校】

〔一〕『壙』，原作『礦』，浮簽改作『壙』，據改。

王元章携妻孥隱九里山，種梅千樹，題其居曰『梅花書屋』。春時，梅子擷實賣錢，每一樹若干錢，以紙裹識之。逐日支用，則記曰『食梅幾樹』。大雪，赤足上爐峰，四顧大呼曰：『天地間合成白玉，使人心膽澄徹，便欲僊去！』

伍雲居新會山，南有大江，自以意爲釣艇，買瑟一張，設供具其中。遇良夜，皓月當空，乘艇獨釣。或備茗果，招友人共啜，悠然坐艇尾賦詩，扣舷賡和，不知天壤之大也。後即以所居北巘築草屋三楹，名曰『尋樂』，往來居之。

張詩自號崑崙山人，居北平。所居一畝之宅，擇隙地種竹。每遇風雨飄蕭，披襟流眄，相對欣然，命酌就醉。興到，跨蹇信所之，雖中途遇風雨，受飢寒，不改悔。所著《罵鬼》、《詰髮》、《笑琳》等集，雄奇變怪，覽者不敢以今人目之。字畫放勁〔一〕，得其一幅，揭之壁間，可以驚人，亦足驅鬼。

【校】

〔一〕『畫』，原作『書』，浮簽改作『畫』，據改。

孫宜弱冠舉賢書，五上公車而五躓，因不復應制。自號洞庭漁人，人呼之『漁人』則應，他呼之則不應。漁人薄有世業，盡斥爲園圃、臺榭，購異書、名畫、古器寘其中，而園中多植奇卉怪木。素嗜酒，乃益釀酒。客來，毋問貴賤輒留飲，飲輒醉，醉則不問客所去。遇佳辰，日日如之〔一〕。

【校】

〔一〕『日日』，原作『夕日』，修改作『日日』。

高瀫自號石門子，善畫。家貧，嗜酒，日酣飲，醉則狂叫放歌。醉甚，即散髪赤脚，軒軒起舞。又自號鬈僊。里有宋子者，與瀫善，病瘧一歲，瀫往問之，宋强起就榻，因飲之酒。酒酣，瀫染筆劃菊數本，倒垂縣崖，香姿隱隱，有飄拂流動之致。宋泠然踈爽，因再請。復寫奇石亭立，雙竹淩空，蕭蕭數葉。宋躍起視之，毛髪俱竦，是日瘧遂差。時人爲之語曰：『少陵有佳句，不若鬈僊筆。』

陸包山家支硎旁，所居有山水之勝。藝菊數百本，五色相鮮。佳客至，輒解衣伏雌斗酒，彌日夜不倦。有腴田數頃，忽盡棄之，留以供客，以此自老。

陳海樵鶴營二別業：在山者爲息柯亭，在水者爲曲池。山人好古，買奇書名畫、鼎彝罇罍，所藏皆三代法物。既擅詩文，復精書畫。座上賓客常滿。山人多材多藝，觴舉酒酣，其所戲弄者：彈琴、撥阮、鼓瑟、吹笙、品簫、度曲、蹴踘、投壺、雙陸、圍棋、説書、演劇，瑣至吴歈、越曲、梵唄、道章、伐木、輓石、㦨辭〔一〕、儺逐、萬舞、偶戲，樂師矇瞍口誦而手奏之者，一遇興至，輒自爲之，靡不窮態極調。四方之人得接見顔色，豐頤美髯，眉目如畫，望而知爲神仙中人。

【校】

〔一〕『㦨辭』，原作『殲辭』，形近而訛，今改正。

楊鐵崖老居泖湖，駕春水宅往來苕霅之間。有小海生賀公爲『江山風月神仙福人』，且貌公小像，題其上曰：『二十四考中書令，二百六字太師銜。不如八字神仙福，風月湖山一担擔。』

*楊鐵崖晚年卧起小蓬臺，不復下。直榜於門曰：『客至不下樓，恕老懶；見客不答禮，恕老病；客問事不答，恕老默；發言無所忌，恕老迂；飲酒不輟樂，恕老狂。』其誕情傲世如此。

*王光菴遁跡西山，姚少師以舊好訪之，謂曰：『寂寂空山，何堪久住！』答曰：『多情花鳥，不肯放人。』

*王陽明塾師許半圭爲姚江隱士，陽明十四即從之學。每當風雨晦冥、雷電交作，令陽明獨行城上，緣城走四十里，以練其膽力〔一〕。嘗授陽明以武侯陣法。一日，陽明閉户用赤白豆壘陣圖未完〔二〕，呼侍午膳，先生大驚曰：『尒作何事〔三〕，面上殺氣如許？』陽明告以寔。先生喜曰：『尒便解此耶！』更進以遁甲諸書。海日公嘗夜至書舍，見陽明躍水上，不敢叫而去〔四〕。

【校】

〔一〕『練』，《聞聞録》作『鍊』。

〔二〕『壘』，《聞聞録》作『纍』。

〔三〕『尒』，《聞聞録》作『汝』。下一『尒』字同。

〔四〕『叫』，《聞聞録》作『呼』。

及陽明巡撫江西，别先生，先生曰：『勿錯認帝星。』蓋楚分野隣江右，世宗在楚，恐其錯認寧王也。陽明至江西，寧王將舉事，先生令其子貽陽明以棗、梨、江豆、西瓜子四物，陽明驚曰：『此先生教我蚤離江西也！』遂有查亂兵之行，得不與濠難。後陽明封新建伯歸，冕服往拜。先生方與老妻磨麥，呼陽明磨前立，曰：『完此斗麥，與汝語。』陽明植立不敢動。先生磨麥完，陽明肅拜，先生第舉手小俯之，徐自汲水，令老妻做麥餅欵陽明而别。

*卓彥恭嘗過洞庭，月下有漁舟棹其傍。彥恭問：『有魚否？』答曰：『無魚有詩。』乃鼓枻而歌曰：『八十滄浪一老翁，蘆花江水碧連空。世間多少乘除事，良夜月明收釣筒。』問其姓氏，不答。

徐文長作《鎮海樓記》，胡少保酬以百二十金，文長謝侈不敢受。少保曰：『我愧晉公子，於是文乃遂能愧湜？倘用福先寺事數字以責我酬，我其薄矣，何侈爲？』文長乃持歸，買城南地十畝，有屋二十有二間，小池二，以魚以荷，木之類，果、花、材三種，凡數十株。長籬亘畝，護以枸杞。外有竹數十箇，筍迸雲。客至，網魚燒筍，佐以落果，醉而詠歌，顏其堂曰『酬字』。

*陶菴晚年號六休居士，白嶽問其說，陶菴曰：『麄羹淡飯飽則休，破衲鶉衣煖則休，頹垣敗屋安則休，薄酒村醪醉則休，空囊赤手省則休，惡人橫逆避則休。』白嶽曰：『此大安樂法也。』

*敖清江曰：『金谿胡九韶學《易》潔修，每日晡，焚香頓首，謝天賜一日清福。妻咲曰：「一日三餐菜粥，何名清福〔二〕？」九韶曰：「吾生無兵禍，家無飢寒，榻無病人，門無訟事，非清福而何？」』予童時聞而咲之。逮正德辛未被華林之寇，己卯遭宸濠之變，避難山中，飢渴顛踣，

始信九韶之言良然！』〔二〕

【校】

〔一〕『名』，《聞聞録》作『言』。

〔二〕『予童時』至『良然』數句，《聞聞録》無。

快園道古戲謔部卷第十四

明古劍陶菴張岱著

陶菴曰：東坡性不忍事，嘗云：『如食中有蠅，吐出乃已。』故一生坎坷，多以口舌爲祟。沈青霞以調笑殺身，王弇州以調笑殺父。審是，則爲人在世，自當捉鼻撿口，用以免禍矣。吾想月夕花朝，良朋好友，茶酒相對，一味莊言，有何趣向？眉公曰：『留七分正經以度生，留三分癡呆以防死。』集戲謔第十四。

王季重與倪玉如皆善書，王書瘦長，倪書稜角。王戲之曰：『倪鴻寶，尒書象刺菱翻筋斗。』倪應曰：『尒書象蚱蜢豎蜻蜓。』

蔡中丞敬夫宴王季重於滕王閣，兩人竚看落照，敬夫眇一目，季重顧而笑曰：『王勃序妙至此！』敬夫詰之，王曰：『落霞與孤鶩齊飛，年兄孤目政對落霞。』敬夫面赤至頸。

*越中詩客某某約王季重同掃徐文長墓，且作詩吊之，季重曰：『掃墓甚善，但不可作詩。』詩客問故，季重曰：『何苦又要他死一遭。』

*顧太僕居憂，鬚髮盡白。起復北上，以藥染之，人笑曰：『顧太僕鬚髮亦起復矣！』

胡青蓮與俞伯和交厚，而意甚不合。青蓮曰：『余與伯和交厚只多一頭耳，他殺得我亦好，我殺得他亦好。』時人謂之刎頸交。

趙介臣爲清朝教官，其友孟子塞致書責之，謂：『吾輩明倫政在今日，尒奈何爲教官，且坐明倫堂上？』介臣媿不能答。兩年後，子塞亦貢，亦爲教官，晤介臣，介臣曰：『天下學宫制度不一，豈貴庠没有明倫堂邪？』

徐文長厭對禮法士，所與狎者多詩人酒客，亦復磊落可喜者，人與談輒稱佳。有柳生九喜評駁古人，常恨孔明不善用兵，歷數可破魏擒操處皆失著，至欲裂眥。及去，文長送之，扉半闔，睨而曰：『嘖嘖，不道短柳九辦殺曹瞞。』

先大父髫時入獄中候文長，見囊盛所著械懸壁間，大父戲之曰：『豈先生無絃琴邪？』文長撫其頂而笑。

李司李與祁德公厚，所闗説者乃子衿王君達事。君達對簿，司李曰：『祁二相公言尒尒。』君達曰：『我王三相公言不尒尒。』司李曰：『秀才在我前輒自稱相公？』君達咲曰：『祁二相公非秀才邪？』司李一咲而罷。

迂仙見馬帶鈴，問曰：『馬何爲帶鈴？』曰：『恐其道上撞人耳。』迂曰：『鵓鴿在天上，有何人可撞？』曰：『鵓鴿恐鶻子打去。』迂曰：『佛殿挂鈴怕恁鶻子？』曰：『佛殿怕鳥鵲做窠。』迂咲曰：『舖兵腰間有何鳥鵲做窠？』人不能難。

迂仙宵行，頭着鳥糞，心甚憂之，乃賒一豬首解禳，久逋不還。屠户索之甚急，迂仙曰：『逋故當還。然吾有數説，聊爲解之。』屠曰：『尚有何説？』迂曰：『譬如此價蚤蚤還你〔一〕。』屠曰：『蚤蚤還我，利上復有利矣。』迂曰：『譬如此豬竟不生頭，奈何？』屠曰：『世間那有豬不生頭之理。』迂曰：『譬如前日這一堆鳥糞撒在你的頭上。』屠曰：『今日遇你，勝着鳥糞矣！』

【校】

〔一〕『蚤蚤』，原作作『蚕蚕』，形近而訛，今改正。

先大父令清江，一寮友令宜春者，少年滑稽，一日小飲，歌兒供唱，大父戲曰：『唱一《宜春令》。』少年即應聲曰：『再唱一《清江引尹》。』

大父與宜春令同候直指審録囚，宜春令拱手問曰：『敝囚犯已在門外，不識貴囚犯到否？』

大父與宜春燕飲，起席小遺，宜春摳衣越次而前，曰：『雖尿無先後之分，而有緩急之序。』

伶人駱嬉嬉扮霸王，規模氣度無不妙，而喉嚨稍啞。大父在座曰：『霸王聲欠響耳！』駱嬉嬉插一諢曰：『孤家是恁般喑啞叱吒。』

成化末，刑政多乖。阿丑劇戲於上前，作六部差遣狀，命精擇之。一人云：『姓公名論。』主者曰：『公論如今去不得。』一人曰：『姓公名道。』主者曰：『公道如今行不通。』後一人曰：『姓胡名塗。』主者曰：『胡塗如今纔是當行！』

中官阿丑於上前作院本，時王越、陳鉞媚汪直，結爲死黨。丑作直持雙鉞趨蹡而行，或問之，曰：『吾行兵惟仗此兩鉞耳！』問鉞何名，曰：『王越、陳鉞。』

保國公石亨私役禁兵二千治第〔一〕。阿丑演《千金記》言：『楚歌吹散了六千兵。』内曰：『八千兵怎落了二千？』阿丑曰：『那二千爲保國公造房子，還吹不散。』

【校】

〔一〕『役』，原作『後』，浮簽改作『役』，據改。

朱文懿當國，其子納言石門廣置田宅。居近南門，凡南門外『坐朝問道』四號田欲買盡無遺，巧取豪敓，署無虚日。外祖陶蘭風先生謔之曰：『石門你只管坐朝問道，却忘了垂拱平章。』

成化末年，言官緘默不言朝事。孫御醫素善謔，人問生疥何以治之，曰：『請六科給事中口銛之即愈。』人問故，曰：『不語唾可治疥也。』

*凌某拜分宜爲父，人稱其爲『嚴子陵』。後有縉紳王姓者，抱他人子爲孫〔一〕，遂以『王孫賈』對之。

【校】

〔一〕《聞聞録》『人』下有『之』字。

王槐野問王元美曰：『趙刑部某治狀何如？』元美曰：『循吏也，且苦唫。』槐野曰：『循吏可做，詩何可便做？』

一道學講萬物一體。一生曰：『設遇猛虎，此時何以一體？』一生曰：『有道之人履虎不咥，必騎在虎背。』周海門笑曰：『騎在虎背還是兩體，到底喫在虎肚方是一體。』

*蘇人好游，袁中郎詩云：『蘇人三件大奇事：六月荷花二十四，中秋無月虎丘山，重陽有雨治平寺。』

吴玄水少以牛稱，松江人爲作七事件：一字曰『則』，二字曰『冉伯』，三字曰『以羊易』，四字曰『吾何愛一』，五字曰『五羊之皮食』，六字曰『百乘之家不畜』，七字曰『謨蓋都君咸我績』。七《書》語既奇，而更妙在句句叶韻。

新安許志吉以大理評事出賣黄山，鄉人恨之。直指賈繼春送一扁曰『大卜于門』，次日於字上稍加筆畫，改作『天下未聞』。許大怒，拭去。次日，又改作『闔手下犬』；再次日，又改作『太平拿問』。魏璫敗，直指縛至太平府勘問，果應其讖。

紹興一百户送親，穿大紅員領，優人謔之。考試官出一對曰：『紙灰化作白蝴蝶。』一士子對曰：『百户變了紅蜻蜓。』一座大咲。

越中一牙役諢名老蛤蚆，一日赴席，僭戴方巾。優人演劇，唱『禪機玄妙』，小丑諢曰：『田雞圓帽，則老蛤蚆好戴方巾矣！』

張篠菴眇一目，常贊千手千眼觀世音像，曰：『汝有千目，衆皆了了。我只雙眸，一明一眇。多者太多，少者忒少。』

*李九我在禮部時好施，日至部，丐者攀輿接路，李不覺色喜，對僚佐强作不堪狀。楚人吴化爲郎，進曰：『老先生衙門原系教化之門〔一〕。』李默然。越日，化左遷。

【校】

〔一〕《聞聞録》『教』下有小字『叫』字。

蕭山脚夫遇冬天破壁風冷，輒歎曰：『西興風也作怪，在戴老爺家過夏，偏到我家過冬！』

＊張江陵病，百官設醮，已而病劇，大臣復有舉者，申瑤泉笑曰：『如此，則相公再醮矣！』

＊祝枝山右手駢拇指，或戲之曰：『君之富於筆劄，應以多指。』枝山應曰：『誠不以富，亦祇指以異。』

＊嚴介溪誕辰，諸翰林稱壽，争呈其面。時菊花滿堂，陸平泉獨退處於後，徐曰：『不要擠壞了陶淵明。』

＊太監谷大用迎駕承天〔一〕，所至暴横，官員接見，多遭叱辱，必先問曰：『你紗帽是那裡來的？』一令詈不爲意，大用喝問如前〔二〕，令曰：『我紗帽在十王府前三錢五分兲白銀子買來的。』大用一笑而罷〔三〕。

【校】

〔一〕『太監谷大用』，《聞聞録》作『明太監谷某』。

〔二〕『大用』，《聞聞録》作『至則』。

〔三〕『大用』，《聞聞録》作『谷乃』。

許公國與申公時行相約往一公所〔一〕，申往，許拉之，許曰：『此纔午時，即行乎？』申應曰：『既以身許國，不得不爾！』

【校】

〔一〕『許公國』，原作『許公穀』，據《古今譚概》卷二十四《酬嘲部》改。

達毅與王達同爲郎中，一日僉公移，王戲曰：『每書銜名，但以公上爲我之下。』毅應曰：『君子上達，小人下達。』

周文襄在姑蘇日，有報男子生兒者，公不答，但目諸門子曰：『汝輩慎之！』

袁中郎與陶石簣游西施山，信宿而去。後陶與袁書云：『昔日與石公宿幾夜嬌歌豔舞之山。』袁曰：『此書須注明，不然，累弟他日謚文恪公不得也。』

王弇州赴一富人席，設饌有臭鼈及生梨子。弇州捉鼻曰：『世上萬般哀苦事，無過死鼈與生梨。』坐客大噱。

正德間，有無賴子好作十七字詩。太守祈雨不應，作詩曰：『太守出祈雨，萬姓皆歡悦。昨夜推牕看，見月。』太守知，使使捕至，曰：『尒善作十七字詩，試再咏之，佳則釋尒。』即以別號西坡命題。其人應聲曰：『古人號東坡，今人號西坡。若將兩人較，差多。』太守怒，杖之十八。其人又吟曰：『作詩十七字，被責一十八。若上萬言書，打殺。』太守咲而釋之。

一人亦喜作十七字詩。見有婦人過前，作詩曰：『走過一嬌娘，羅裙繞地長，金蓮剛四寸，橫量。』後以事發配鄖陽，母舅送之，相對泣，母舅眇一目，作詩曰：『發配在鄖陽，見舅如見娘。兩人齊下淚，三行。』

隆慶戊辰，有私閹火者張朝，假傳奉旨來浙選繡女，民間女子十二三以上者婚嫁殆盡〔一〕。有作詩嘲之曰：『抵關内使未爲真，何必三杯便做親？夜來明月樓頭望，嚇得嫦娥要嫁人〔二〕。』

【校】

〔一〕『殆』，原作『紿』，浮簽改作『殆』，據改。

〔二〕『嫁』，原作『塚』，浮簽改作『嫁』，據改。

*陸楠上公車不第，道揚州鈔關〔一〕，户部税其舟。楠投一詩云：『獻策金門苦未收，歸心日夜向東流〔二〕。扁舟載得愁千斛，幸遇明王不税愁〔三〕。』户部見詩，迎而禮之。

【校】

〔一〕『揚州』，《聞聞録》作『楊州』。

〔二〕『向』，《聞聞録》作『似』。

〔三〕『幸遇明王』，《聞聞録》作『聞説君王』。

*孫太初隱居西湖〔一〕，倣林逋妻梅子鶴，後變節徙湖州，連娶二婦。有士人調之曰：『僕從西湖來，有尊眷二人譙兄〔二〕。』孫問：『何人？』士人答曰：『是梅令政〔三〕、鶴令郎耳。』

【校】

〔一〕『孫太初』，《聞聞録》作『有孫某』。

〔二〕『譙』，《聞聞録》作『誚』。

〔三〕『令政』，《聞聞録》作『令正』。

*冏卿胡璞完居家極儉樸〔一〕，有疾延醫，醫方中有用人參者輒抹去。嘗曰：『别人家喫人參忌蘿蔔，寒家是吃蘿蔔忌人參。』

【校】

〔一〕『冏卿』，『《聞聞録》無此二字。

＊無賴子題妓館壁上：『春王正月，公與夫人會於此樓。』一士人題其下云：『夏大旱，秋飢，冬雨雪，公薨。君子曰：不度德，不量力，其死於飢寒也宜哉！』

＊一醫者死，其子向王弇州乞墓銘，弇州曰〔一〕：『墓銘不真則不傳，吾爲尊公銘之。』銘曰：『某公某，少學岐黄之術，壯而欲行之，偶感微疾，姑自試之，暴卒。』

【校】

〔一〕『弇州』，《聞聞録》作『王』。

＊王弇州爲郎時，適有宴會，嚴世蕃候久方至，弇州問之，曰：『病傷風耳。』弇州咲曰：『爹居相位，怎説出傷風？』座客大咲，世蕃銜之。

徐華亭婿顧某謁一薦紳，有坐客問云：『此君何人？』薦紳曰：『當朝宰相爲岳丈。』

袁中郎與江菉蘿分宰長、吴二邑，中郎一無問餽。時兄袁石浦宗道在翰林，江嘲中郎曰：『他人問餽，以孔方爲家兄；君不問餽，以家兄爲孔方耳。』

＊席書以議大禮擢禮部尚書〔一〕，尋加宫保。一内臣見其腰玉，陽爲不識，曰：『此帶是大理石所爲耶？』

【校】

〔一〕『席書』，《聞聞録》作『席某』。

＊劉子儀不得大用〔一〕，稱疾不出。朝士問疾，劉云：『虚熱上攻。』石文定在座云：『只消一把清凉散。』西府用清凉傘。

【校】

〔一〕『劉子儀』，《聞聞録》作『劉公某』。

程學士敏政主試鬻題，伶人誚之，持雞出，白：『此雞價值千金。』問曰：『此何雞而價高若是？』對曰：『此程學士家雞，只賣他一个五更啼耳！』

馮具區攜妓泛西湖，泊定香橋，有羣少年擁觀，公命移舟。少年輩大罵曰：『尒不過會元祭酒，吾輩後來殆將勝汝！』公命使者曰：『致上秀才，縱若隨後赶來，老夫已過學士港矣！』西湖清波門有學士港。

＊熊敦樸左遷通判，辭張江陵，江陵曰：『我與尒痛癢相關，自當留意。』熊曰：『老師恐未見痛。』相公問故，熊曰：『王叔和醫訣云：「痛則不通，通則不痛。」』江陵大咲。〔一〕

【校】

〔一〕此條下《聞聞録》有一條：『秀州有初學作「周監於二代」題破語云：「一代又一代，豈非二代乎？」先生批其旁云：「三等又三等，豈非六等乎？」可供一笑。』不見《快園道古·戲謔》，蓋自《快園道古》亡失六卷中移置此處者。

＊陳白沙當成化初會試時，好新奇，作『老者安之』三句題破曰：『物各有其等，聖人等其等。』試官戲批其傍云〔一〕：『若要中進士，還須等一等。』

【校】

〔一〕『傍』，《聞聞録》作『旁』。

＊徐文長作時藝，常以戲謔行之。作『公孫衍、張儀』至『妾婦之道』題破曰：『尚論戰國之

士，時人雄之，而大賢雌之也。』士林傳以爲笑〔一〕。

【校】

〔一〕『傳以爲笑』，《聞聞録》作『傳爲一笑』。

丹徒靳少師繼妻請旌，吴宗伯曰：『夫人受一品封，自應守節，旌不合例。』徐華亭力爲言之，宗伯笑曰：『相公亦慮閣老夫人再醮邪？』

＊劉定之陞洗馬，朝遇少司馬王偉，王戲之曰：『太僕馬多，煩洗馬一一洗之。』劉笑曰：『何止太僕，諸司馬不潔，我亦當洗。』

＊閩中蔡大司馬經，初姓張〔一〕，一日與龔狀元用卿同席，演《琵琶記》至趙五娘上路，蔡戲龔曰：『狀元娘子何至如此！』後至張廣才掃墓，龔指曰：『這老子姓張，如何與蔡家上墳？』

【校】

〔一〕『閩中蔡大司馬經』，《聞聞録》作『明時蔡大司馬某』。

丹徒靳閣老有子不肖，而孫又登第，閣老每督責之，其子應曰：『翁父不如我父，翁子不如我子，我何不肖？』閣老大咲而止。

*安給事磐，四川人〔一〕，初度避生，同僚尋至避所。蔡巨源戲曰：『一老鼠見貓，避一瓶中〔二〕。貓捕之不得，以鬚撩之，鼠因噴嚏。貓在外呼曰：「千歲！」鼠曰：「汝豈真爲我壽，誘我出〔三〕，欲咬嚼我耳！」』安笑而出。

【校】

〔一〕『四川』，《聞聞録》作『西川』。

〔二〕『一』，《聞聞録》作『在』。

〔三〕『出』，《聞聞録》作『出來』。

葉副使繼山少有『老鼠』之號，其嗣君入泮，先大父以禮幣賀之，見繼山連揖，曰：『龍生龍，鳳生鳳。』繼山大笑，以拳築大父背。

王文成封新建伯，著冕服入朝，有帛蔽耳。某公戲曰：『先生耳冷！』文成笑曰：『我不耳冷，先生眼熱。』

盧江尹李公有門子甚荷寵，一日，諸寮畢集，共誚之，或云『龍陽』，或云『六郎』，霍山尹羅公獨曰：『此王戎後身也！』李驚問故，羅曰：『因前生鑽李，今來還債耳。』

上虞徐鴻儒以壬子中順天鄉試，而乙卯浙江有屠鴻儒者亦舉賢書，陶菴戲之曰：『壬子有個徐，乙卯有個屠，雖然談笑有，却是往來無。』

陸楚生從堂姪大成發解南京，楚生見人必呼『大成舍姪』，人多厭之。時弇州在座曰：『當不得他還一句「遠房阿叔」也。』衆爲捧腹。

王伯固令太和，一士子昂然進曰：『一等生員告狀！』伯固斂容，徐答曰：『三甲進士不准。』

羅汝敬、馬鐸同在館閣，冬月，羅不戴煖耳，馬不穿氈襪，時人戲曰：『騾耳馬足。』

田登作郡，怒人觸其諱，犯者必笞，舉州皆諱『燈』爲『火』。值上元放燈，吏揭榜於市曰：『本州依例放火三日。』陶菴曰：『只許州官放火，不許小百姓點燈。』

越中縉紳有五女，次第遣嫁，心甚厭之，乃作詩曰：『三女之門盜不過，我今五女更如何？可憐一對愚夫婦，專替人家辦老婆。』

紹興岑太守喜作諧語。家灣州守太初公求釋一枷犯，岑執不許，曰：『承教只枷一日。』太初曰：『何在一日？』岑曰：『雖加一日愈于已。』太初曰：『既庶矣，又何加焉？』遂一笑而罷。

吴中一先輩納二寵，托祝枝山命名，祝以忠奴、孝奴名之。先輩曰：『用忠孝太板。』枝山笑曰：『孝當竭力，忠則盡命。』先輩大笑。

楊醫官傳食絹方爲神仙上藥；又一方，有寒疾，蓋稻薦即愈。或嘲之曰：『君喫衣着飯，大是奇方。』

白子熙以布衣講學，赴席見盛饌，謂世風不古，必痛哭流涕。席散，袖菓餌歸餉孫子。有柿著水，以口吮之，盡以入袖，所仗惟肉。大父戲之曰：『是柿可忍吮也，孰肉不可忍吮也。』聞者噴飯。

陸柱史二公郎，其諱名，長曰『本地叫化』，次曰『來路叫化』。大父斫園成，二公郎來游。大父命友人曾石卿導之。及去，大父問曰：『陸公子何説？』石卿答曰：『大公子曰：「好好！」二公子曰：「好好好！」』

陸二公子造園亭於東郭門外，屬仲叔葆生取一園名，仲叔謔之曰：『園近東郭而鄰地多墓，當名以「東郭墦間」。』聞者絶倒。

錢岳陽初陞太平太守，而浙中訛傳有倭寇，寧、紹憂之。王季重晤岳陽，笑曰：『政是寧爲太平犬〔一〕，莫作亂離人。』一座大笑。

【校】

〔一〕『犬』，原作『太』，形近而誤，今改正。

祁世培塾師曰大先生，雲南歸，携一竹汗絡，初壞幾節，即尋本地細竹補之。後經四十餘年，所補殆遍，而雲南竹無一存者矣。故凡事失其本來者，輒呼之曰『大先生汗絡』。

越中醫士以乘轎爲尊重。有一名醫獨喜步行，客問曰：『先生負此重名，何不擡轎？』名醫咲曰：『我是刑部郎中。』

山陰令馬公如蛟，和州人，試童子以一鼓、二鼓、三鼓收卷，三案覆試。會稽令陳公國器，福建人，招童生以大圈書名。越人對之曰：『馬山陰，三通花鼓，和州叫化；陳會稽，一團煎餅，福建傾銷。』

明時有一縉紳自刻其文集，語極膚淺。問於作者，曰：『吾文何如古人？』或對曰：『一代之興有一代之文，故漢曰漢文，唐曰唐文，公之文，可謂「明文」也。』其人不悟。

*楊升菴云：『滇中有一先輩，諭諸生讀書爲文之法甚悉，語畢問諸生曰：「吾言是否？」一人應曰：「公，天人也，所言皆是天話。」』

*焦芳初還朝，失記朝儀，問李西涯，西涯曰：『以鳴鞭爲度：一鞭走兩步，再鞭又走兩步，三鞭上御道。』芳諾之，旋悟曰：『公乃戲我。』

*王元美讌客，王偶洩氣，客皆笑之。王拈一令曰：『要四書中一「譬」字。』王先道『能近

取譬』，衆皆舉『譬如北辰』、『譬如爲山』等語。王咲曰：『我「譬」在下，公等「譬」乃在上。』各罰巨觥。

葉仲子論荆公《字説》之妙，因及『疾病』二字，从丙、从矢，蓋言丙燥、矢急，疾病之所自起也。一友以『痔』字難之。沈伯玉笑曰：『因此地時有僧人出入，故从寺也。』衆方哄堂，一少年不解，問葉，葉曰：『異日汝當自解。』衆復哄堂。

焦芳面黑而長如驢，嘗謂西涯曰：『公善姑布，煩一相我。』西涯左右視曰：『左半面像馬尚書，右半面像盧侍郎，公位必至此。』馬與盧，合乃『驢』也，芳悟，大咲。

*金陵吴擴有詩名〔一〕，曾有《元日懷嚴分宜相公》詩。一友見之，戲曰：『開歲第一日，懷當朝第一人，如此便做到臘月晦日，亦懷不著我輩也。』吴咲而甚慚。

【校】

〔一〕『吴擴』，《聞聞録》作『吴某』。

二酉叔至陸二公子園亭，見弔人廡下扑之，問公子，公子曰：『雨大，偷掘我塘，池魚盡走，故扑之。』二酉叔咲曰：『此打有典，據《千字文》曰：「吊民伐罪，有虞魚陶逃唐塘。」』

倪康侯善諧謔。一日與商氏昆季席散，携燈塞巷，康侯口占一絶曰：『雪片燈籠點得忙，尚書兵憲與都堂。只有秀才難出色，傍邊細註益三房〔一〕。』友人大笑。

【校】

〔一〕『傍邊細註益三房』，《聞聞録》作『旁邊細註易三房』。

一腐儒最不能奕棋，又侈口自負，每對局必敗，乃憤恥不復奕。一友詰其何以不復奕，其人以持五戒對。友曰：『奕不在五戒之内，何以戒奕？』其人曰：『奕不免殺，五戒以不殺爲首，故戒之。』葉晝從傍咲曰：『如此説，公却替别人戒了。』

長安有武弁喜作詩，逢人輒口誦不已。一日，見王季重，開口便誦，季重曰：『待寫出來請教。』即命索筆，季重曰：『待刻出來請教。』

督學將至姑孰，有三秀才理經不熟，謀燒棚廠，將舉火，被獲。王季重爲令，判其牘曰：『一炬未成，三生猶幸；萬一延燒，罪將何贖？須臾乞緩，心寔堪哀。聞考即已命終，火攻乃出下策。各還初服，恰遂驚魂。』

王季重與吴、施兩同年劇談，施癯，言寒可畏，吴肥，言熱可畏，争持久之。季重曰：『以兩君之姓定之，不相上下，一曰「迎風則僵」，一曰「見月而喘」。』

梅季豹、謝少連、柳陳夫、虞伯子、宋獻孺訪王季重，俱集姑孰，季重觴之。一優豎甚麗，酒酣，柳掀髯曰：『臨邛令已妙矣，但少一卓文君耳！』季重捉鼻唉曰：『這其間相如料難是你。』

白下一吏部步杜工部《秋興八首》，屬王季重和之。季重曰：『此時還正夏，且兩免何如？』

＊由拳一衿頗有意思，熊芝岡考置四等，王季重慰之，此生曰：『宗師重在四等，甚是知音。』季重曰：『果然。大吹大打極俗，不若公等鼓板清唱也〔一〕。』

【校】

〔一〕『不若』，《聞聞録》作『不如』。

王季重入覲，過一好奕年友，曰：『上門欺侮。』年友曰：『徑送書帕則訖，何必又借棋盤？』季重曰：『不是書帕，還是怕輸。』

王季重令姑孰，有女將嫁，其父索重聘，遂失期。此女忽持一絹而去，大索不得。月餘，得之隣居宋皮匠櫃中。季重判其牘曰：『勒加羊饋，遂至鶉奔。事之以幣，反叨西蜀之文君；射不主皮，豈料東鄰即宋玉。十纖刺繡，落在錐刀；一貌如花，食此牛氣。夜行晝伏，憐喜懼之兼施；日居月諸，歎尺尋之不定。亡人以爲寶，巧雖韞匵而藏；遯世不見知，悶乃穴革以出。手足盡露，彌縫之術終疎；寢處太甘，鑽隙之緣亦盡。既姦所之見獲，各决杖以何辭。女既無良，夫麾是聽；父難免罪，衆唾咸歸。』

王季重族人犯杖罪，的決而出，季重慰勞之曰：『爾可改過，今後是個名人了，「七十杖於國」矣！』

徐兵憲戲董比部懼内，比部曰：『人不懼内，必爲亂臣賊子矣！』季重曰：『不爾，「亂臣賊子懼」。』

鄂君在坐，張參軍佞之曰：『尊公當日亦芳致。』王季重曰：『又追王太王、王季。』

錢理齋善寫照，有蘇友欲駕之，然所貌殊不是。一日請評，王季重曰：『理齋那得如君，渠筆淺易，一望而盡；不若君能變幻，令人彷彿，費沉思也。』

陶蘭亭二連襟：一老童不得進學，一進學而近降青衣。蘭亭戲之曰：『我兩姨夫，《論語》上蚤已說破，一曰苗而不秀有姨以夫；一曰秀而不實有姨以夫。』

蕭山縣秀才嗔西興脚子不稱『相公』，而稱『公相』，告之縣令，令曰：『何煩乃尒？』秀才曰：『即如見父母不稱「老爺」，而稱「爺老」，如何恕得？』

吴松間有一縉紳閨門不正，鄉人揶揄之，作一對榜其門曰：『孝弟忠信禮義廉，一二三四五六七。』見者捧腹。

越中水澄劉氏子，面方口闊，有號『石獅子』者，後爲侍郎公、鄉賢、秀才。一日衣冠見其族長，族長咲曰：『今後石獅子當改爲銅獅子矣！』或問：『何也？』族長曰：『口内要吐出香烟。』

吏部書辦設席請蕭王，二西叔戲之曰：『公輩作福，當奉祀趙玄壇。』諸書辦問曰：『何謂也？』二西叔曰：『公等在部，多用黑虎跳，故須祀之。』

嘉善樂元聲、和聲、駿聲弟兄三人皆名進士，乃認岳武穆爲祖，改姓岳氏，遂占踞岳坟，奪其世産。杭人恨之，乃作一小劇：岳鄂王坐堂皇，先呼其長進曰：『尒何名？』曰：『元聲。』曰：『元，吾仇也，尒柰何名元？亟出之！』呼其次進曰：『尒何名？』曰：『和聲。』曰：『吾梗和議而致殺身，秦檜主和，吾所痛恨也。亟出之！』呼其季進曰：『尒何名？』曰：『駿聲。』曰：『拐子馬，兀朮所以取勝，馬亦吾敵也。亟出之！』三人逐出，徬徨廟門。外扮樂道德上，呼曰：『爾輩皆吾後裔也，何苦受鄂王嘔氣？快快隨我回去！』拉以俱下。無賴子爲之，雖甚惡薄，而亦多雋巧。

快園道古笑談部卷第十五

明古劍陶菴張岱著

陶菴曰：尼父莞爾絃歌，而絃歌有何可咲？佛祖拈花一咲，而拈花有何可咲？陸士龍服縗臨澗，笑幾溺水，而服縗臨澗有何可咲？然而觸目會心，忽然頤解，真有不知其然而然者。故咲，如做夢，有想有因，不可强也。馮子猶集《古今咲》，而以天地間忠孝廉節極正經之事，俱付之一咲，則亦今日之孔文舉、禰正平矣〔一〕。余所記者則大異是。記一可咲之言，無不噴飯；記一可咲之事，無不掀髯。総使包待制冷面寒鐵，偶見一則，亦不得不爲之河清一度也。集笑談十五。

【校】

〔一〕『禰正平』，原作『彌正平』，按漢禰衡字正平，今改正。

武宗在宣府迎春，備諸劇戲，飾大車數十輛，令僧與妓女數十人共載。妓女各執皮毬，車馳，妓女交擊僧頭，或相觸而墮。上大咲以爲樂。

浙中一縉紳學仙，引導許久，妄自意身輕可以飛舉。乃於園中疊案數層，登而試之。兩臂繾張，遽而墮損，醫治彌月方愈。語人曰：『但願吾做得半日神仙，便死也甘心。』

武宗朝，以國姓朱，禁天下畜豬，殺豬者罪無赦。凡民間小豭皆棄之，溝渠市河爲滿。

*高郵學正夏有文〔一〕，弘治末獻書闕下〔二〕，曰『萬世保豐永亨管見』。上嘉之〔三〕，更『管見』兩字曰『策』。夏遂書官銜云『獻萬世保豐永亨管見天子改爲策字高郵州學正夏有文〔四〕』。

【校】

〔一〕『高郵學正夏有文』，《聞聞録》作『明高郵學正夏某』。

〔二〕『弘治』，《聞聞録》作『於宏治』。

〔三〕『上』，《聞聞録》作『孝宗』。

〔四〕『夏有文』，《聞聞録》作『夏某』。

徐侍御如珪謫出，後遷廷評，不欲忘舊銜，投臺中刺曰『臺末』，於他刺曰『臺馺』。又有太常少卿白若珪，性謙下，投諸貴人刺曰『渺渺小學生』。好事者作謡曰：『臺末臺馺，渺渺小學。同是一珪，徐如白若。』聞者絶倒。

歸太僕謫官吴興，每理事，吏胥雜役環擠案傍，幾不容坐。歸以硃筆飽蘸，捉向諸人曰：『若輩若不速退，我便洒將來也。』合堂大笑。

吴康齋召至京師，以兩手大指、食指作圈曰：『令太極常在眼前。』長安街上小子常以蘿蔔投其中戲侮之〔一〕，公亦不顧。

【校】

〔一〕『蘿蔔』，原作『蘿蔔』，顯誤，今改正。

袁太冲同二縉紳在賓館坐久，一公曰：『司馬相如日擁文君，好不作樂。』一公曰：『宫刑時却自苦也。』袁閉目摇首曰：『温公喫一嚇。』

＊越中有李少白者〔一〕，書畫皆俗筆〔二〕，而自負能詩〔三〕，乃作字説曰：『先人號繼白，而某號少白，某所少者乃李太白之白，非先人繼白之白也。蓋先人不能詩，某則何所少哉！』

【校】

〔一〕『李少白』，《聞聞録》作『李白沙』。

〔二〕『俗筆』，《聞聞録》作『極佳』。

〔三〕『自負能』，《聞聞録》作『復善於』。

李少白作《倒撑船》詩云：『越地無車馬，乘船便當街。渾身著木屐，未死進棺材。蜕殼鑽篷出，攛梭下堰來。夜深相遇處，你隴我儂開。』

*王侍御家資數十萬，每夜必與其妾婢數沁茶青荳，客至幾次，共用荳幾十粒，餘幾十粒〔一〕，必交盤入册。侍御出見客，腰間琅琅有聲，則其庱庫、厨扃各門匙鑰也〔二〕。

【校】

〔一〕『餘』，原作『仗』，據《聞聞録》改。

〔二〕『匙鑰』，《聞聞録》作『鑰匙』。

北地盛作跳神，召戲則戲，召酒則酒，召食則食。有跳神者見主人堂後有琵琶二具，誤認以爲火腿，呼曰：『急賫後堂火腿來！』主人跪拜曰：『尊神，寔是琵琶，不是火腿。』跳神者大聲曰：『你凡人叫做琵琶，咱天上叫做火腿！』

*蘇州吴上舍不讀書而好爲勢交〔一〕，一日聞友人讀《歸去來辭》，至『臨清流而賦詩』，遽

問曰：『是何處臨清劉副使？幸攜帶往賀之。』友人曰：『此《歸去來辭》〔二〕。』乃曰：『我只道是見任上京〔三〕，若是歸去者，不往也罷。』

【校】

〔一〕『蘇州』，《古今譚概·容悅部》作『徽州』。

〔二〕『辭』，原作『詞』，據《聞聞録》及上文改。

〔三〕『我』，《聞聞録》無此字。

先伯九山爲延平令，胞弟紫淵至署，見案牘中有武舉某者告狀，即大怒，促九山立拘其人，痛責三十，發重監羈候。九山俟其氣稍平，問之曰：『是人於何處得罪吾弟？』紫淵咲曰：『渠何曾得罪于我，紹興武舉張全叔與我有口過，今痛責此人，使其知武舉也是我張紫淵打得的。』

*賀美之與伊德載同飲一富民家，富民諂奉德載，而不識『伊』字，屢呼『尹大人』，酣酢重沓〔一〕，略不顧賀。賀斟大觥呼之曰：『爾其與我飲一杯，不要傍若無人！』

【校】

〔一〕『酣酢』，《聞聞録》作『酬酧』。

越中一先輩喜看戲，聞鑼鼓聲，心急步不能移，輒仆地。子孫以小椅舁之，則呼曰：『努力，努力！蚤到一刻，便是孝子慈孫。』

先叔三峨喜評論試牘，言之侃侃，即數百名外，其間高下，謂一名不可移易。故人言『張三峨看考卷極准極確，却要在發案之後。』

*先叔紫淵煑狗熟〔一〕，邀劉迅侯共食之〔二〕。迅侯以事出〔三〕，作一簡復之曰：『弟政忙〔四〕，不及過兄〔五〕，如有意，幸分我一杯羹。』

【校】

〔一〕『先叔紫淵』，《聞聞録》作『張紫淵』。

〔二〕『劉迅侯』，《聞聞録》作『一友人』。

〔三〕『迅侯』，《聞聞録》作『其友』。

〔四〕『政』，《聞聞録》作『正』。

〔五〕『過兄』，《聞聞録》作『還兄』，則『兄』字下屬。

*王修仲與其族人訟，族人不能勝，夜持刀殺之，修仲走避，獲免。次日謂其友曰：『某昨幾爲族人所殺，幸弟防避得緊，彼始善刀而藏之矣！』

汪司馬伯玉喜用文語。一日，其媳與夫競寵，操刀割其勢，其子大喊叫，聲達於外。座客驚問，伯玉曰：『兒婦下兒子腐刑。』

*有吴生者，老而趨勢。偶赴席，見布衣後至，意輕之，止與半揖。已而見主人恭甚，私詢之，乃張伯起也，要致殷勤，欲與再揖。張笑曰：『適已領過半揖，但乞補還，弗復爲勞。』

*廬陵陳文貪鄙〔一〕，至死，門下人有善滑稽者謂人曰〔二〕：『昨夜二夜叉來取公，一夜叉攙之，公不肯去。其一曰：「彼將望陞太師、柱國，如何捨得去？」攙之者曰：「即爲閻羅王，何惡也！」公喜曰：「如何便爲閻羅王〔三〕？」夜叉歎曰：「公有淮鹽十餘萬，非閻羅王而何？」』聞者絶倒。

【校】

〔一〕『陳文』，《聞聞録》作『陳某』。

〔二〕『人』，《聞聞録》作『陳』。

〔三〕『使』，《聞聞録》作『使』。

先伯九山臨清被難，嗣子墨妙往奔喪，聞亂，不果往。倪司馬元璐發兵勤王，至淮而返。

時人對之曰：『張孝子奔喪，墨莫妙不去；倪司馬勤王，元原璐路歸來。』

＊楊椒山廷杖，有人送蚺蛇膽，曰：『服此可無楚。』椒山却之曰：『椒山自有胆，何必蚺蛇哉！』傳爲美談。會稽陶印祖〔一〕，有餽以海狗腎者〔二〕，亦效其語曰：『印祖自有腎，何必海狗哉！』

【校】

〔一〕『陶印祖』，《聞聞録》作『陶某』。下一『印祖』同。

〔二〕『有』，《聞聞録》作『有人』。

越中讓簷街王禹屏家善飲，子姪皆豪量。凡欵客，一入門即加鎖鑰，竟日不開，恐客逃席。至丙夜，客皆醉倒。令稚子舉火照之，客則展側者，必呼曰：『客尚能動，快拿酒來！』

正德間有醫官徐髯翁者，受武宗知遇，曾以御手凭其左肩，遂製一龍爪於肩上。與人揖，左手擎起，只下右手。

會稽陶氏有老人好酒，而其子婦鄙吝。一夕月佳，老人起坐庭除，酒思渴甚，呼其子看月，不應，頻呼之，其子曰：『月有恁好看？』老人曰：『汝即不看，可與我壺酒，我自看之。』其子曰：『夜深何從得酒？』老人大怒，出門外大呼曰：『陶某毆父，隣舍救應！』比隣皆起評問，知其故，乃罰其子酒一大壺，供老人看月，而令其子婦安寢如故。

＊紹興司理李應期〔一〕，山東人，坐堂上理事。吏胥以餅餌啖之，俗名玉露霜，甜而可厭。司理撮食之甚美，口中念念曰：『李推官莫忘祖宗積德，出尒子孫發了黄甲〔二〕，却恁般受用！』

【校】

〔一〕『紹興司理李應期』，《聞聞録》作『明紹興司理李某』。

〔二〕『尒』，《聞聞録》作『汝』。

李推官向越中子衿盛稱：『紹興人材之盛，天下莫比。我山左寥寥，有得幾人！』子衿曰：『老師貴處有孔夫子。』司李曰：『便只有這一個，也不曾發得黄甲！』

李司李與人談，輒憂國運，人有言：『近日黄河水涸，漕船擠塞，柰何？』司李曰：『如此看起來，天下倒有亡的機括。』

＊李司李有門人饋金魚十餘尾〔一〕，皆重價，司李收進，盡煑食之。次日見其人曰：『昨日見惠金魚，好顔色，食之只是少味。』

【校】

〔一〕『司李』，《聞聞録》作『司理』。下一『司李』同。

李司李壽日，有餽壽桃，上以粉餌作八仙。司李見八仙，先令蒸食。次日謝餽者曰：『承惠八仙，穿紅的狠好吃，穿黄的還好吃，那穿緑的極難吃。』蓋緑者以銅緑和之，故難吃也。衙役聞之匿咲。

李司李見人餽黄甲蟹，異之。携至署中，揭奩蓋，蟹擎螯亂出。司李踞桌上大呼曰：『有沙虎，有沙虎！』署中人俱走避。隨役急進，縛蟹出，一署始安。

＊胡衛道三子〔一〕：長名寛，次名定，季名宕。衛道妻亡〔二〕，倩友人作墓誌。友人直書曰：『夫人生三子寛、定、宕。』見者失咲。

【校】

〔一〕『胡衛道』，《聞聞録》作『胡某生』。

〔二〕『衛道』，《聞聞録》作『後胡』。

迂仙醉，向人家撒溺。閽者呼之曰：『何物狂徒，當門撒溺！』迂睨視曰：『是汝門不合向吾鳥耳！』其人不覺失笑曰：『吾家門舊矣，豈今日造而向汝鳥？』迂指其鳥曰：『老子此鳥，也不是今日造的！』

迂仙雨中借人衣着之，失足跌損一臂，衣亦少污。從者爲之摩痛甚力，迂止之曰：『汝第浣衣，勿揉我臂。』從者曰：『臂且損，遑惜衣？』迂曰：『臂是我自家的，便跌壞，無人來問我討還。』

*迂仙與人鬬毆，咬傷其鼻，訟之官。迂曰：『他自咬其鼻，賴我耳！』官曰：『人鼻高口低，豈能自咬？』迂曰：『他踏櫈子上咬的。』

迂仙與衛隱君奕，衛著白子，迂大敗，積子如山，枰中一望浩白。迂懊恨曰：『老子命蹇，偏拈着黑棋。』

*村學究孫一經夏日納涼〔一〕，頃之雲翳，孫曰：『必有大風。』友人詰之，曰：『夏雲多奇風〔二〕。』

【校】

〔一〕『村學究孫一經夏日納涼』，原作『村學究孫一經夏自納涼』，《聞聞録》作『郙學究孫某者夏日納涼』，『自』據《聞聞録》改作『日』。

〔二〕『風』，《聞聞録》作『峯』，下並有小字『作風』。

村翁自誇其子聰明，已習《春秋》。或云：『讀過《左傳》否？』答曰：『《左傳》未讀，讀過「右傳」矣。』或曰：『何謂右傳？』村翁曰：『昨曾聽見小兒讀「右傳第一章」。』

吴蠢子年三十，倚父爲生，父年五十矣。遇星家推父壽當八十，子當六十二。蠢子泣曰：『我父壽止八十，我到六十以後，那二年靠誰養活？』

*杭州參軍獨孤守忠領粮船赴都，夜半集船上人，至則無别語，但曰：『逆風斷不可張帆！』

姑蘇周用齋性騃，以白金五十兩，令其家人出八色銀褋辦，應得六十兩。家人匿二十兩，持四十兩進，用齋駭之。家人曰：『五八得四十。』用齋沉吟半餉，點頭曰：『是，是，五八得四十。』

*周用齋釋褐後到部聽選〔一〕，過堂，吏呼曰：『説大鄉貫。』用齋誤爲『大鄉官』〔二〕，乃對曰：『敝鄉有狀元申瑶泉。』吏部知其騃，麾之使出。謂同人曰：『尚有王荆老未曾言，適堂上色頗不善，想爲此耳。』

【校】

〔一〕『周用齋』，《聞聞録》作『有周某』。

〔二〕『用齋』，《聞聞録》作『周乃』。

迂仙向混堂洗澡，日午湯穢，迂仙取以漱口。同浴人曰：『穢人，此乃可漱口耶？』迂仙一手揜其口，一手摇令勿言，漱畢，走向混堂外，將水吐出。

*崑山陳梧亭，言其邑某秀才有疑疾，而性復迂緩。夜在家，常伏暗處，俟其妻過，遽前抱之。妻驚呼，則大喜曰：『吾家出一貞婦矣！』

景帝隆福寺成，都民往觀。忽一西番回回持斧上殿，殺二僧，傷人三四。執得，下法司鞫問，云：『見寺中新作轉輪藏，其下推輪轉者皆刻教門形像，憫其推運勞苦，是以讎而殺之。』

馮子猶《甲申紀事》載：一大老投順闖賊，授湖廣道御史。常語人曰：『我原要死節，奈小妾不肯何！』小妾者，所娶秦淮妓女也。

*錢位坤降闖賊〔一〕，不用，托周鍾引拔，得授助教。鍾與語有授官消息，便向人曰：『我明日此時便非凡人了。』京師人爲作《不凡人傳》。

【校】

〔一〕『錢位坤』，《聞聞録》作『明錢某』。

祝東岱爲毗陵府幕，署武進縣事，每坐堂鞫一事，必進署三五次。以如夫人在内，防範甚嚴，每出其不意，進署伺之也。

祝東岱理訟牘，必於堂上作審單。岸幘吟哦，運思苦搆，字字用夾圈，高聲朗誦，出座跳躍，摟胥役肩讀與聽之，問曰：『我老爺才學何如？』

丘閣老瓊山自製餅，軟膩適口，托中官進。上食之，喜，命司膳監效爲之，不中式，俱被責。因請之，丘不告以故，中官曰：『以飲食器用進上取寵，此吾内臣供奉之職，非宰相事也。』由是京師盛傳爲『閣老餅』。

解縉、楊士奇、周是修共約死難，金陵破，是修殉節，而解、楊負約。後日士奇爲是修作傳，語其子曰：『脱我死，孰傳而尊公？』

外祖陶蘭風先生倅鳳陽，陞任行，時舅氏虎溪在户垣，本道吕巨源以計事相托，設席祖行。外祖點戲，念完全戲無過梁灝，遂唱《青袍》第二齣雷部考察追擊吕純陽，稱吕道，或罵野道，求梁灝指甲内遮過此刼。外祖汗出浹背，歸語其家人曰：『我此際恨無地洞可穿！』

周用齋往吊王弇州，誤詣王荆石。荆石出見，用齋遽稱『尊公可憐者』再。荆石曰：『老父幸無恙。』周曰：『公尚未知尊公耗邪？已爲朝廷置法矣！』荆石咲曰：『得無吊弇州乎？』周悟非是，急解素服言别。荆石命繳原刺，周曰：『不須見還，即煩公致意可也。』

湖州吴主事家素饒，求李西涯文壽其父，公鄙其人，不許。吴問其友曰：『今朝中爵位極尊者爲誰？』曰：『英國公太師左柱國也。』吴即緘幣求詩，英國令門客作詩與之，吴誇於人曰：『英國當朝第一人，乃爲我作詩，何必李學士也！』

*錦衣門達甚得上寵〔一〕，有桂廷珪爲達門客〔二〕，鐫一印章曰『錦衣西席』。後有甘棠爲洗馬江朝宗婿，亦刻一印章曰『翰林東床』。一時以爲確對。

【校】

〔一〕『錦衣門達甚得上寵』，《聞聞録》作『錦衣門某甚得寵』。

〔二〕『達』，《聞聞録》作『門』。

*何敬容在選日，客有姓吉者詣之，敬容問曰：『卿與丙吉遠近？』答曰：『如明公之與蕭何。』

劉髦二子俱登進士，其長婦入京，公送登舟，以手援之。郡守見而咲，公曰：『府公笑我乎？若跌入水，尤可笑也。』次婦入京，公卧疾，呼至床前曰：『老年頭風，可買一帕寄回。』明日登程，諸親畢集，忽呼子婦曰：『毋忘昨夜枕上之囑。』衆駭然，問其故，乃始撫掌。

紹興岑太守有姬方娠，一人衙道，縛之，乃曰卜者。岑曰：『我夫人有娠，弄璋弄瓦？』其人不解文義，漫應曰：『璋也弄，瓦也弄。』怒而責之。後果雙生，一男一女，卜者名遂大著。

謝兵馬之妻爲牆倒壓死，楊天錫往吊，謝泣曰：『寒荆適值有孕，今死不成屍，奈何？』楊笑曰：『此所謂雖不成詩，叶韻而已。』

一山人自負其才，企慕太史公，途中聞乞兒化錢，乃戲之曰：『若乞錢得幾何？若叫我太史公，賞汝百錢。』乞兒連喚數聲，遂罄囊與之，一笑而去。乞兒問人云：『太史公是何物，值錢乃爾？』

＊天啓間紹興發援遼兵數百，大船裝載，鱗次而進。管兵者至錢清，遂傳令泊船。或曰：『天色尚蚤，何便停泊？』管兵者曰：『爾不聞牛頭山極多强盜〔一〕？』

【校】

〔一〕『爾』，《聞聞録》作『汝』。

＊吉州士子赴省試〔一〕，書一牌云『盧陵魁選歐陽伯樂〔二〕』。或誚之曰〔三〕：『有士遥來自

吉州，姓名挑在擔竿頭。雖知汝是歐陽後〔四〕，畢竟從來不識修。』

【校】

〔一〕『吉州』，《聞聞録》作『吉安』。

〔二〕『伯樂』，《聞聞録》作『某』。

〔三〕『或』，《聞聞録》作『有人』。

〔四〕『雖』，《聞聞録》作『誰』。

族叔張五嶷口吃，有癡興，曾三應省試。進場後即牽人説夢曰：『我得一夢，上一最高處，脚下如踏綿絮。忽見一門，門圓如規，我進門覺冷甚。升堂見階下大樹一株，上着花如金粟，下有老人持斧立其下，身傍有一白猫甚可愛。我意欲折花，堂後閃出一女子，其美非常，向我云：「汝花直在頂上。」命老人掇梯爲我折取。我持花出門，不覺驚醒，此夢不知吉凶若何，乞高明爲我解之。』

五嶷叔自負青烏之術，尋一地於化山，自謂得穴，貴不可言，常向人語及此地，即述地鈐，曰：『東化及西化，此地真無價。有人扦得着。』但微咲而不言。有識此鈐者曰：『子孫掛鑾駕。』五嶷急揜其口曰：『莫洩天機。』

土璞孫景濂爲人尋葬地多不妙，而又喜作訟師。自造一斗室，乞二酉叔一扁額，二酉叔贈曰『璞蕭』，意謂郭璞、蕭何合爲一人也。復向陶菴乞一對，陶菴書曰：『慣掘高山流水，善興平地風波。』見者噴飯。

越中有士夫自負堪輿，得一佳穴，謂數代後必出天子。葬畢，每自叉手懊歎曰：『世受國恩，如何使得？』

吴鹿亭爲友人尋一葬地，開壙時誇言：『此地出紗帽不可勝計，還要封拜出屌斗四五个。』開下數尺却是水槽，土工叫：『先生，屌斗四五个不消，拿一兩个來屌水。』

毗陵劉光斗爲紹興司李，陶菴小僕演魏璫劇，魏璫罵左光斗則直呼其名。陶菴囑之曰：『司李名光斗，汝但呼左滄嶼，勿呼光斗。』小傒驚持過甚，遇罵時，直呼：『劉光斗，你這小畜生！』傍人錯愕，司李咲曰：『我得與忠臣同名，尒只管罵不妨。』

天童老和尚開堂說法，多以棒喝加人，手執柱杖，逢人便打。四方進香者以銀錢供養，謂見活佛，痛哭悲號，求其超度。陶菴至其寺，調笑老和尚曰：『曾見戲場上獄卒兩句上場白，好贈和尚。』老和尚曰：『怎麼説？』陶菴曰：『手執無情棍，懷揣滴淚錢。』老和尚大咲。

陶菴至補陀禮潮音洞，石梁傾圮，杳無人跡，問住僧曰：『何冷淡至此？』住僧曰：『不瞞相公説，萬曆年間龍風大，吹壞橋梁，菩薩移去梵音洞住矣。』陶菴隨至梵音洞，見男女多人跪向洞口，叩求菩薩出現。有所見者，輒言其形狀。一紹興女子言親見菩薩，人問其狀貌，女子曰：『菩薩頭戴荷葉飄髻，身穿水紅衫，白綾子半臂，紅汗巾束腰。』

董日鑄家多藏書，其所評閱多著丹鉛。二孫分析，見即顣額曰：『好好書何苦塗壞？』悉出以易餅。其有大部書十套者，各分五套；百本者，各分五十本。或議其非是，荅曰：『如是纔得均平。』

崇德李虛舟年八十餘，凡星相家許其百歲，輒大怒曰：『百歲外要了你的？』一術士善逢其意，見其子平，拍案叫曰：『我算命一世，不曉壽星落在此地！』虛舟喜，請問流年，術士細推之，至百八十三歲。云：『是年畧有小晦，須防脾疾。』曾孫在傍，不覺失咲。虛舟正色曰：『莫咲。竟有介事，尒輩切記，那年不要把生冷東西與我吃。』

武林張冢宰瀚致政後，弟吏部郎中濂者方掌文選，親朋有設席者，皆獻媚選君，而冷淡冢宰。一友安席，先揖選君，選君曰：『家兄在，那得先我？』其友向冢宰謝過，冢宰咲曰：『舍弟年長。』一時傳以爲笑。

王季重出弔某氏，孝子癡立不哭。客出，私謂季重曰：『今日孝子恭而無禮，哀而不傷。』季重曰：『還是孝子不匱跪，永錫惜爾類淚。』

郡邑吏集漕院，前有二别駕拱嘴踞坐，矜默殊甚。聶井愚問王季重曰：『此二老何爲做這模樣？』季重曰：『等留茶。』

巢必大與周玄暉閒談：『駙馬有此得貂玉，大璫去此得貂玉。我輩不能駙馬，猶可大璫，吾乘醉斬此物矣。』周云：『開刀時須約我。』王季重在座曰：『却不好，兩兄在此結刎頸之交矣！』

秦朱明以制舉萟示王季重，季重用筆作圈，朱明從傍點頭自誦。季重閣筆求緩，朱明曰：『何故？』季重曰：『兄頭圈忒快，我筆跟不上。』

季賓王笑季重腹中空，季重笑賓王腹中穢，賓王曰：『我不怕穢，諸子百家，一經吾腹，都化爲妙物。』季重曰：『正極怕兄化，珍羞百味未嘗不入君腹也。』

安慶司李于葵，作威福以怒人取賄。王季重令姑孰，徐玄仗向季重曰：『曾被于四尊怪否？』季重曰：『蒙怪訖。』

王季重姑孰試儒童，有一少年持卷求面教，密云：『童生父嚴，止求姑取。其實不通，胸中實實空疎，平日實實不曾讀書。』季重曰：『汝父還與汝親，我是生人，識面之初，心腹豈可盡抖？』

王季重道高郵，同行友僕市蛋溷其目，又忘却行家姓氏，第云：『鴨蛋主人數的。』此友大怒，披其頰曰：『就問王爺，鴨蛋是主人否？』王曰：『是主人，曾記得「箕子爲之奴」。』一笑而罷。

豫章羅生講學曰：『他人銀子不可看作自家的，他人妻子不可當作自家的。』季重起座一躬曰：『是。』

王季重令茂陵，至多寶寺，一行脚僧瞑坐，見官長不起。季重問住持：『此僧何爲？』住持曰：『這師父打坐能打到過去、未來。』季重曰：『我打他一個見在。』責之，而僧遁去。

*王季重譏暴發人家曰：『某老先生家一時大發，只有二事卒不可爲耳：園中樹木不得即大，奶奶脚不得即小。』

李西涯子兆先有才名，然好游狎邪。一日，西涯題其座曰：『今日柳巷，明日花街。誦讀詩書，秀才秀才。』其子見之，亦題阿翁座曰：『今日猛雨，明日狂風。燮理陰陽，相公相公。』

涿州道上多響馬賊劫掠行旅，獲得者即於本處梟示。次日，賊又行劫其下，被劫者指賊首曰：『老爺，上面是何物？還幹此句當！』賊曰：『你看我老爺擔了這樣利害，你還不肯把蒙古與咱！』

*老學究王道吾借太清道院讀書，道士所種菜及所畜雞犬，其僕從背竊食之〔二〕。道士忿恨，告訴道吾，道吾沉吟半餉曰：『你既如此不像意，何不及蚤搬去！』

【校】

〔一〕『背』，《聞聞録》作『皆』。

錢牧齋在南都爲宗伯，清兵至，下薙髪令，牧齋坐禮部堂上呼鑷工剃頭，對衆大言曰：『這幾根頭髪死人臭，我政要剃他，天下之人當以吾宗伯爲之榜樣。』

錢牧齋往天壇朝豫王歸，過孔廟，便不下轎，曰：『自今以後，吾與孔夫子没相干矣！』叱騶從徑過。

吴下一大老有妾與門客少年相狎，大老必親往撫摩之。大老入都，其公郎置之於理，少年庾死。大老歸，大怒，逐其子，署於門曰：『我非妾不樂，妾非某不樂。殺某是殺妾，殺妾是殺我也。不及黄泉，不許相見。』

裘漢明諢名麻烏，因拜王柱史封君壽誕，誤傷其足，骨折成跛。養病經年，自著《問跛篇》，内有一則曰：『或問：鉄拐李既做了神仙，豈無仙丹、仙藥，緣何也是個蹺脚？予曰：造物要人沉静自愛，怪他跟了衆人，日日到人家慶壽，屈膝侯門，把人品壞了，故此亦罰他蹺脚。』唐豫公評曰：『説出本相來了。』

凡臧獲應對，本出無心。有極可笑者，偶記其數事。

祖父一日怒庖人煑肉不佳，笞之。庖人泣曰：『老爺要炒炒，吃過了；老爺要熩熩，吃過了。別無煑法，叫小人怎地？』

二酉叔寵一美人，置之別室，孀娘遣一老僕探之。僕歸復命，孀娘問曰：『此婦有何好處，而相公寵之？』老僕應曰：『有恁好處？若是小人暗摸，也摸着二娘子。』

商太夫人兩廣歸，親友往候，接待甚忙。一僕對其冢媳曰：『太太歸，這一亂也罷了；明日老爺歸，這一亂恐大娘子當不起。』

商太夫人見一老僕貧窘，云：『汝隨老爺往任所數次，想應好過。』老僕答曰：『太太，你不在我被下眠，怎知我被無邊？』

一太太問人索債曰：『你的債該某時還，非我放寬，也遲不到今日。』此人答曰：『太太只可如此放寬，只是小人腰間没貨，硬不起。』

*趙孟遷善飲啖〔一〕，每至輟席，有殘盤賸滷，必哺啜一空，號曰『積福』。有祗應蒼頭忽發浩歎曰：『吾輩下世蛆秧虫豸也没分了。』或問曰：『何也？』答曰：『盤内剩滷剛有些須小福可積，又被趙老爺積去了。』一座爲之哄然。

【校】

〔一〕『趙孟遷』，《聞聞録》作『趙某極』。

快園道古志怪部卷第十六

明古劍陶菴張岱著

陶菴曰：遼東人見花豬，以爲世間罕有，思以獻之朝廷。及至長安，徧地皆是，廢然而返。則是遼東人所見以爲怪者，長安人不以爲怪也。《山海經》所載奇禽怪獸，人所得見者，不及千萬之一。倘於其中有一獸特出，人人必駭以爲大怪。而試以問之作《山海經》之人，則又碌碌無奇者矣。古諺曰：『少所見，多所怪。見橐駝言馬腫背。』集志怪十六。

*高祖幼時捨身皇覺寺〔一〕，爲寺僧養鵝。溺圍之，之他所遊戲，鵝終日不敢出圍。別鵝色爲隊，鵝分隊走，不敢越隊。

【校】

〔一〕『高祖』，《聞聞録》作『明太祖』。

周壽誼，蘇州人，國初百有十歲。太祖召見便殿，自言二十歲時親見宋元鼎革，而身歷元朝九帝，備言其政事得失，纖悉不爽。洪武五年而壽誼方殁。

太祖造逍遥樓，京師人有好博奕、養禽鳥、游手游食者，拘於樓上，皆餓死之。樓在淮清橋東北，今關王廟是其基址。

*萬曆四十四年正月大雪，無錫有黄、紅、黑三色，城中屋瓦，無論大小人家，俱有巨人足跡。

黄慎軒自言少時讀書至夜半，即恍然身坐巉石上，前臨大江，每每如此。一日晝卧，忽睹漆屏内身影偉然大僧，呼其婦共觀，良久始滅。

*石中丞茂華修甘州城，西北一邊挖出小棺木，長尺許，内男婦官民異狀。或老或壯，或有鬚，或無鬚，進賢冠及員領補服皆鮮明。始以爲百十具，擬另爲一冢埋之。挖不能了，遂罷工，只以甎包其城而止。不知何怪，人莫有識之者。

*陳鎰巡撫陝西，士民有疾者〔一〕，發願爲鎰舁轎〔二〕，勿藥自愈。鎰一出行，擡者争舁之，揮叱不去。

【校】

〔一〕『土民』,《聞聞録》作『士民』。

〔二〕『畀』,原作『界』,形近而訛,今改正。按《快園道古》多訛『畀』爲『界』,下徑改,不復一一出校。

*薛文清初生時,肌如水晶,洞見五内。母氏欲棄之。祖仲義聞其啼聲,止之曰:『體清聲喤,必異人也。』卜之大吉,遂命乳之。

張南軒先生死後,滿體晶映,腑臟皆見。一見於生前,一見於死後。

*程濟,朝邑人,有奇術。洪武末,以明經爲岳池教授。岳池去朝邑數千里,濟寢食在朝邑,而治岳池事不廢。

程濟充軍師護軍〔一〕,諸將北征徐州大捷,立碑記功,有濟名。一夜,濟往祭碑,人莫測其故。後文皇過徐見碑,大怒,命左右以鍾擊碑。甫鍾,遽出之,曰:『爲我録碑文與姓名來。』按碑族誅。濟名正當擊處,得免。重出〔二〕。

【校】

〔一〕『軍師護軍』,原無『軍』字,據《石匱書》本傳補。

〔二〕按此言「重出」，然今《快園道古》現存卷次及《聞聞録》皆無此條，疑原見於《快園道古》卷六《機變部》。

成化間，澧河築隄。一石中斷，有二人作男女交媾狀，長僅寸許，手足肢體牝牡皆分明，若雕刻而成者。高郵衛某指揮得之，以獻平江伯陳鋭，鋭珍藏之。

胡濙，髮初生白如繭絲，彌月方黑。是夕母夢一僧持花入室，覺而生濙。生數日，有胡僧至家，索濙一見，對僧而咲。父問之，僧曰：「此吾師天池僧也。吾師示寂時云：『我生胡氏，汝來以一笑爲識。』今果然。」

宋景濂，目短視，尋丈之外不能辨人形，而能於粒米中書「孝弟忠信禮義廉恥」八字，點畫分明，八法皆備。

*卓敬讀書寶香山，夜歸，值大風雨，迷失道。得火光小院，啓入，一老叟與以僧帽，不受。求歸，便與一牛騎之。比及門縱之，則黑虎也。

黄侍中觀夫人投水時，嘔血石中，成小影，陰雨則見，相傳爲大士影。有僧舁至菴中，夫人見夢，曰：『我翁夫人也。』因沃以清水，其影側立東向，彷彿鬘鬟，見者悽愴。徐司空移置侍中祠，顔其上曰『翁夫人血影石』。

*王越方對策大廷，旋風攝其卷，騰空而上，墮於朝鮮王庭〔一〕。朝鮮王方坐朝，得卷以獻，景帝識其名，曰：『當任風憲。』

【校】

〔一〕『庭』，《聞聞録》作『廷』。

*正德中，文安縣河水每僵立。是日天大寒，冰凍爲柱，高圍俱五丈，中空而傍有穴。數日，流賊過縣，鄉民入穴中避之，賴以全活者甚多〔一〕。

【校】

〔一〕『甚多』，《聞聞録》作『甚衆』。

*豫章有一家婢在灶下，忽有人長數寸，來灶間。婢誤以履踐殺一人，遂有數百人着縗麻〔二〕，舁棺迎喪，凶儀皆備。出東門，入園中覆船下就視，皆是鼠。婢燒湯澆殺之〔三〕，怪遂絶。

【校】

〔一〕『縗麻』，《聞聞録》作『衰麻』。

〔二〕『婢』，原作『卑』，據《聞聞録》改。

揚州蘇隱夜卧，聞被下有數人念杜牧《阿房宫賦》，聲緊而小。急開被視之，無他物，惟得蝨十餘，其大如豆，殺之即止。

世宗好鉤察外事，獄中一言一動，必録以聞，謂之『監帖』。一日，進帖云：『有鵲噪沈束前，束曰：「那有喜到罪囚邪？」』上曰：『囚何遂無喜？』因赦之。時人謂蘇武歸以雁書，沈束歸以鵲帖。

永樂中，雲南普寧州大風折一古樹。軍陳福海鋸以爲板，内具神像，著冠執笏，容貌如畫。地方神而祀之，有禱輒應。正統二年，學正楊茂請加勑封，下禮部覆寢。

儲柴墟以吏部侍郎終於南都，子灝扶柩歸厝，經年扦葬，發視，柩上變生黝墨如鐵，成繪畫文，具畫家鱗皴烘染之法。前則奇石枯松，旁出二篠，莖葉咸備；左則梅株夭矯，梢綴數花其杪；右如左而樹差短，全無花。古雅蕭散，非俗工所能。灝削而究之，深入木理，觀者喧詫，歎爲神異。

*陶凱微時〔一〕，夜歸，陷於大溪，不能渡。忽有人撑小舟泊岸，即攝衣登舟，人皆無見，異之。一日，隣家大疫，凱往探視病者，見疫鬼入甕器中避之，取紙筆封識，棄水中，疫即愈。

【校】

〔一〕『微』，《聞聞録》作『幼』。

*景清赴舉，過淳化，主家有女，爲妖所憑。清宿其家，妖不敢至，清去復來。女詰之，妖曰：『避景秀才耳。』女以告其父，父追及清，語之。清書『景清在此』四字，令其父歸粘於户，妖遂絶。

餘姚戚編修瀾，詣京，渡錢塘，風濤大作，有絳紗燈數百對，江水通明，巨人九，帕首袴韡，帶劍乘馬，飛馳水面如平地。舟人大恐，戚公曰：『毋懼，吾知之矣。』推窗視，九人皆下馬跪。問曰：『若輩非桑石將軍九弟兄耶？』曰：『然。』曰：『去，吾喻矣。』皆散。公返棹歸，謂家人曰：『吾將逝矣。』及期，沐浴，朝服坐。九人率甲士來迎，行踐屋瓦皆碎，戈矛旌幟，擁衛而去。

後丘瓊山夫人過鄱陽湖，夢戚公告以風濤，亟遷上岸。次日大風，各舟俱覆，夫人獲免。至京，白瓊山，奏請諭祭。

廣之英德江中有怪石爲患，衆神之，建廟祀焉。霍韜毁其廟〔一〕，未幾，雷擊碎其石，以濤驅沙，江爲安流。清遠峽飛來峰有虎患，公移文山神，虎遂絶，今其碑文竪寺中，人呼『驅虎碑』。

【校】

〔一〕『霍韜』，原作『省韜』，事見焦竑《玉堂叢語》卷八，據改。

＊華亭唐士雅，五歲失明，延師友日誦古文詞，自五經子史以及各家文集、稗官小説，無不口傳心熟。注《唐詩解》一部，頗極淹博，每語友人曰：『某雖胸有萬卷，其寔目不識丁〔一〕。』

【校】

〔一〕『目不識丁』，《聞聞録》作『目不識一丁』。

泰安趙州守於堂上禱雨，烈日之下，霹靂一聲，震動楹宇。州守伏案不敢動，胥役皆驚倒仆地。門外諸役見堂上如萬炬齊發，燁焰燭天，有血氣物大數圍，長數十丈，宛延閃爍，鱗爪隱躍，繞出座後，騰空而上，大雨如注。李嵩毓奇其事，贈一對曰：『境中無猛虎，堂上有潛龍。』

*萬曆癸卯，季祖芝亭公往南京鄉試〔一〕，陶石梁、王金堂赴浙試，仝舟至錢清夜泊，聞數萬人念『阿彌陀佛』達曉〔二〕，異之。覘岸上，並無一人。隔舟有大鹽船，載黄鱔幾千萬，意念佛是鱔魚也。問其價，八十餘兩，三人罄囊償其直，將鱔魚舁海塘外放生。是科三人俱登乙榜。

【校】

〔一〕『季祖芝亭公』，《聞聞録》作『有張某』。

〔二〕『聞』，原作『間』，據《聞聞録》改。

萬曆己卯，嚴州建德縣有漁者獲一鱉，重八觔。一酒家買之，懸室中，夜半作人聲。明日割烹之，腹中有老人長六寸許，五官皆具，其首戴皮帽。大異之，聞於郡縣。郡守楊廷誥入覲，命以木匣盛之，携至京師，諸貴人傳觀焉。○又丁未年，遂昌縣民宋甲剖一鱉，中有比邱端坐，握摩尼珠，衫履嶄然。俱見邸報。

*弘治末，崇明縣民有雞生一方卵，異而碎之，中有彌猴〔一〕，才大如棗。

【校】

〔一〕『彌猴』，《聞聞録》作『獮猴』。

*張樵，明進士，祥符人。始生時，母夢公爲某巷王氏子，夜啼勿止，因憶前夢。往王氏跡之，果有一子初殤，翁媪二人坐哭。太公呼來，兒一見，啼即止，且視媪輒咲，輒能言，嘻笑若平生。太公懼，即出媪，言咲遂止，亦勿夜啼。公左耳有小缺痕，媪言其子少時繫一金珥，在稠人中爲盜所裂，左耳遂缺。視之，故即公缺處也〔一〕。

【校】

〔一〕『故即』，《聞聞録》作『即』。

遼王故宫宫人多鬱死，有少年夜過其址，見一美人霓裳素衣，對月歌曰：『明月滿空階，梧桐落如雨。涼颸襲人衣，不知秋幾許。』歌竟不見。

天啓甲子秋八月，越城羅坟坂有五聖廟，里人造一漆几供神，舁至連河橋，几上漆文皺起，幻出牡丹花數朵，葉數莖，細如描畫。舁人喧闐聚觀者衆。滿几上下現花葉大小千百餘朵，經日方滅。王遂東作《瑞花詩》記之。次年，里人余武貞狀元及第，爲是其吉兆。

袁茂林爲河南觀察使。崇禎七年七月初一日，孟縣民孫光顯祖墓有野葡萄草，枝椏間忽抽新條，有似美人者，似達官者，有似鱗鳳龜龍、飛禽走獸者，有似鼠伏於枝者，有似鸚武棲於架者，架上有食罐，罐内有米粒。鳳則苞羽具五彩，美人上衣下裳，裳白衣黄，面上有粉黛。茂林謂是草木之妖，恐衣冠人物不免草芥之虞。至今皆驗。

按東漢靈帝光和中，陳留、濟陰諸郡，路邊草生似人狀，操矛弩，牛馬萬狀備具。

崇禎庚辰冬，大氷凍，燕客弟家琴磚十餘塊放露臺，冰花簇起，如芍藥、牡丹，重枝叠葉，又有人物、鳥獸、牛馬，細如刻畫。燕客誤爲祥瑞，作《氷花賦》，屬友人咏之。

按宋滕涉，天聖中爲青州太守。盛冬霜濃，屋瓦皆成百花之狀，以紙摹之。〇又《大金國志》：金末，河氷凍成龜文，又有花卉鳥獸之狀，巧過雕繪。此天畫也，主國家有鼎革之變。

劉秉忠，弟秉恕，墓在邢臺縣治西南先賢村。嘉靖年間爲盜所發，内有石刻云：『爲盜者李淮。』事聞於府，捕得治罪。劉兄弟精數學，故前知如此。

*馬狀元鐸母〔一〕，馬氏妾也，以嫡不容，再適李氏，復生李馬，亦中狀元。上喜其文，御筆於『馬』旁加『其』字〔二〕，名李騏。越三日，句臚三唱〔三〕，無有應者。上曰：『即李馬也。』馬乃

受詔。每投刺，『騏』字墨書『馬』〔四〕，朱書『其』。

【校】

〔一〕《聞聞録》『馬狀元鐸母』上有『明時』二字。

〔二〕『御筆』，《聞聞録》無。

〔三〕『句臚』，《聞聞録》作『傳臚』。

〔四〕『墨』，原作『黑』，據《聞聞録》改。

*劉鸛鸖喜食椒，用胡椒、川椒研末作丸，一吞半合，日以爲常。半年腐腸死。

*黄慎軒在慈慧寺誦《金剛經》，一蜘蛛緣案上正中位，向佛而伏。驅之，盤跚復來，就前位次。慎軒曰：『是聽經來者，』爲誦經終卷。爲説情想因緣竟，蜘蛛寂然不動。舉之而輕，視之，遺蜕耳。慎軒以沙門法龕之、塔之。

張三丰與李岐陽善，臨去，留蓑笠二具，曰：『公家不出千日，有横禍絶粒，當急難時可披蓑頂笠，遶園而呼我也。』去二載而大獄興，全家幽錮，不給以粮。粮垂絶，依所言呼之，宅前後隙地皆生穀米，不逾月而熟，因食，得不死。穀盡，朝廷許給米，其後呼之不生。

＊萬曆辛卯科，修撰朱國祚、吏科葉初春主試江西。八月九日，舉子點完，東方既白，監臨察院判封條封貢院門。封條貼上，即爲鶴所掀壞，如是者三次。察院怪之，呼巡綽官曰：『鶴怪甚奇，豈有該中舉子，不得入場者乎？』往外視之。見場外挨考舉子皆散，獨有二舉子以腹痛卧地下，未得即去。巡綽官進覆察院，察院即呼二舉子進場，一名陳明卿，一名舒曰敬。及放榜，陳中解元，舒中第二。

＊三山蘇大璋治《易》有聲。戊午省試，夢中第十一名，向人道之。有同經者，投牒於郡，謂其鑽謀。外議騰沸。聞於主司〔一〕。及填榜，第十一名果易也。主司命以陪卷之首更换，所换者乃大璋卷，而换去者正投牒之人也。衆咸謂天意之巧。明年，蘇冠南宫。

【校】

〔一〕『聞』，原作『間』，據《聞聞録》改。

＊海寧有燕生者〔一〕，妻一乳三男，皆韶秀，形狀無少異。燕生爲之剃髮，以髻爲别：一向左，一向右，一在頂中。北地又有一胎三女者，同年而生。而燕生聘之，以妻三子。

【校】

〔一〕按據陸粲《庚巳編》卷九，燕生爲汝寧人。

無錫華家堂中大柱内忽穿二穴，常見有兩矮人出入，可三寸許。主人怪之，延道士設醮禳禱，兩矮人復出聽經，逐之無跡。塞其穴，復穿一穴，出入如故。主人治藥弩伺之，既出，斃其一，乃雌黄鼠郎也。少頃，有矮人百餘出，與主人索命，僕從譁噪而走。又少頃，有七八人以白練蒙頭，出堂中慟哭，仍復逐去。久之，聞柱中鈴鈸聲，衆謂送葬。又久之，聞鼓吹，衆謂雄鼠續偶矣。閉其堂經月，怪遂寂然。

*山陰唐公本儒，爲閩方伯。其女方十二歲，戲於後園，疊甎爲五聖祠，植荔枝、龍眼其旁。後嫁同邑張以弘，復爲閩方伯。唐夫人從往，甎廟如昔，荔枝、龍眼樹拱把矣。改造大祠。後其子元冲又爲閩方伯，唐夫人就養，樹皆合抱。遂名其堂曰『三至堂』，亦古今奇事。

憲宗選妃江南，選嘉禾姚氏女，女髮素種種不盈尺。過吴江縣之平望里，一夕髮委地，長可八尺。入宫，册爲安妃，因名其地曰『八尺』，爲之謡曰：『平望八尺，爺娘不識。』言妃之髮長，雖父母不知其故。世俗以其地多盗賊，解爲『不識爺娘』，非也。

*張江陵給假歸。真定守錢普[一]，造一坐轝，前有重軒，後有寢室，傍翼兩廡[二]，廡各一麗童，燒香煑茗，凡用卒三十二人舁之。州邑郵牙盤上食，水陸過百品，江陵不易下箸。錢普，

無錫人，能爲吴饌，江陵甘之曰：『吾行路至此，僅得一飽餐〔三〕。』語聞，吴中之善爲庖者，召募殆盡。

【校】

〔一〕『錢普』，《聞聞録》作『錢某』。下一『錢普』同。

〔二〕『傍』，《聞聞録》作『旁』。

〔三〕『僅』，原作『倕』，據《聞聞録》改。

＊朱文懿金庭爲侍郎時，造逍遥樓於怪山之上，喜請乩仙，以決休咎。一日仙至，爲張無垢先生諱九成者，遂日在箕中〔一〕，經久不去。文懿祈與一面，無垢許之，期於次日。文懿齋宿，遲之日晡。文懿閒步户外，見一老人拾薪山麓，與之劇談半餉。抵暮不至，次日扶乩問之，先生曰：『昨與子談於山麓者，即我也。』遂言：『我生前寫《維摩經》半部，未得終卷，今在柯山緑竹菴梁上，子爲我續成之。』文懿親往緑竹菴取之，半部經端然在梁上。亟爲補寫，其字跡與原本如出一手。門人屠隆爲記其事，跋之經尾，今存文孫朱燕生處〔二〕。

【校】

〔一〕『箕中』，《聞聞録》作『乩中』。

〔二〕『今存文孫朱燕生處』，《聞聞録》無此句。

東都人有養鸚武者，以其慧甚，施於僧。僧教之，能誦經。往往架上不言不動，問其故，對曰：『身心俱不動，爲求無上道。』及其死，焚之有舍利。

武林一富人，項有一瘤，與其財爲消長。一夫人領下一瘤，與其子之官爲大小。俱不知何相。

萬曆壬辰間，一老人號醒神，自云數百歲，曾見高皇帝及張三丰；又自詭爲王越，至今不死；又云歷海外諸國萬餘里。陳眉公曰：『聽醒神語，是一本活《西游記》。』

朱少師恒嶽，鄉薦時家貧無以自活，省試後未及發榜，封公携赴館穀，辭太夫人曰：『揭曉，兒得入彀則幸甚；否則，吾携兒去，尒與媳婦在家支朝夕，各自逃撑，不復能相顧矣。家下止一母彘，爲尒姑媳計，可善視之。』言畢竟去。揭曉前一日，大風墻倒，母彘、小豭盡斃墻下。姑媳方相對大哭，而泥金報至矣。境遇如此，而陡然大發，鄉人異之。

朱恒嶽軀幹魁梧，身長九尺，腰大十圍，兩椅不能坐，而趙太夫人身軀尤大過恒嶽之半。太夫人裙布十幅，晒之廳事，蓋滿中楹，尚餘數尺。

朱少師未遇時，極貧窘，衣服藍褸。一日往隣村觀劇，途中行倦，偶坐井上。有老翁來，熟視之，執其手曰：『疇昔之夜夢黑龍降井上，其兆乃在子也！』遂以女字之，則莊夫人也。夫人重瞳子，合巹後一夕，重瞳遂失。

《扶輪二集》中一詩云：『長安萬里月，杜陵三月春。一茗一爐香，清風來故人。』爲詩人周鳳岐所作。訖此詩，默誦數遍，仙即降乩〔一〕。詩甚無奇，其呼召鬼神，靈驗若此，不曉何故。

【校】

〔一〕『即』，原作『郎』，形近而訛，今改。

天順間，徽吴與弼到京，召對文華殿。吴默然無應，惟曰：『容臣上疏。』上不悦，駕起。吴出至左順門，除帽視之，有蝎在頂，螫皮肉紅腫，方知其不能答，以蝎螫故也。

宋淳熙間，史寺丞輪對。適言高宗某事，史忽淚下，上問故，對曰：『因念先帝舊恩耳。』孝宗亦下淚，明日御批史爲侍郎。不知當時乃爲蜈蚣所螫，故下淚也。嗚呼，均爲毒虫螫頂，一遇一不遇，豈非數哉？

陸景鄴先生任九江，誕公郎惠迪。生母産難，坐草五六日〔一〕，下體腫脹，捷悶欲死〔二〕。有穩婆入視〔三〕，云：『産門决不得出，割膀胱乃可。』請於先生，先生聽之。遂用利刃割開膀胱，取出兒及胞衣。兒無氣，乃用大鏡一面架地上，置兒鏡前，穩婆遶兒走數巡，口作呪語，取大杖撞鏡一下，兒即出聲。育之無恙，子母俱全。

【校】

〔一〕『六』，原作『大』，形近而訛，今改正。

〔二〕『捱悶』，『悶』原作『問』，浮簽改作『悶』，據改。

〔三〕『穩婆』，『穩』原作『溷』，浮簽改作『穩』，據改。下一『穩婆』同。

崇禎十六年二月，先帝至一便殿，見一櫝，是成祖封禁者，詔後人不許開。先帝命啓其鑰。有畫二軸，其一畫官僚百餘人，皆手持紗帽，披髮亂奔。問各官，皆言是官多法亂之兆。其一畫一人自經，披髮跣足，極肖御容。上大不悦。次年即有闖賊之變，後清明鼎革，毁冠薙髮，一一皆驗。

崇禎間因累年邊警，於蘆溝橋築一城，城兩門圈，一名永昌，一名順治。後闖賊改元永昌，而女直改元順治，於此門名恰合，見者異之。〔一〕

【校】

〔一〕本條有二浮簽云：『此條語亦須改，應云「及世祖章皇帝登極，改元順治」。』『末數語須改。』

余友鈕文中，少時讀書宛委山麓，遇清明，諸友散歸，獨文中居守。至更定，上牀將卧，怪風一陣，燈下見一人披帷而入，乃一絶色女子。文中急問之，答曰：『我隣舍女子，姓封，行三，見汝寂寞，特來陪汝。』文中方欲起走，而女子向面上噀氣一口，即昏倒。女子解衣就寢，交媾雲雨，恍如夢中。天將明，辭去，云：『今夜再來。』文中卧至日中不得醒，書童門外叫喊不應，適一友來訪，穴窓而入，推醒之，具道所以。友人曰：『此狐魅也。昔有人爲其迷死，汝不可再住。』挾以俱去。是夜復來，不見文中，將其用物書籍亂撒地下而去。

*莆田黄氏，自本朝開科來〔一〕，一姓解元十一人。永樂十年戊子應天解元黄壽生，正統九年甲子解元黄譽，天順六年壬午解元黄初，成化四年戊子解元黄文琳，成化十年甲午解元黄乾亨，弘治十七年甲子解元黄如金，正德五年庚午解元黄廷宣，嘉靖二十三年癸卯解元黄繼周，二十八年己酉解元黄大觀，三十一年壬子解元黄星耀，三十四年乙卯解元黄懋中。而乾亨又壽生曾孫〔二〕，如金又玄孫也。

聯三科解元，又三代解元，真是奇事。

【校】

〔一〕『本朝』,《聞聞録》作『洪武』。

〔二〕『又』,原作『文』,據《聞聞録》改。

*瑞州上高縣有術士曾義山者,世居縣十五里外胡蘆石畔,常開卜肆於縣南之橋址。有瞽丐者日過肆前,義山必禮而與之語,或啖之菓餌。久之,丐者告義山曰:『明日有三人共一目來者,有異術,君宜叩之。』明日果有眇一目者,曳杖導二瞽者過肆,義山隨之〔一〕,拜於縣北之鸕鷀洲。一瞽者曰:『當以小撓爲誓〔二〕。』遂以書授義山,且畫沙指訣,盡其祕妙,其書名『銀河棹』,義山後占卜如神〔三〕。紅巾賊起,邑人以義山卜,皆知預避。紅巾賊行掠無所得,詗知義山神卜,恨欲殺之。義山匿縣西觀音閣,得免。遂不復行其術,密藏其書於葫蘆石中〔四〕。臨終屬其子曰:『某年月日有劉姓過吾家,取書畀之,戒不可泄。』後劉伯温官江西樂安,果經義山家,其子如義山言授以書,伯温遂棄官歸青田,以孫炎聘,見太祖於金陵。

【校】

〔一〕『義山』,原作『山』,據《聞聞録》補『義』字。

〔二〕『撓』字旁有空白浮簽,疑此字有誤。《弇州史料·後集·二史考》作『洲』,近是。

〔三〕自『義山後占卜如神』以下,《聞聞録》皆無。

〔四〕『葫蘆石中』,當據《弇州史料·後集·二史考》作『胡蘆石洞中』。

快園道古鬼神部卷第十七

明古劍陶菴張岱著

陶菴曰：章子厚作相，有太學生素有口辯。子厚一日叩以《易》理，其人縱横辨論，襍以荒唐不經之説。子厚大怒曰：『何故對吾亂道？』命左右禽下，杖之。其人哀告叩頭，乃免。蘇子瞻無事則强人説鬼，人謝以無有，子瞻曰：『姑妄言之。』子厚之正經若彼，而子瞻之游戲若此。二人胸襟，作何優劣？集鬼神第十七。

高帝微時，走江淮，道病，有二紫衣同寢處，愈，失所在。又常夜行，陷麻湖中，有群小兒讙迎聖駕，叱之不見。

樓三舍人者，樓纜也。太祖敗陳友諒於鄱陽，死者數十萬。班師，擲樓纜於湖，冤鬼憑之，遂能爲祟。舟人必祭之，否則有覆溺之患。

成祖征本雅失里，經闊灤海，至斡難河〔一〕，擊敗阿魯台。軍前每見沙濛霧靄中現關公像〔二〕，獨所跨馬白。凱旋，燕市先傳車駕北發日，一居民所畜白馬晨出，立庭中，不動不食，晡則喘汗，定乃食，回蹕則止。

【校】

〔一〕『斡難河』，原作『斡離河』，形近而誤，今改正。

〔二〕『沙濛』，疑當作『沙漠』。

英宗親征也先，陝西吕尼迎駕，諫行曰：『不利。』上怒，叱武士交椎。尼趺坐以逝。及蒙塵，鹵營數數見尼，時授上餅餌。駕居南宫，亦數數見尼。復辟後，詔封皇姑，建寺，賜額曰『順天保明寺』。或曰隱也，如云『明保天順』焉。後殿祀姑肉身趺坐〔一〕，愁容一媪也。萬曆初年，像未飾以金，頂猶熱爾。

【校】

〔一〕『趺坐』，原作『跌坐』，據上文改。

*永樂初，有士人赴舉，夢一神告之曰：『禮樂征伐自天子出。』士人志之。一日，文皇與羣臣宴〔一〕，出語曰：『流連荒亡爲諸侯憂。』屬羣臣對之，無有應者。士人進曰：『禮樂征伐自天子出〔二〕。』大悦，即擢禮部侍郎。

【校】

〔一〕『文皇』，《聞聞録》作『成祖』。

〔二〕『天子』，『子』原作『手』，浮簽改作『子』，據改。

*韓狀元應龍未第時，飢寒窘偪，自投姚江。有鬼扶起曰：『公若死，三十年狀元尚書，誰人承受？』明年遂狀元及第。有老生效之，亦投江，亦有鬼扶起。老生喜甚，鬼曰：『公若死，三十年黄虀淡飯，誰人承受？』

呂文安廢大能仁寺爲樛木園，平夷壇壝〔一〕，毀裂佛像，慘不忍觀。住持無漏和尚雉經其中，臨終誓衆曰：『四十年後，我必復此寺。我來有奇兆，以門前枯槐再生爲驗。』後四十年，呂氏式微，先大父以千金僦居。先一日安牀，次日開視，有雌雄二雉挾五雛飛出樊中。豢鹿兩頭，開樊得三頭。隣居父老有存者，見大父，皆錯愕曰：『此無漏和尚耶？何視之肖若此也？』門前大槐枯死五十年，是年復活。於是父老有以因果告大父者，大父不悦曰：『許玄度捨宅爲寺，是我襟懷。何物老秃，戀戀此刹，至以身殉！我恨不得一棒打殺此秃，科與狗吃〔二〕，乃謂我是其後身耶？』深懊恨之，詔人勿言。僦居三年而仍還呂氏。

【校】

〔一〕『壝』，原作『墤』，字書無此字，今改作『壝』。

〔二〕『科』字旁有空白浮簽，疑此字有誤。按《瑯嬛文集》卷二《興復大能仁寺因果記》作『料』。

＊王陽明常游一僧寺，見一室封鎖甚密，欲開視之。寺僧曰：『中有一入定僧，閉門五十年。』陽明固請啓户，見龕中坐一老僧，與陽明面龐無二。壁上題詩云：『五十年前王守仁，開門即是閉門人。精靈剥後還歸復，始信禪門不壞身。』陽明陡然一驚，數月即逝。

嘉靖初年，秦檜裔孫某宰湯陰，有善政。每欲謁岳武穆祠，逡循未果。將及期，語同僚曰：『少保雖與先世有隙，豈罪後嗣耶？且吾居官可無媿神明，往謁何妨？』遂爲文祭之，拜不能起，嘔血數升，扶出廟門即死。

太監富紫泉建永寧寺於安德門外岔山口，屠一猪祭梁。猪背上隱隱有『秦將白起』四字，富曰：『此白將軍也。』命埋之。

王文肅以子緱山病，祈夢于墳，夢忠肅語之曰：『公記靳一名帖，失活二十七人之命否？』

公記憶巡道，執海商二十七人爲盜，衆憐之，請一名帖往解，而公執不肯，遂受此報。

＊王文成應鄉試，入浙場中，夜半有巨人，文場東西立，大言曰：『三人做得好事！』已忽不見。是年，與胡端敏世寧、孫忠烈燧同舉鄉薦。胡先發濠逆謀，孫殉難，而文成立戡亂之功。

＊王文成登第，使治前威寧伯王越葬事。文成少時夢威寧伯貽之寶劍。既葬，其子出越所佩劍爲贈，宛若夢中。

＊于少保死，夫人流山海關，夢少保曰：『吾形殊而神不亂，獨目無光明，借汝眼光見形於皇帝。』翌日，夫人眼失明。會奉天門災，英廟臨視，少保形見火光中，帝憫然念其冤，乃詔貸其夫人歸。又夢少保還其眼光，目復明。

周新按察浙江，將到時，道上蠅蚋迎馬首而聚。使人尾之，得一暴屍，惟小木印記在，取之。及至任，令人市布，屢嫌不佳。再三更換，得印誌相同者，鞫布主，即劫布商賊也。一日視事，忽旋風吹異葉至前，左右言：『城中無此葉，獨一古寺有之，去城差遠。』新悟曰：『此必寺僧殺人，埋其下也，冤魂告我矣。』發之，得婦人屍，僧即欸服。

＊成祖以紀綱譖殺浙江按察使周新〔一〕。新臨刑呼曰：『生作直臣，死作直鬼。』一日，上見緋衣而立者〔二〕，叱之，問爲誰，對曰：『臣周新也。上帝憐臣剛直，使主城隍浙江〔三〕，爲陛下治姦貪吏。』言已不見。陶菴拜其祠〔四〕，贈一對曰：『厲鬼張巡，敢以血身污白日；閻羅包老，原將鐵面比黄河。』

【校】

〔一〕『成祖』，《聞聞録》作『明成祖』。

〔二〕『上』，《聞聞録》作『成祖』。

〔三〕『城隍浙江』，《聞聞録》作『浙江城隍』。

〔四〕自『陶菴拜其祠』以下，《聞聞録》皆無。

楊順既殺沈青霞，榜示邊塞：有藏沈氏遺文片紙隻字者，按捕抵罪。諸生武崇文斂青霞遺藁，將火之，忽中惡仆地，恍惚見青霞峩冠緋衣，手劍叱之，懼而瘞於後圃。事白後，穴地出之，以授其子小霞。今所傳《鳴劍集》、兵書、赤牘，皆穴地所出者也。

李文正當國，一日朝退，沈思休致，被帶未及解。有道士服紫玉環來見，指公所服帶，并自指曰：『争如我環，其能棄却入山乎？』公曰：『久服無味，入山須之歲月耳。』道士笑，出庭中，微吟踏劍飛去。

楊爵釋歸，數日又逮入獄，周怡、劉魁相繼至。同囚三年，内殿火，上於火光中聞神語呼三人名，於是三人者得竟釋。

季祖廷尉公十歲出痘，氣色絶〔一〕，棄之於地，半日復甦，自言循屏出門，不知所向，見一二熟識小兒，皆已死者。又見衮冕神人曰：『汝祖母心善，且持齋虔。當令汝還。』授以丸藥，吞之而醒。自是語遂通靈。時文恭方都試，遂言曰：『吾父有臚傳矣〔二〕。』向家人索梨，曰：『無有。』曰：『某所有之。』覓之，果得。鼻忽流血，大嘑曰：『姨母刺我！』問之，曰：『適飯牕下，聞外窣窣聲，戲以箸刺牕眼，不謂中郎君鼻也。』數月始愈，如蟬蜕然，面遂奇醜，後文恭見之，竟不相識。

【校】

〔一〕『色』字旁有空白浮簽，疑當作『已』。

〔二〕『有』字旁有空白浮簽，疑當作『且』。

*方孝孺父克勤，爲其祖擇葬地。夜夢有一族人來求免。次日開壙，有蛇大小數百條，昂

首作乞哀狀，其父命聚薪焚之，黑烟一股，直入其家。母方分娩，即誕孝孺，後有滅族之慘，謂是蛇報。

夏忠靖治水東南，湖州慈感寺橋下大蚌一珠，常有蛟龍來攫。忠靖宿寺，夢有老人訴曰：『家此久，被隣豪來奪吾女，請大人一字爲鎮。』忠靖書一詩與之。及至淞江，夢一甲士訴曰：『鄰女聘久，賺大人手筆，抵塞不肯嫁，請改判。』忠靖曰：『是慈感寺女邪？』甲士曰：『然。』叱之去。次日牒於海神，風雷暴作，一蛟震死橋畔。

*花雲殉難，侍兒孫氏抱雲子渡江，與潰兵争舟。捽之江，得斷槎。附入陶穴之蘆中七日，餐蓮寔以活。夜半聞老父聲，呼與同行，問其姓，曰：『雷叟。』送之高帝前〔一〕，置兒於膝，撫頂泣曰：『將種也。』贈雷叟衣〔二〕，忽不見。

【校】

〔一〕『高帝』，《聞聞録》作『明太祖』。

〔二〕『贈』，《聞聞録》作『賜』。

陳松常游商洛，山行，夜宿古廟中，四壁蕭寂，惟銀杏一樹，婆娑覆簷。爲詩告神曰：『窮人捉筆叩窮神，爾我不親誰是親？除却清風與明月，眼前都是有讎人。』夜分，神出答松詩曰：『獨坐空山久，園中果皆落。何以共長霄，安得村中酪。』松寤而異之。

張伯雨墓，在南高峰左麓。成化間，姚公綬御史營修之，立碑爲誌，尋復傾頽。至正德中，山民鋤地，深數尺，遂犯張壙。見一人盤膝坐，爪髪俱長。偶傷其腦，漿忽迸出，良久復合。驚懼，急掩之。墓中有書二册，携其一至鄭栗菴家。鄭以一金易之，其人云：『當復至墓中，再取其一。』至中途，忽風雷大作，失書所在。

*莆田戴大賓〔一〕，十四歲探花及第，亡何遽卒。櫬歸，父母悲悼，必欲發棺審視。及發，乃一白鬚叟，大駭，詰其奴，奴無以對。其夜大賓入夢曰：『叟，吾前身也。上帝憫其苦學，白首不第〔二〕，托生我家，暫享榮名，以酬其志。變形者，不忘其初也。』父母由是止哀。

【校】

〔一〕『莆田』，原作『蒲田』，據《聞聞録》改。

〔二〕《聞聞録》『白首』上有『至』字。

余狀元武貞，讀書獨石軒，見池中荷葉上有物跳躍，謂是蛙也。細視之，則一魁星，長寸許，握筆提錠，與世人所繪無異。獨石軒爲董文簡中峰書舍，其後則陶石簣，再後則余武貞，俱於此發元。其中讀書發科甲者，不可勝記。

黄子澄墓地，萬曆初爲蔣乾所佔，其孫熊訟之。忽地中聲如雷，化青氣冲西北去。溝裂，得黄子澄墓誌，騐實上聞，因表墓立祠。及攷永樂時舉發革除之黨者亦名蔣乾，其事尤異。

*餘姚吕棘津〔一〕，貌甚樸寔，而口訥訥似不能言者。生平喜作淫詞豔曲，如《繡榻野史》、《閒情別傳》皆其手筆。負此異才〔二〕，而一生不遇，臨終噴血數升，齗舌而死。

【校】

〔一〕『吕棘津』，《聞聞録》作『吕某者』。

〔二〕『異才』，《聞聞録》作『賢才』。

孫尚書瑋，童時有出世之志，遇方外異人，遂棄家相隨。一日，夢逐一道士登高山，似非人世，飢甚，道士持一器若糜粥者餉之，因謂曰：『此糊塗也。汝從此無神仙分，當努力幹人間事。』驚啼而覺。自此一意讀書，遂成進士，仕至尚書。

杭州倪秀才，辛卯科元。旦夢二魁星跳躍其前，自負决中。至八月正，遺考二試俱無〔一〕，乃喊叫，校士館文宗縛送臬司獄中。進獄門，見二門神，乃駭嘆曰：『此正我夢中所見之魁星也！』獄鬼一名顔大老，一名薛禿一，形狀極似魁星。

【校】

〔一〕『遺考二試俱無』，『考二』原作『告三』，浮簽改作『考二』，據改。

總督彭澤嘗過歙，時新造越國汪公祠，夢白衣人獻上梁文，則云：『狀元也。』次日，唐臯獻文，而以貧故，藍衫改色成白。彭大異之，而交歡焉，則果大魁。

*翁長庸鄉試，主司夜閲其卷，見一老嫗衣藍衫，拜階下。卷不甚佳，旋置之，而嫗即哭。復取閲，則又拜，如是者再三，乃薦之。及放榜〔一〕，主司言及之。長庸涕泣曰：『此庸母也。貧無以殮，以庸藍衫殮之。今得徼倖，則母力也。』

【校】

〔一〕『放榜』，《聞聞録》作『發榜』。

*洪武中，京民史某與一友爲伴，史妻色美，友心圖之。嘗同商於外，史溺水死。其妻無

子，友求爲配，從之。居數年，生二子。一日驟雨，積潦滿庭，一蝦蟇避水上階，其子戲以杖抵落水〔一〕。後夫語其妻云〔二〕：『史某死時，亦猶是耳。』妻問故，乃知後夫謀，憤甚。次日，俟其出，即殺其二子，走訴於朝。太祖旌其烈〔三〕，寘後夫於法。好事者爲作《蝦蟇傳》。

【校】

〔一〕『戲以』，《聞聞録》作『戲之』。

〔二〕『云』，《聞聞録》作『曰』。

〔三〕『太祖』，《聞聞録》作『明太祖』。

快園道古紕漏部卷第十八

明古劍陶菴張岱著

陶菴曰：世間事被無學無識之人做壞者少，被有學有識之人做壞者多。則世間紕漏之人，由此其選也。乃紕漏之人，能安於紕漏，不識不知，無機無械，則世界可以享無事之福。無奈紕漏之人，不自安於紕漏，而反欲弄聰明，弄學問，則其爲紕漏也，不可救藥矣。集紕漏第十八。

＊黄侍郎綰〔一〕，爲言官所詆，自言背刺『盡忠報國』四字。下南京法司勘驗，天下笑之。按正德五年〔二〕，錦衣衛匠餘刁宣上疏，自言背刺『盡忠報國』字，詔本當重處，姑杖三十，發海南充軍，著國史。黄見之，不當媿死！

【校】

〔一〕『黄侍郎綰』，《聞聞録》作『黄侍郎某』。

〔二〕『按正德五年』以下，《聞聞録》皆無。

＊尚書趙從善子希蒼〔一〕，通判紹興，令庖人造燒茄。判食次問吏『茄』字，吏曰草頭下著

『加』〔二〕，即援筆書草下著『家』字，乃『蒙』字矣。時人目之曰『趙燒蒙』。

【校】

〔一〕『尚書趙從善子希蒼』，《聞聞録》作『明時趙尚書之子某』。

〔二〕《聞聞録》『加』字下有『字』字。

洪武甲子開科取士，諸勳臣不平，曰：『此輩善譏訕，初不自覺。且如張九四厚禮文儒，及請其名，則曰「士誠」。』上曰：『此名甚美。』答曰：『《孟子》有「士誠小人也」之句，彼安知之？』上自此覽天下所進表箋，多罹禍者。

*洪武中，翰林應奉唐肅常侍膳〔一〕，食訖，拱筯致恭。帝問何禮〔二〕，對云〔三〕：『臣少習俗禮。』帝曰〔四〕：『俗禮可施之天子乎？』坐不敬，謫戍濠州。

【校】

〔一〕『唐肅常』，《聞聞録》作『唐某嘗』。

〔二〕『帝』，《聞聞録》作『明太祖』。

〔三〕『云』，《聞聞録》作『曰』。

〔四〕『帝曰』，《聞聞録》無『帝』字。

*陸澄〔一〕，爲王文成高弟。張璁議大禮，澄以刑部郎中上疏攻之，旋以憂去。服闋，至京，張璁驟貴。澄復上疏，極稱璁、蕚爲正論，而深悔前言之失，請改過自新。上惡之，謫爲外郡通判。

【校】

〔一〕『陸澄』，《聞聞録》作『陸某』，下一『澄』字《聞聞録》皆作『陸』字。

豐吏部坊常要沈明臣結忘年交。歲餘，人或惡之曰：『是常笑公文者。』即大怒，設醮詛之上帝，凡三等，云：『在世者宜速捕之，死者下無間地獄，永不得人身。』一等皆公卿大夫與有睚眥者；二等文士〔一〕、布衣，沈爲首；三等則鼠、蠅、蚤、虱、蚊、臭虫也。重見〔二〕。

【校】

〔一〕『文士』，原作『文土』，形近而誤，今改。

〔二〕按此言『重見』，然今《快園道古》現存卷次及《聞聞録》皆無此條，疑原見於《快園道古》已佚篇目。

*沈石田名重一時。蘇州守求善畫者，左右以沈對，便出硃票拘之。石田至，命立廡下畫，乃作《焚琴煮鶴圖》以進。守不解曰：『亦平平耳。』明年入覲，見守溪相公，首問曰〔一〕：『石田先生無恙乎？』守茫然無以應。歸問從者，則硃票所拘之人也。守大悔恨。

【校】

〔一〕『首問曰』，《聞聞録》無『首』字。

*荆溪時大彬善陶製小茶壺，或薦之宜興令。令喜其製，索之恨少，乃拘之一室，責取三百具，竟以憤死。

唐玄宗東封泰山，命蘇許公磨崖刻《東封頌》。自唐至明八百餘年，閩人林焯爲兖東道，鎸『忠孝廉節』四大字於頌上，剷蓋之。

*沈石田作《五馬行春圖》贈一太守。太守怒曰：『我豈無一隨從人耶？』沈知之，另寫隨從人送入，因戲之曰：『奈絹短，止畫前驅三對。』守喜曰：『今亦足矣。』

劉方伯叔子性佻傝，而冒讀書名。里中賽會，叔子以犒金四兩買其馬上故事，直入書房。叔子坐書案，見一騎則停筆視之，又讀數行，復看一騎。眼雖注視，而口中咿唔，仍復不輟。

劉方伯家演劇，其叔子必於其貼壁讀書，書聲朗徹，曲白幾不能辨，而方伯以其子苦讀，輒爲色喜。

江西俗儉，果餚作數格，惟中一味，或果或糖可食，餘悉雕木爲之，謂之『子孫榼』。魚鱗之上必加葱醬，使有熱氣。一客取食，用筯挑之，堅不可入，不覺失笑。覆視其底，有字云『大德二年重修』。

*王相國荆石宅憂，某縣令作祭文，稱相國爲『元聖』，封公爲『啓聖夫子〔一〕』，王却之不受。

【校】

〔一〕『夫子』，原作『天子』，據《聞聞録》改。

*尹旻欲詣汪直，屬王越爲介紹〔一〕，私問〔二〕：『跪否？』王曰：『安有六卿跪人者乎？』越先入，旻陰伺越跪白叩頭。及旻入，長跪不起。越尤之，旻曰：『吾見人跪，特效之耳。』

【校】

〔一〕『王越』，《聞聞録》作『王某』，下三『越』字《聞聞録》皆作『王』字。

〔二〕『私』，《聞聞録》作『尹』。

＊迂仙夢中貸人以錢，次早遇其人，索償甚急。其人曰：『汝莫非夢耶？』迂仙沉思半餉曰：『然，果是夢，但汝即夢中亦須償我！』

＊王弇州曰：『余舊聞正德間，一大臣投刺劉瑾云「門下小厮」。嘉靖中一儀部謁翊國公稱「渺渺小學生」。今復有自稱「將進僕」、「神交小子」、「未面書生」、「沐恩小的」，皆可嘔噦。』

有游客題詩虎丘寺壁者，後寫『某人頓首書』。或戲續其後云『似虎丘老先生政之』，可發一哄。

天鏡園，隣老諸孫十餘人氽水罛螺螄，盈數担猶不已。陶菴過而問之，答曰：『明日予祖樊老諱辰做佛事，要放生用耳。』陶菴哄曰：『盍若不取？』答曰：『不取，則何以放？』

大學士萬安，老而陰痿。徽人倪進賢以藥劑湯洗之有効，得爲庶吉士，授御史。時人目爲洗鳥御史。

憲宗晏駕，宫中得書一篋，皆房中術也，悉署曰『臣安進』。太監懷恩袖至閣下，示萬安曰：『是大臣所爲乎？』安慚汗不能出一語。後科道劾之，懷恩以其疏至内閣，令人讀之。安跪而起，起而復跪。恩摘其牙牌曰：『請出矣。』乃遑遽歸第。初，安在内閣久不去，或微諷之，答曰：『安惟以死報國。』及被黜在道，夜夜看三台星，猶冀復用也。

尚書王天華取媚嚴世蕃，用錦罽織成點位，曰『雙陸盤』，别飾美人三十二，衣粧緇素各半，曰『肉雙陸』，以進。每對局，美人聞聲，該在某點位，則自起站之。

嚴世蕃吐唾，皆美婢以口承之。方發聲，婢口已巧就，謂曰『香唾壺』。

籍嚴氏時，得帞一箱，緣四角，兩角繫螳螂金鈎，皆怪，不知所製。久之，知奉爲夫人經裩襠用。有送溺器者，皆用金銀鑄婦人，粉面綵粧，以陰受溺，壺底鎸餽者姓名。

嚴氏籍殁時，郡司奉檄往，見榻下堆棄白綾汗巾無數。袖其一以問，客有知者，掩口曰：『此穢巾，每與婦人合，輒棄其一，歲終數之，爲淫籌焉。』

＊張江陵奔喪至楚，楚方伯披縗絰，代子守苫次，江陵大悦。不逾年，方伯遂爲楚撫。

＊中官奉江陵太夫人北上，所經由滸步皆設席〔一〕，屋張綵幔。徐州兵備副使林紹至〔二〕，身襮挽船卒中，爲之導護。

【校】

〔一〕『滸步』，《聞聞録》作『步許』。

〔二〕『林紹』，《聞聞録》作『林某』。

＊江陵病，百官爲設醮行香，宰官大老執爐暴烈日中。當拜章則跪拜竟夕，弗敢倦。醮凡三舉，一中丞誇曰：『三舉而吾與者三，膝腫矣。』

＊楚撫陳瑞〔一〕，江陵門人也〔二〕。江陵父初死，瑞馳至〔三〕，服縗衣梁冠，伏哭盡哀。畢則請見太夫人〔四〕，太夫人未出，跪於庭良久。太夫人出，復伏哭，前謁致慰，乃侍坐。有小閹者，江陵所私留以役也。太夫人睨而謂：『陳君幸盼睞之。』瑞拱立揖閹曰：『陳瑞安能爲公公重，公公乃能重陳瑞耳〔五〕。』

【校】

〔一〕『陳瑞』，《聞聞録》作『陳某』。

〔二〕『門人』，《聞聞録》作『門生』。

〔三〕『瑞』，《聞聞録》作『陳』字。下一『瑞』字同。

〔四〕『請見』，《聞聞録》無『見』字。

〔五〕『陳瑞安能爲公公重，公公乃能重陳瑞耳』，《聞聞録》作『某則安能爲公公重，公公乃能重某耳』。

*張江陵給假歸葬，有同年御史于業者〔一〕，罷久矣，與江陵故善，來會葬。至墓所，自詭工堪輿家言，密語江陵：『吾相地多，毋踰於此者〔二〕，是且有天子氣。』江陵懼，揜耳疾走。

【校】

〔一〕『于業』，《聞聞録》作『于某』。

〔二〕『毋』，《聞聞録》作『無』。

*少司徒王祐〔一〕，諂事太監王振。振一日問曰：『王侍郎何故無鬚？』祐曰〔二〕：『老爺無鬚，兒子豈敢有鬚？』

【校】

〔一〕『王祐』，《聞聞録》作『王某』。

〔二〕『祐』，《聞聞録》作『王』字。

成化中閒住右都御史李賓〔一〕，以進房中秘方，行取至京。試不驗，遣歸。賓上疏謂：『忽召忽遣，不知何故。』詔姑與致仕。

【校】

〔一〕『右都御史』，原作『石都御史』，形近而誤，今改正。

劉太常介繼娶美豔，冢宰張綵欲奪之，乃問介曰：『我有所求，肯從，我始言之。』介曰：『一身之外，皆可奉公。』綵曰：『我所求者，新嫂也。』敬謝諾。少頃，强輿之歸矣。

*徐珊，王文成弟子〔一〕，癸未會試，策問詆文成學。珊不對而出〔二〕，論者高之。及選爲辰州同知，以侵軍餉事發縊死。時人爲之語曰：『君子學道則害人，小人學道則縊死也。』

【校】

〔一〕『徐珊王文成弟子』，《聞聞録》作『王文成弟子徐某』。

〔二〕『珊』，《聞聞録》作『徐』字。

先大父令清江，其間士夫交際儉不重禮。開禮帖，有『乾裹坤裹』，不識爲何物，令門役傳進看之，則男女裹脚二副而已。

大父江西入闈，門生六人至署，欵之。夜燃羊角燈於席上，一人向其偶曰：『好糯米珠。』其偶咈之曰：『莫説，被老師笑，此是羊皮燈。』大父聞之曰：『非羊皮也，乃是羊角。』一人起席立曰：『老師莫謊，他角大如此，羊如許大？』

*李于鱗爲浙江觀察使〔一〕，徐子與以岕茶最精者餉之。次日靈隱會席，問李：『曾試茶否？』曰：『未也。』徐言：『茶佳甚，價最高，須珍惜之。』李曰：『無有矣，昨以數甖盡賞皂隸。』

【校】

〔一〕『李于鱗』，《聞聞録》作『李公某』。

*屠赤水生平未見演《八義傳奇》，一日特令演之。而優人强作解事，每呼岸賈爲『屠爺』，赤水笑諭之曰：『爾竟以我爲岸賈耶？且趙盾口中，亦不應喚彼屠爺〔一〕！』

【校】

〔一〕『喚』，《聞聞録》作『呼』。

＊董日鑄好飲茶，而不解茶理，喜以大碗啜苦茗，要極熱。嘗言：『陸鴻漸一卷《茶經》，不若我祕訣三字。』或問其三字〔一〕，曰：『濃、熱、滿而已。』

【校】

〔一〕『其』，《聞聞録》無此字。

新安汪伯玉詩本不佳，好爲大言欺世。謁白嶽詩落句云：『聖主若論封禪事，老臣才力勝相如。』見者無不嘔噦。

＊汪伯玉以襄陽守遷臬副。丹陽姜寶爲四川提學道，道經楚省，三司會飲於黄鶴樓。伯玉舉杯大言曰：『蜀人如蘇軾者，文章一字不通。此等秀才，當以劣等處之。』衆皆瞪眙，姜亦唯唯而已。後數日會餞，伯玉又大言如初，姜咲而應之曰：『訪問胥吏，四川秀才中並無此人，想是臨考畏避耳。』衆爲閧堂大咲。

張鳳翼刻《昭明文選纂註》，一士夫詰之曰：『既云「文選」，何故有詩？』張曰：『昭明太子著作，於僕何與？』曰：『昭明太子安在？』張曰：『已死。』曰：『既死，不必究他。』張曰：『便不死，亦難究。』曰：『何故？』張答曰：『他讀得書多。』

施鳳來、張瑞圖曾以金爵餽魏璫，皆鑿其姓名。魏璫敗，抄入内庫。是年戊辰，爲崇禎龍飛首榜。二臣主會試畢，殿前賜飯，先帝即以其爵飲之。二臣歸邸，即乞身致仕。

*天啓朝〔一〕，科道官以魏璫詗事極嚴，行賄者必於作揖時親自投遞，謂之『袖裡禿』。偶以無事相訪者，無所出手，本官必傴僂半日，不肯即起。

【校】

〔一〕『朝』，《聞聞録》作『時』。

*天啓朝〔一〕，科道有三字訣，曰：『是、嗄、唉。』有所陳説曰『是』，有所駭聞曰『嗄』，有所懊惜曰『唉』。終日接見士夫，並不明發一語，此與立仗之馬有何分别！

【校】

〔一〕『朝』，《聞聞録》作『時』。

*陳嗣初家居，有客求見，稱林逋十世孫。嗣初與之坐談，起入内，出一編示之，則《和靖傳》也。令客讀，讀至『和靖終身不娶，妻梅子鶴』等語，客默然遽去。

一故相遠派在姑蘇嬉游，書其壁曰：『大丞相再從曾姪孫至此。』士人李章好謔，題其傍曰：『混元皇帝三十七代孫李章繼至。』

*徐龍寰給諫，訪大父於天鏡園〔一〕，瀹茗供之。問曰：『茶佳甚〔二〕，此何水？』大父曰〔三〕：『惠泉水也。』龍寰抵家，命家人至紹興衛前取水，水甚穢惡，乃咲曰：『張肅之誑我。』

【校】

〔一〕『大父』，《聞聞録》作『友人張某』。

〔二〕『佳甚』，《聞聞録》作『甚佳』。

〔三〕『六父』，《聞聞録》無此二字。

商尚書周祚召對平臺，思宗問銓部諸務，不能對，心急，穢出裩襠，臭聞御座，思宗命太監扶出之。時人謂東方朔小遺殿上，而公乃大遺殿上，古今罕見。

清兵下浙，潞王出降。陶菴親見商尚書曰：『明公身居八座，世受國恩，定有一番作爲，以爲諸大夫、國人之勸，幸明以教我。』三問而三不對。力請之，尚書閉目縮頭曰：『老人籌之熟矣，再肆商量，只是投降，乃爲上策。』陶菴不復與語。次日，同姜箴勝渡江，朝見貝勒，兩尚書辭以老病，膜拜伏地，命子孫十餘人行五拜三叩頭禮。

永樂末，詔天下學官考績，不稱者許净身入宮教習女官，一時自宮者二十餘人，王振亦在其内，以此進身後，遂有己巳之禍。始知豎刁覆齊，千古爲之鑒戒也。

商氏子弟好譏訕人。陶菴小傒演杜祁公看傀儡劇，白云：『老夫姓杜名衍，會稽山陰人也。』閧然大咲，謂：『山陰是山陰，會稽是會稽，乃曰會稽山陰人，不通之甚。』等軒聞之曰：『少年且莫咲，回去看看《蘭亭記》。』

*越中先輩有以箍桶匠爲『封君』者〔一〕，受封冠帶，執笏倒拿。或言之，就手上翻一轉身，銀帶仄繫〔二〕，則以朝笏築之，如箍桶樣，見者失咲。一日見縣官，爲其年姪，不肯對坐，曰：『忝與令郎同年』。封君張目視曰：『老父母也是屬狗的？』

【校】

〔一〕『越中先輩』，《聞聞録》作『明時越中』。

〔二〕『仄』，原作『亥』，據前文蔡名衡批，當是『仄』字。《聞聞録》作『反』字。今改作『仄』字。

＊黄慎軒，袁中郎、小修，陶石簣〔一〕、石梁，馮具區作主同游西湖，月夜坐斷橋，席地飲。有狂生狎一少艾，嘐啍而來，見諸公坐地，一拱曰：『我孟相公，與若輩同飲一杯何如？』諸公延之坐。出言放誕，旁若無人。小修問其尊號，大聲曰：『錢唐孟際可〔二〕。』少艾曰：『孟相公今年提學道領批。』孟曰：『老丈輩亦有號否〔三〕？』陶石簣睨而不言。小修曰：『此是黄慎軒先生，此是陶石簣先生，此是馮具區先生，此是家兄袁中郎，不肖是小修，此兄爲陶君奭。』狂生跳身起，即遁去〔四〕。

【校】

〔一〕『石簣』，《聞聞録》作『石蕢』。下二『石簣』同。

〔二〕『錢唐孟際可』，《聞聞録》作『錢塘孟某也』。

〔三〕『老丈』，《聞聞録》作『老文』。

〔四〕『即』，《聞聞録》作『即刻』。

陸瑞亭侍御，人最渾樸。大父新造矸園成，堂門齋扉，厭用白堊，都以石黄作地，上用灑金。瑞亭稱歎新居曰：『尤妙在許多舊門牕，此間都用得着。』

＊祝東岱應試〔一〕，其僕發行李，偶遺其巾於地，曰：『巾誤落地。』東岱曰〔二〕：『以後不可

言落地，但言及地。』後其僕將巾箱緊繫擔上，向主人曰：『今生今世決不及地矣。』

【校】

〔一〕『祝東岱』，《聞聞録》作『祝某』。

〔二〕『東岱』，《聞聞録》作『祝』字。

里人有畫行樂圖者，夫婦同在竹林下，面帶微酡。進士童在公題其上曰：『齊眉樂，微醺樂，游竹林樂，樂也道在其中矣。夫夫而婦婦，是即所謂道也。石交不以脂韋間，倡倡而隨隨，是即所謂樂也。且夫自身而之世，豈不以其道也哉？』

倪獻如，燈夜作長春觀關帝祠對曰：『帝曾指日而日乃其類也，借五夜以發寸心；帝曾秉燭，而燈亦其類也，見星圖益彰大照。』

*余友言沖之〔一〕，喜改竄古人文字，即《周易》、《毛詩》，有不慊其意者，都加改削。一日與誦唐人劉威《冬夜旅懷》詩〔二〕，有『酒無通夜力，事滿五更心』之句，沖之沉吟半餉〔三〕，曰：『言酒那得不言醉，言事那得不言愁？』因改作〔四〕：『醉無通夜力，愁滿五更心。』陶菴曰〔五〕：『只此二字，大事去矣。方知點金成鐵，其藥亦不在多。』

【校】

〔一〕『余友言沖之』，《聞聞録》作『一士者』。

〔二〕『與』，《聞聞録》無此字。

〔三〕『沖之』，《聞聞録》作『士者』。

〔四〕『曰言酒那得不言醉』至『因改作』數句，《聞聞録》作『改曰』二字。

〔五〕『陶菴曰』以下，《聞聞録》無。

快園道古詭譎部卷第十九

明古劍陶菴張岱著

陶菴曰：詭譎之與機變，相去無幾。其心術正而用以救人則謂之機變，其心術不正而用以害人則謂之詭譎。是猶醫者之用藥，信石芒硝，得其功効，雖毒物亦在爲良藥；若用以殺人，則參术亦何異砒霜？則是參术、砒霜，其氣味猶是，而使其爲良爲毒，則在明醫善用之耳。吾嘗譬之，趙文華造絨毯以媚嚴嵩，周文襄造絨毯以媚王振，同一絨毯也，其用絨毯之意則大相懸絶矣。集詭譎第十九。

世廟時，方士藍道行以乩得幸，上每有所問，密封使中官至乩所焚之，不能答則咎中官穢，不能格真仙。中官以密封授道行，使自焚。道行乃爲僞封付火，而匿其真跡，所答具如旨。上以爲神，益信之。

伊庶人爲王時，以殘暴累見糺于臺使者，迫則行十萬餘金于嵩，得小緩。及嵩敗家居，則遣軍卒十輩造嵩家脅償金。嵩置酒欵之而好語曰：『所惠金十萬，實無之，僅得半耳，而又半費，請以二萬金償。』因盡以上所賜金有印識者予之。既去，而聞于郡曰：『有江盜刼吾家二萬金去矣！速掩之，可獲也！』郡發卒追得金〔一〕，悉捕軍卒，下獄論死。

【校】

〔一〕『追』，原作『退』，浮簽改作『追』，據改。

京師有黠盜，作貴游衣冠，先詣馬市，呼賣胡床者，與一錢云：『吾即乘馬，爾以胡牀侍。』其人許諾。乃謂馬主曰：『吾欲市駿馬，試可論價。』馬主奉鞭策，其人設胡牀。盜上馬疾馳去。馬主謂設胡牀者其僕也，及問，知其非，乃亟追之。盜逕叩官店，繫馬于門云：『吾某太監家下，欲段匹若干，以馬爲質，用則奉價。』店覩良馬，不之疑，如數畀之，負而去。俄而馬主踪跡至，店與之市馬成訟，有司不能決，爲平分其馬價云。

*客有炫丹術者，輿從甚盛，携美妾日飲於西湖，所羅列器皿，望之燦然皆黄白。一富翁見而豔之，前揖問曰：『公何術而富若此？』客曰：『丹成，特長物耳。』富翁遂延客并其妾至家，出二千金爲母，使煉之。客入鉛藥，煉十餘日，一長髯突至曰：『家罹内艱〔一〕，求亟返。』客大慟曰：『事出無奈，煩主君同余婢守爐，不旬日余來矣。』客寔竊丹去，囑其妾挑主人與私媾，綢繆數宵。而客至，啓爐視之，大驚曰：『敗矣！似有觸之者。』因詈主人無行，欲掠治其妾，妾盡吐寔。主人慚恧，出厚鏹謝罪。客作怏怏而去。主人以得遺爲幸，而不知所陳金銀器皆

僞物，妾則其所典妓女也。翁以貪淫墮其術中。

【校】

〔一〕『罹』，原作『損』，據《聞聞録》改。

南京有山西賈人鬻絨，貨於三山街。一日，有客偕一道士至，定絨貨百餘金，先留銀一大錠。自是以催貨爲名，頻頻到店，到則兩人耳語，指天畫地，若甚祕密事。賈人疑而問之，不肯言。詰之再三，客乃屏人語曰：『吾道兄善望氣者，秦始皇以江南有天子氣，因埋金千萬以厭之，故曰「金陵」，從來莫知其處。夜來見寶氣騰空，知藏金久當出世，未卜其處。今詳察寶氣所騰之處，在尊店第三層屋下。』誠禱祠而發之，富可敵國。』賈人貪，信之，乃具牲醴，祭告天地，集钁鋤數十人，於人静後齊工。發掘至五尺深，至無所見，天已大明，忽聞門外呵殿之聲，則督府某以紅簡來拜。賈人方驚訝，而督府登堂固請相見。賈人强出，拜伏於地。督府掖起之曰：『聞秦皇埋金爲足下所發，其富敵國，特來奉賀。方今邊餉告匱，肯以數萬佐國家之急，萬户侯不足道也。某當爲足下奏聞。』賈人固謝無有。督府直入内室，見其所掘之地，坎壈甚深，客與道者不及避，俯伏前謁，言埋金寔有，但不甚多。賈人不能辯，懼禍，不得已，餽三千金求免，并還其定貨之銀。由是氊業遂廢。

*浙中有子毆七十歲父而墮其齒者，父訟之，懼甚。迎一訟師問計，請以百金爲壽。訟師曰：『大難。』思忖再三，至次日，忽謂曰：『得之矣。辟人當耳語，若子傾耳就聽。』師遽嚙其耳，斷其半輪，血污衣。子大驚，師曰：『脱子在是[一]。』庭質時，遂以父嚙耳墮齒爲辯[二]。官謂耳不可自嚙，老人齒不固，嚙耳而墮，理固有之，竟免。

【校】

[一]『是』，《聞聞録》作『此』。

[二]『辯』，《聞聞録》作『辨』。

*吴中刻書多利，而甚苦翻板，俞羨章刻《唐類函》將成[一]，先出訟牒，言新刻書若干，載往某處，被盜刦去，乞官爲捕之。因出賞格，募盜書賊。由是《類函》盛行，無敢翻者。

【校】

[一]『俞羨章』，《聞聞録》作『俞某』。『唐類函』，《聞聞録》作『唐書類函』，誤。

*伶人駱嬉嬉以戲劇得名，爲馮保太監邀入内府，留爲御樂[一]，日久苦之。見朱金庭相公，乞其求免。相公曰：『爾殊非假作耳聾！』駱嬉嬉傾耳向朱相公問曰：『爺説偌的？』

【校】

〔一〕『留爲御樂』，《聞聞録》無此四字。

南門朱氏一僕婦姣好，主人與其子共狎之，而瞞其僕。一日，主人子入其室調之，而主人適至，婦囑其子匿床下，而其僕又來。婦乃取一扊扅授主人，令其持此竟出。僕見之，驚問曰：『主人何以至此？』婦曰：『打小主耳。』僕曰：『小主何在？』曰：『在床下。』因呼之使出。

*嚴世蕃門禁甚厲，有偷兒白日入其書舍，盜文王鼎出。至廳事，遇世蕃朝回〔一〕，僕從訶之，偷兒捧鼎跪曰：『賣文王鼎。』世蕃曰：『汝必贗鼎〔二〕，我家自有真者。』揮使出，偷兒應曰：『諾。』持鼎竟去〔三〕。

【校】

〔一〕『遇』，《聞聞録》無此字。

〔二〕『汝』，《聞聞録》作『爾』。

〔三〕『去』，《聞聞録》作『出』。

越中一巨室，娶婦之夕，夜深，新郎隱几卧，婦坐其傍。有賊來，穴壁探頭入。婦暗地以火鍬置其頸上，不得出。急拽其夫，夫驚覺，方駭異之，乃指其壁罅露有人頭，携燈視之，乃其族人也。賊見燈羞赧，急縮出，遂絶吭而死。其夫張皇無措，婦曰：『勿急。』空一大箱，納賊屍於内，令人舁至賊家門首，教以輕彈指數下即歸。賊婦開門見箱，謂是夫所盜物，藏之卧内。次日，失賊家以數百兩贓物告官緝捕。賊婦知之，藏匿益謹，但疑夫以何故數日不返。箱中大作穢氣，開鑰視之，乃其夫屍也。懼不敢言，即以箱瘞之。

*胡汲仲在寧海日，偶出行，有群嫗聚菴誦經，一嫗以失衣來訴。汲仲命以牟麥分置羣嫗掌中，令合掌繞佛誦經如故。汲仲閉目端坐，且曰：『吾令神督之，若是盜衣者，行數周麥當芽。』中一嫗屢開視其掌，遂命縛之，果盜衣者。

劉宰令泰興，有富室亡金釵，惟二僕婦在，置之有司，咸以爲冤。命各持一蘆，曰：『非盜釵者當自若，果盜則蘆長二寸。』明日視之，一自若，一去其蘆二寸矣。訊之自服。

*陳述古知蒲城，有失物莫知爲盜，乃紿曰：『某廟有鍾能辨盜〔一〕，爲盜者摸之則有聲。』陰使人以烟煤塗之而帷焉，令囚入帷摸之。惟一囚手無煤，執之果盜。

【校】

〔一〕『鍾』，《聞聞録》作『鐘』。

京師風俗，有女多許外方人爲妾，歸家與人野合，謂之『報娘恩』。鄞縣一友好漁色，一日在友人寓畀一女至，乃其妾也。友方駭愕，而其妾遽前，揪其鬚漫罵曰：『哦你接得好表子，今日却被我捉破，可亟歸！』拉之竟去。

岳正得罪，謫戍肅州。至涿州，夜宿傳舍，手梏急，氣奔欲死。涿人楊四，素聞正名，爲之祈哀。解人受尚書陳汝言旨，不肯寬。楊四沽醇酒醉解人，伺其熟睡，向正開梏。正曰：『梏有封印，奈何？』楊曰：『燒鏊令熱，以酒噴封紙，就炙之，紙得燥，自昂起。』乃如其言，去釘脱梏，刳其中，復釘而封之。解人醒，覺有異，楊乃告曰：『業已然，可如何？奉銀數十兩爲壽，不如納之。』正以此得至戍所。

*劉瑾欲專權，乃集褋戲于武宗前，候其玩弄，則多取各司章奏，請省决。上曰：『吾用尒何爲，而一一煩朕耶！宜亟去。』如此者數次，事無大小，惟意裁决，不復奏聞。

江南有富民張老者，妻生一女，無子，贅壻于家。後妾生一子，名一飛，四歲而張老卒。張謂壻曰：『妾子不足任，吾以家財盡畀爾夫婦，但養彼母子不死溝壑足矣。』遂書券曰：『張一，非吾子也。家財盡與女壻，外人不得争奪。』婿乃盡踞其産。後妾子壯，告官求分。婿以券呈官，遂置不問。巡方至，妾子復告，婿仍前呈券。巡方視券，因更其句讀曰：『張一非，句。吾子也，句。家財盡與，句。女壻外人，句。不得爭奪。句。』曰：『爾婦翁明謂女婿外人，尒尚得奪其產耶？詭書「飛」作「非」者，慮彼幼，恐爲尒害耳〔一〕。』以產斷給妾子，里人稱快。

【校】

〔一〕『害』，原作『言』，浮簽改作『害』，據改。

何老尚書詔有妾某氏，極狡悍。詔死，某氏舁萬金，向其子小尚書鰲歛袵肅拜曰：『此老主人付妾私房也，妾不敢匿，敬上小主。有一言奉告：妾侍老主人，生三子三女，所與連姻者皆大家巨室，行狀中書側室所出，後日婚娶必爲姻婭所輕，妾不惜萬金，乞小主權假一繼室名色，署存體面。且妾春秋尚富，小主官至八座，猶恐以丁艱礙進取耶？』鰲見萬金心動，遂許之。行狀刻成，偏送當道及諸親友。一日小失，某氏竟奪鰲竹杖，劈頭亂撾。鰲跪受杖，血流被面，呼其妻子輩叩首膝下，哀求太夫人息怒饒恕，遂勒其所贈萬金，加倍奉返。踰年，鰲受氣蠱脹死，其子孫有在庠者，俱被某氏告官，褫革殆盡。

*海剛峯爲南直巡撫，作意鋤抑巨室，而刁風四起。有投匿名狀者，詞云：『告狀人柳跖〔一〕，告爲勢吞血產事〔二〕：極惡伯夷、叔齊兄弟二人〔三〕，倚父孤竹君歷代聲勢，發掘許由墳

冢，被惡來告發，惡又賄求嬖臣啓仲連得免。今某月某日挽出惡兄柳下惠，捉某箍禁孤竹水牢〔四〕，日夜痛加炮烙，逼獻首陽薇田三百餘畝。有契無交，崇侯虎見証。竊思武王至尊，尚被叩馬羞辱，何況區區螻蟻，激切上告。』剛峯見狀，頗悔前事，訟黨少戢。

【校】

〔一〕『柳跖』，《聞聞録》作『柳盜跖』。

〔二〕『告』，原作『吕』，據《聞聞録》改。

〔三〕『兄弟』，《聞聞録》作『弟兄』。

〔四〕『某』，《聞聞録》作『跖』。

燕人李季，好遠出。其妻私通於士，季突歸，不能出，而妻患之。其室婦曰：『公子裸而解髮，直出門，吾屬佯不見也。』於是公子疾走出門。季曰：『是何人也？』家室皆曰：『無有。』季曰：『吾見鬼乎？』婦人曰：『然矣。』『爲之奈何？』曰：『取五姓之矢浴之。』季曰：『諾。』乃浴以矢。一曰浴以蘭湯。

*洪武時〔一〕，有畫僧頂一冠，道士頂十冠，鬔鬆其髮，一斷橋，甲士與民各左右立以待渡，揭於城隍墻上。朝廷見之，勅教坊司參奏，奏云：『僧頂一冠，有官無法；道士十冠，官多法

亂；軍民立橋邊，過不得也。』自是法網稍寬。

【校】

〔一〕『洪武』，《聞聞録》作『明洪武』。

快園道古博物部卷第二十

明古劍陶菴張岱著

陶菴曰：張茂先作《博物志》十卷，未免有寒儉之歎。余自有知識以來，凡怪異之物，生平所親知灼見者，泚筆書之，得四十餘卷，失於兵火。今聊存其一二，特記憶之餘耳，嗟嗟！戴嵩畫牛，一牧童能指其失，曰：『牛鬭力在角，尾搐入兩股。今乃掉尾而鬭，謬矣！』戴嵩畫牛千萬，而不及一牧童之見，則其所見有真有不真也。故凡人於耳目之前習聞習見，而其所未識者儘多。集博物第二十。

*普陀山海岸〔一〕，有白石如雀卵，中一縫，拍開兩瓣，用大盤貯醋，石東西放，冉冉移動，頃刻復合。土名『相思子』。〔二〕

【校】

〔一〕『普陀山』，『普』原作『浦』，浮簽改作『普』，據改。《聞聞録》作『補陀山』。

〔二〕本條有浮簽云：『此醋鼈耳，一名郎君子，《本草》載，何足爲異？』

*蕭山越王崢有纏刀塊竹〔一〕、無尾螺螄、半邊焦魚，云是歐兜祖師成道時，命家人所棄之

物，令留其種，數百年不變，真不可解〔二〕。

【校】

〔一〕『越王峥』，《聞聞録》作『越王亭』。

〔二〕『真』，《聞聞録》作『直』。

*四川有石燕、石蠏，毛羽鱗甲，無不畢具。人言石蟹在溪中，水性冷洌，蟹遂化石，理或有之。然則石燕飛禽，何時入水，亦化爲石？

*劉學憲小鶴言，未央宫址，其地丈餘，草皆赤色。相傳爲韓信受刑之處，其怨忿之氣〔一〕，鬱結而成。與明妃青冢相類。

【校】

〔一〕『怨忿』，《聞聞録》作『怨憤』。

*周又新言貴州玄妙觀有蝴蝶花樹，春時開花，顔色嬌豔。至花謝之時，皆成蝴蝶〔一〕，翩翻飛去〔二〕，枝頭無一存者。

【校】

〔一〕『蝴蝶』，原作『糊蝶』，據《聞聞録》改。

〔二〕『翩翻』，《聞聞録》作『翩翩』。

*鉤吻，生深山之中〔一〕，狀似黄精，入口口裂，著肉肉潰，食之即死。但其花紫，黄精花白，以此辨之。

【校】

〔一〕『之』，《聞聞録》無此字。

*虞美人自刎，葬於雅州名山縣。冢中出草，狀如雞冠花，葉葉相對，唱《虞美人》曲，則應拍而舞。俗稱『虞美人草』。〔一〕

【校】

〔一〕《聞聞録》此條與下條併作一條。

*蓍草，千歲則一本百莖，其下必有神龜守之，用以揲蓍。多生於伏羲陵與文王陵上。

*天花，生五臺山，草本。花如牡丹，其白如雪，有白蛇守之。人竊其花，則蛇自觸死。晒

乾，點湯，其味鮮美。每朶價索五兩。

*瓊花，王興入秋長山，見瓊花，莖長八九尺，葉如白檀，花如芙蕖，香聞數里。

*吴興山中有一樹類竹，而有寔似莢，鄉人見之，以問陸澄。澄曰：『名「洛如花」〔一〕，里有名士則生。』

【校】

〔一〕『洛如花』，《聞聞録》作『落如花』。

*優鉢羅花，在北京禮部儀制司。開必四月八日〔一〕，至冬而寔，如鬼蓮蓬，脱去其殻，其核成金色佛一尊，形相皆具。

【校】

〔一〕『八日』，《聞聞録》作『初八』。

《猗蘭操》，孔子名蘭花爲王者香，故蜜蜂採花則足粘而進，採蘭花則背負而進，蓋獻其王也。進他花則賞以蜜，進稻花則致之死，蜂王之有德若此。

*阿魏樹，出三佛齊國。其樹有瘿，出滋最毒，着人身即糜爛。昔年有魏家小女，游嬉其下，觸滋即爛。取其腐肉以醫癧毒輒効〔一〕，遂名『阿魏』。後人取阿魏者，繫羊其下，走馬射之，滋著于羊，羊即腐爛，取以入藥。故曰『飛馬取阿魏』。

【校】

〔一〕『癧毒』，原作『瘚毒』，據《聞聞録》改。

伊蘭花，如金粟，香酷烈。戴之髮髻，香聞十步，經月不散。西域以『伊』字至尊，如中國『天』字也。蒲曰伊蒲，蘭曰伊蘭〔一〕，皆以尊稱，謂其香無比也。大約今之珍珠蘭是也。

【校】

〔一〕『曰』，原作『白』，浮簽改作『曰』，據改。

七星劍草，草如劍形，上有七星，列如北斗。

*骨牌草，葉上有么、二、三、四、五、六斑點，與骨牌無異〔一〕。骨牌起於宣和，此草不知生於何時，誰先誰後，殆不可曉。

【校】

〔一〕『與』，《聞聞録》無此字。

＊婪尾春，桑維翰曰：『唐末文人以芍藥花爲婪尾春者，蓋婪尾酒乃最後之杯，芍藥殿春，故名。』

今人稱泰山五大夫松，俱云五松樹，而不知秦始皇上泰山封禪，風雨暴至，休於松樹下，遂封其樹爲五大夫。五大夫，秦官名第九爵也。此可證千古之誤。

嶧陽孤樹，止存一截。明天啓年間，妖賊倡亂，取以造飯，形跡俱無。

曲阜孔廟有孔子手植檜，如降香一株，無枝葉，堅如金鐵，紋皆左紐。有聖人生，則發一枝，以占世運。按檜歷周、秦、漢、晋千百餘年，至懷帝永嘉三年而枯；枯三百有九年，至隋恭帝義寧元年復生；五十一年，至唐高宗乾封三年再枯；枯三百七十四年，至宋仁宗康定元年再榮；至金宣宗貞祐三年，罹于兵火，枝葉俱焚，僅存其榦；後八十一年，元世祖三十一年再發；至明太祖洪武二十二年發數枝，極茂盛；至建文四年復枯。

泰安州東嶽廟東廡，有漢武帝手植柏六株，枝葉鬱蒼，翠如銅緑，扣其榦，鏗鏗作金石聲。曹操時，赤眉作亂，大斧斫之，見血而止。今其斧創尚存。

*嶧縣孟廟，有唐太宗手植槐，枝葉蓊蔚，其軀幹茁壯而矮。

會稽禹廟有梅梁，雷雨之夜，其梁夜半飛去，五鼓復還。曉視梁上，常帶水藻。後爲梅太守易去。

*蕭山來蘇周山阜，有方石，大者盈尺，細至小骰，石細潤光彩，黑如烏木，每發一藏，大小幾担，其方正宛如琢磨。湘水衡水縣南〔一〕，有印石，或大或小，其方如矩，纍然行列，可二里許。〔二〕

【校】

〔一〕『衡水』，《聞聞録》作『衡山』。

〔二〕『湘水』以下，《聞聞録》另作一條。

*雲桑茶，瑯琊山出，茶類桑葉而小，山僧焙而藏之。其味甚清。

木石。

*松至千年，雷斧斵之，俱化爲石。越中董文簡家有二松段，松皮梓節，斧鋸宛然，難辨

*金吾，亦龍種。形似美人，首尾似魚，有兩翼。其性通靈，終夜不寐〔一〕，故用以名巡警。

【校】

〔一〕『寐』，《聞聞録》作『寢』。

*廣西俗能種羊。初冬，擇未日殺一羊，切肉方寸埋土中。至春季，擇上未日，延胡僧爲吹笳、念咒，土中起一泡，如鴨卵。數日，風破其泡，有小羊如兔娩，從土中出。此又胎卵濕化之外〔一〕，又是一生也。

【校】

〔一〕『又』，《聞聞録》無此字。

*寧波沿海有蛸田，用大蛸搗汁，竹筅灑之，一點水即成一蛸，其形狀如荸薺〔一〕。用缸砂擁之，蛸即碩大。

【校】

〔一〕『如』，《聞聞録》無此字。

*上虞夏蓋湖，産蒲花，狀似松花，而細膩過之，香更酷烈。

*四川峨嵋山有千年不化之雪〔一〕，其中生雪蛆，大如海參，腹中水甜如蜜，晒乾食之，如姚門棗。

【校】

〔一〕『峨嵋』，《聞聞録》作『峩眉』。

*瀕海灶户〔一〕，買鹽滷燒鹽，不知其真假。以石蓮子十顆投之，七分滷，三分水，則浮起七枚，五分滷，五分水，則浮起五枚，涓滴不爽。

【校】

〔一〕『瀕海』，原作『頻海』，據《聞聞録》改。

*芙蓉花，初開第一朵，摘下晒乾，等其分量一錢〔一〕，次年米價一兩。老年米商，恒取以

爲騐。

【校】

〔一〕『分量』，『量』原作『重』，浮簽改作『量』，據改。《聞聞録》作『重』。

*震餘琴，趙子昂家藏，是許旌陽手植桐所斲。雷斧擊斷，取以製琴，其聲清越。

*天山有神名刑天，黄帝時與戰争。帝斷其首，乃曰：『吾以乳爲目，以臍爲口，操干戚而舞不止〔一〕。』故淵明詩曰：『刑天舞干戚，猛志故常在。』

【校】

〔一〕『干戚』，《聞聞録》作『干戈』。

*宣德喜鬭促織，天下促織以姑蘇所産者爲第一。上手詔與太守況鍾〔一〕，取促織三百對，以飛騎送至御前〔二〕。

【校】

〔一〕『上』，《聞聞録》作『宣宗』。

〔二〕『御前』，《聞聞録》作『京師』。

*脆蛇無胆，畏人，出崑侖山下。聞人聲，即自爲寸斷。少頃自續，復爲長身。凡患色癆者，以驚恐喪胆，服此可以續命。

*范文正家有古鏡〔一〕，背有十二棋子，刻十二時，至某時則棋子明亮如月，循環不休。又有市人蔣家十二鐘，能應時自鳴。李雁山、宋宗眉皆各有一爐，罩上有十二孔，應時出香。俱不可曉。

【校】

〔一〕『范文正』，《聞聞録》作『范文正公』。

*太倉董氏捕得一鱉，人首，出水作歎息聲，懼而殺之。按《酉陽襍俎》名曰『在此』，鱉身人首，鳴則若云『在此』，故以名之。

*蜀有王曰杜宇，禪位於鱉靈，隱於西山，死化爲杜鵑。蜀人聞其鳴則思之，故曰『望帝』。又曰，杜鵑生子，寄於他巢，他鳥銜食，跪而飼之，如奉至尊。

*狗纓國獻一獸名『貌』，吴大帝時尚有見者。其獸善遁，入人室中竊食，已大叫，人覔之

即不見，故至今吴俗躲面哄小兒曰『貌』。

*地中有犬，名曰『地狼』；有人，名曰『無傷』。《夏鼎志》曰：『掘地而得狗，名曰「賈」；掘地而得猪，名曰「邪」；掘地而得人，名曰「聚」。聚，無傷也。』

*有出使高麗者，晚泊一山，望見沙中一婦人，紅裳雙袒，髻鬟紛亂，肘後微有紅鬣。使者曰：『此人魚也。』命水工以篙扶於水中，婦人得水，偃仰復身，望使者拜手，感戀而没〔一〕。

【校】

〔一〕『没』，原作『歿』，據《聞聞録》改。

*荇菜，出松江泖湖，煮爛食之，其味如蜜，名曰荇酥。郡志不載，遂爲漁人野夫所食。

*錢岳陽患目眚，先大父開空青療之〔二〕。以瞳人枯死〔三〕，不復可治。大父徧呼子孫妾媵〔三〕，盡點空青。蓋空青開瘴迅利，好眼亦剥去數層。大父及家人二十餘口，負痛數月，幾至失明。

【校】

〔一〕『先大父』，《聞聞録》作『張肅之』。

〔二〕『瞳人』，《聞聞録》作『瞳仁』。

〔三〕『大父』，《聞聞録》作『肅之』。下一『大父』同。

*閩有紅茉莉，蜀有紫毬，楚有紅梨花，燕有黄石榴，天台有黄海棠、白海棠、白紫碧桂花、白玫瑰，洛陽有白芍藥〔一〕，昌州有香海棠。

【校】

〔一〕『白芍藥』，原作『芍藥』，據《聞聞録》改。

*蘭膏，蘭花蕊間一滴露珠，食之甘香，不啻甘露，多取之損花。

廣中有海鏡，殼圓，中甚瑩滑，照如雲母。殼内有小肉如蚌蛤，腹中有小蟹。海鏡飢，則蟹出拾食；蟹飽歸腹，海鏡亦飽。迫之以火，蟹即走出，此物立斃。故曰：水母以蝦爲目，海鏡以蟹爲腹。

*冬日之夕，鶻必取鳥之盈握者，完而致之，以燠其爪掌。旦則縱之，延首以望。是鳥東

去，則是日不東逐，西、南、北亦如之。

＊鶴生三卵，二卵出雛，一卵出蛆數千。啄一小孔，伺虫出〔一〕，令雛食之。蛆食盡，則雛能起行自食矣。故一卵謂之鶴乳。

【校】

〔一〕『虫』，《聞聞録》作『蛆』。

＊滇中有鳥，食魚而不能捕，俟魚鷹所得偶然墮地者，拾取食之〔一〕，謂之『信天翁』。

【校】

〔一〕『拾取食之』，《聞聞録》作『拾取而食之』。

＊崇禎間〔一〕，外國進貢，道武林，曾見吐綬雞，形狀毛色，俱如家雞。天晴淑景，頷下吐綬，方一尺，金碧晃曜，紋如蜀錦；陰晦則不吐。一名『錦帶功曹』。

【校】

〔一〕『崇禎』，《聞聞録》作『明崇正』，『正』爲諱字。

*鵜鶘頷下一胡，大如數升囊，可以盛水。群飛，沉水食魚。若遇小澤，便各以胡去水，令水竭魚露〔一〕，乃共食之。

【校】

〔一〕『竭』，《聞聞録》作『渴』，二字古通用。

*鶉鳥性淳，無常居，不越橫草。所遇小草橫其前，則旋行却避，故名之曰『鶉居』。《尸子》曰：『堯鶉居。』《莊子》云：『聖人鶉居而鷇食。』以此。

*船，唐人領上圓袷也。杜甫詩：『天子呼來不上船。』言李白醉中，衣袷下垂，不能捉之使上也。如曰『天子呼而不上船』，則無此理。

*鶡，狀類雞，首有冠，性敢於鬭，死猶不已。《左傳》云：『鶡冠，武士戴之，象其勇也。』

稚子，一名竹團，生竹下，喜食笋。善避人，不使人見。故《千家詩》有『笋根稚子無人見』之句。

*鷩，似山雞而小，性急，不可生服，必自殺乃能致之。故《周官》：『三公服鷩冕，以象人耿介之節。』

*虫有名蚘者，一身兩口，争相齕也，遂相食，因自殺。人臣之争事而亡其國者，皆蚘類也。

炎帝女溺死渤澥海中，化爲精衛鳥。日啣西山木石，以填渤澥，至死不倦。

*馴象門外操軍某耕田，得鏡半面，能照地中藏物。持之盜坟掘藏，大有所獲。後事露，鏡入於應天府庫中〔一〕。

【校】

〔一〕『應天府庫中』，《聞聞録》作『官』。

*關壯繆采都山鐵爲刀〔一〕，銘曰『萬人』。後敗〔二〕，惜刀，投之水，成龍飛去。

【校】

〔一〕『關壯繆』，《聞聞録》作『關夫子』。

〔二〕『後敗』，《聞聞録》作『後乃』。

恙，毒虫也，能傷人者。古人草居露宿，故蚤起相見，問勞必曰：『無恙乎？』又曰，恙，憂也。又㺊，食人獸。

南海有虫無骨，名曰泥，在水中則活，失水則醉如一堆泥。故時人譏周澤曰：『一日不齋醉如泥。』

*猫眼隨十二時爲大小，惟正午時如一綫〔一〕，鼻端常冷，惟夏至一日煖。

【校】

〔一〕『一綫』，《聞聞録》作『綫』。

*鱖魚，脊十二骨，每月一骨，有毒。○蝦蟇〔一〕，月大盡前足先生，月小盡後足先生。○蜖蟲，上半月頭向下，下半月頭向上。○驢馬駒，上半月生，走在母前；下半月生，走在母後。○猫食鼠，虎食人，上半月自首至腰，下半月自足至腰。

【校】

〔一〕自『蝦蟇』以下，《聞聞録》無。

南海有草，叢生如藤蔓。土人視其節，以占一歲之風。每一節則一風，無節則無風，名曰『知風草』。

*鼠，甲子夜伏〔一〕；蝙蝠，庚申日夜伏〔二〕；壔珶，甲子、庚申日即不食，謂之『壔珶齋』。

○燕避戊己日。土鱉一名過街虫，逢申日則過街。〔三〕

【校】

〔一〕『甲子』，《聞聞録》作『甲子日』。

〔二〕『庚申日』，旁有空白浮簽，疑衍『日』字。《聞聞録》作『庚申日』。

〔三〕《聞聞録》『燕避戊己日』以下另作一條。

*臨卭白鶴寺有木蓮，樹高數丈，葉堅厚如桂，以中夏開花，狀如芙蕖，香亦酷似〔一〕。

【校】

〔一〕『似』，《聞聞録》無此字。

＊芋十二子，遇閏則增一子。藕遇閏則多生一節。黄楊木遇閏則退一寸，謂之『厄閏』。梧桐每年生十二葉，遇閏則生十三葉，而閏月葉小。椶櫚，月長一節，生半椶，遇閏月益半片。獺肝一月一葉，十二月十二葉，閏月則多一葉，其間又有退葉。

熊胆，春在首，夏在腹，秋在左足，冬在右足。象胆，四季流於四足。或曰象具十二少肉，隨月轉在諸肉，如寅月在虎肉之類。鼉肉亦然。蚺蛇胆，隨日轉，如上旬近首，中旬在心，下旬近尾。

＊昆吾陸鹽，周十餘里無水，自生末鹽，月滿則如積雪，味甘；月虧則如薄霜，味苦；月盡亦全盡。

＊靈帝時〔一〕，有夜舒荷，一莖四蓮，其葉夜舒晝卷。扶支國有望舒草，葉如蓮葉，月出則舒，月没則卷。

【校】

〔一〕『靈帝時』，《聞聞録》作『明時』。

*獨活，無風則摇，有風則止。雀芓，置乾地則濕，置濕地則乾。

*燒酒陳十年，則生緑蟻，瀉杯中，冉冉能動，入口則無物。故詞曲中有『杯浮緑蟻』，於此方解。

*山陰沈氏宅中，有物如牛，無頭無足，見則人皆疫死。識者謂此地是司獄舊址，獄中寃鬱之氣所結而成，其名曰『固』。以熱酒澆之則自化。

*巴豆與蜣螂塗之，可出箭簇。〔一〕

【校】

〔一〕《聞聞録》此條置於下條之後，併作一條。

*露葵，蔡朗父名純，因名蓴曰『露葵』。○聖僧，揚州人呼楊梅曰『聖僧』。○桐花飼猪，肥大三倍。

*犬，《晉書》：『白犬黑頭，畜之得財；白犬黑尾，世世乘車；黑犬白耳，富貴；黑犬白前

足〔一〕，宜子孫；黄犬白耳，世世衣冠。』

【校】

〔一〕『前足』，《聞聞録》作『前二足』。

＊周周〔一〕，鳥名，首重尾屈，將欲飲於河，則必顛，乃銜羽而飲之。

【校】

〔一〕『周周』，《聞聞録》作『周』。

＊柏樹性忠，朝廷易姓則死。初種小樹，尚有存者，而老柏則無有不死。

＊鷁，水鳥，能厭水神，故畫於舟首。

＊肉樹，端溪豬肉子，大如酒杯，煮食之，味如豬肉，香而且美。

＊酒樹，椰也。似酒甘而薄，亦不堪飲。若頓遜國樹葉汁，取停之數日，即爲佳酒。枸樓國仙漿，取之樹腹中。青田核，以水注之，頃刻成酒。

*沐猴，小猴也，出罽賓國。史言『沐猴而冠』，以沐爲沐浴之沐，非是。

秦吉了，嶺南靈鳥，一名了哥。形似鸜鴿，黑色，兩眉獨黄。頂毛有縫，如人分髮。耳聰心慧，舌巧能人言。有夷人以數萬錢買去，吉了曰〔一〕：『我漢禽，不入夷地。』遂驚死。

【校】

〔一〕『吉了』，原作『吉丁』，據上文改。

*望前種果則實多，望後種果則實少。○桑葉候蚕則葉賤，蚕候桑葉則葉貴。

*食鼠淚所滴之物，則生瘰癧。踏雞子所遺之殼，則生白瘢。

*蚯蚓午前出穴主晴，午後出穴主雨。或云帶泥主雨，無泥主晴。

迦陵鳥，鳴清越如笙簫，妙合宫商，能爲百蟲之音。《楞嚴經》云：『迦陵仙音，徧十方界。』

*昆蹏〔一〕，后土之獸〔二〕。神靈能言語，助禹治水，大有功績。

【校】

〔一〕『昆蹏』，《聞聞録》誤作『昆號』。

〔二〕『后土之獸』，《聞聞録》作『后土之神』。

*五臺山有鳥名號寒蟲，四足，有肉翅，不能飛。其糞即五靈脂也。當盛暑時，文彩絢爛，乃自鳴曰：『鳳凰不如我。』至冬，毛盡脱落，自鳴曰：『得過且過。』

*蟁母，大如雞，黑色，生南方池澤茹蘆中〔一〕，其聲如人嘔吐。每一鳴，口中吐出蚊虫一二升。

【校】

〔一〕『中』，《聞聞録》作『之中』。

狼、狽，二獸名。狼前二足長，後二足短；狽前二足短，後二足長。狼無狽不立，狽無狼不行。若相離，則進退無據矣。故世人言事之乖張，則曰『狼狽』。

*化生：雀爲蛤，雉爲蜃，蠆爲鶉，鶴爲麞，蛇爲鱉，蝨爲蝦，狳爲猿，田鼠化爲鴽〔一〕，黄魚

爲鸚武〔二〕，泡魚爲豪猪〔三〕，沙魚爲虎〔四〕，石首魚爲鳥，羅州魚爲鹿。此血氣相感，變化則易。草爲螢，葦爲蛬，稻爲蛩，麥爲蝶，蚓爲百合，竹爲蜻蜓〔五〕，朽瓜爲魚，楊柳葉爲鯢鱬，烏足之根爲蠐螬。此動植異類，變化則難。

【校】

〔一〕『化爲』，《聞聞録》作『爲』。

〔二〕『鸚武』，《聞聞録》作『鸚鵡』。

〔三〕『泡魚』，《聞聞録》作『鰒魚』。

〔四〕『沙魚』，《聞聞録》作『鯊魚』。

〔五〕『竹』，原作『作』，據《聞聞録》改。

*猶之爲獸，性多疑。聞有聲則豫上樹，回顧望之〔一〕，無人纔敢下，須臾又上樹，如此非一。故世人處事之不决者，曰『猶豫』。

【校】

〔一〕『回顧望之』，《聞聞録》作『四顧』。

*禽鳥之有智者，鸂鶒能敕水〔一〕，故水宿之物莫能害。啄木遇蠹穴，能以嘴畫字成符，蠹虫自出〔二〕。鶴能步罡〔三〕，蛇不敢動〔四〕。鵶有隱巢，故鷙鳥莫能見。燕銜泥常避戊己日，故巢

不傾。鸛有長水石，能於巢中養魚，而水不涸。燕惡艾，雀欲奪其巢，則啣艾置其巢中，燕即避去。

【校】

〔一〕『鸂鶒』，《聞聞録》作『鸂鶒』。
〔二〕『自出』，《聞聞録》作『即出』。
〔三〕『鶴』，原作『鸛』，據《聞聞録》改。
〔四〕『不敢』，《聞聞録》作『不能』。

龍頭上有一物，如博山形，名曰『尺木』。龍無尺木，不能升天。

龍不見石，人不見風，魚不見水，鬼不見地。

脉望，何諷於書中得一髮，規四寸許，如環而無端。用刀絶之，兩頭滴水。方士曰：『此名脉望，蠹魚三食神仙字則化爲此。夜持向天，從規中望星，星立降，可求丹服食也。』

鞠通，孫鳳有一琴能自鳴。有道士指其背有蛀孔，曰：『此中有虫，不除之，則琴將速朽。』

袖中出一竹筒，倒黑藥少許置孔側。一緑色虫走出，虫背有金線文。道人納虫於竹筒中，竟去。自後琴不復鳴。識者曰：『此虫名鞠通，有耳聾人置耳邊，少頃即愈。喜食古墨。』始悟道人黑藥，即古墨屑也。

百嘴虫，温會在江州觀漁，見漁子一人忽上岸狂走。温問之，但反手指背〔一〕，不能言。面體皆黑色，細視之，有物如荷葉，大尺餘，眼徧其上，嗡住不可取。温令以熾炭燒之方落。每一眼底有嘴如釘，入肉寸許。漁子出血數斗而死。莫有識者。

【校】

〔一〕『手』，原作『平』，浮簽改作『手』，據改。

青蚨如蚕，得其母則子飛來，得其子則母飛來。以其子母血塗錢上，每市物，或先用母錢，或先用子錢，皆復飛歸，輪轉不已，故曰『子母錢』。

守宫，取蜥蜴以器養之，餵以丹砂。滿七斤，搗治萬杵，以點女子體，終身不滅。若有房室之事，則滅矣。言可以防閑淫佚，故宫人點之額上，謂之守宫。

寄居虫，形似蜘蛛。本無殼，入空螺殼中，戴以行。觸之蹜足如螺〔一〕，火炙之乃出。

【校】

〔一〕『蹜』，疑當作『縮』。

蜮，一名短狐。處於江水，能含沙射人，射中者頭痛發熱，劇者至死。一名射影，凡受射者其瘡如疥〔一〕。四月一日上弩，八月一日卸弩。人不能見，鵝能食之。

【校】

〔一〕『如』，原作『地』，據《夜航船·四靈部·蟲豸》改。

蜺，漢靈帝時，有黑氣墮温德殿庭中。大如車蓋，隆起奮迅，五色有頭，體長十餘丈，形貌如龍。帝問蔡邕，對曰：『所謂天投蜺也，不見足尾，不得稱龍。占曰：天子内惑女色，外無忠臣，兵革將起。』

*南方有嬾婦魚，多脂，熬其油點燈，照紡績、讀書則暗，照博奕、宴樂則明，謂之『饞燈』。

今之江豚即是〔一〕。

【校】

〔一〕『今之江豚即是』，《聞聞録》作『即今之江豚』，作正文。

*石中金蚕，丹陽人採碑於積石之下，得石如拳。破之，中有一虫，似蠐螬狀，蠕蠕能動。人莫能識，因棄之。後有人語曰〔一〕：『若欲富貴〔二〕，莫如得石中金蚕畜之，則寶貨自至。』詢其狀，則石中蠐螬也。

【校】

〔一〕『後有人語』，《聞聞録》作『後人有語』。

〔二〕『欲』，《聞聞録》作『得』。

*大蝴蝶，一名鳳子，見韓偓詩。《異物志》：『昔有人渡海，見一物如蒲帆，將到舟，競以竹竿擊之，破碎墮地〔一〕，視之，乃蝴蝶也。舟人去其翅足，秤肉得八十觔，噉之，極肥美〔二〕。』

【校】

〔一〕『碎』，《聞聞録》作『擘』。

〔二〕『極』，《聞聞録》作『極其』。

*葛洪《遐觀賦》：『蜈蚣大者長百步，頭如車箱，屠裂取肉，白如瓠。』《南越志》云：『蜈蚣

大者，其皮可以鞔鼓，其肉暴爲脯，美如牛肉。』

＊燈燭上有桃虫撲入，摘草心一段〔一〕，口中念『南無多寶如來，南無寶勝如來，南無妙色身如來，南無廣博身如來，南無離怖畏如來，南無甘露王如來，南無阿彌陀如來』七遍，將草心放入燈臺燭臺上，則桃虫不入。凡見打魚彈鳥，口持此佛號數遍，則彈網皆空發，不損生命。

【校】

〔一〕『草心』，《聞聞録》作『燈草心』。

＊初上燈時〔一〕，執燈草呪曰〔二〕：『波利瑟吒護生草，救護衆生離煩惱〔三〕。』一氣九遍，將草置燈上〔四〕，諸虫不入〔五〕。

【校】

〔一〕《聞聞録》『初上燈時』上有『夏夜燃燈，每苦蟲蛾，後余得一法，當於』數句。

〔二〕『呪』，《聞聞録》作『持呪』。

〔三〕『離』，《聞聞録》作『無』。

〔四〕《聞聞録》『將草置燈上』上有『然後』二字。

〔五〕《聞聞録》『諸虫不入』下有『試之果驗』四字。

岩蛇，軀身，蛇尾，鷹嘴。鼉甲下有四足，足具五爪，大如癩頭黿，硬似穿山甲。其殼極堅，其爪極利，其目極彎，其嘴極尖。大小不等，余所見者身如斗大，茅竹青柴，到口即碎。着人肌膚，咬必透髓。台、温山上，此物極多。

附録

聞聞録序

豐城熊勵亭司馬尹巴陵時，裸採諸書所載有明一代人士言行事蹟，編爲一集，爲卷二，爲類二十，名曰『聞聞録』，取『聞所聞』之義也。惟聞之時義大矣哉！《書》曰：『人求多聞。』孔子曰：『多聞，擇其善者而從之。』《詩》三百篇，正變貞淫，美刺互列，所以感發善心，懲創逸志，皆於是乎在。至於著功過，别邪正，明是非褒貶之衡，則珥筆之家即亦沿踵斯義，以勒成一家之書，而垂千古之鑑。顧其間瑣言軼事，往往正史不及載，而稗官野乘猶得據所聞而傳之，而聞所聞者又爲之網羅，甄綜類别而部分之，使人瞭然於美惡之故，而衆著於得失之所由然。雖其片語單詞，一行之末，無甚關人生大節，及匹夫匹婦，鄉曲細碎，與夫諧謔詭祕，荒怪奇誕，一切事出偶然，語或不經，焉能爲亡有？然以歸於吾人多聞擇從之助，其義一也。張平子有言：『小説九百，本自虞初。』班氏志《藝文》列之諸家，豈不以王治聖學，本末一貫，不可以其小而遺之也哉？

勵亭博涉羣籍，貫穿百氏，於六體八法、天文地理、陰陽五行、醫卜之書，靡不精究，而其爲治原本經術，專務以德化人，其信友獲上，皆有實政，異於人之所稱能吏者。是書雖體仿《世説》，近於小説家之所爲，然觀其用意深遠，殆將與《明善》、《厚德》、《言行》、《龜鑑》諸書相表裏，於以續昔人言行録，補史之不及，而考有明一代人士之賢否，以裨助於尊聞行知之士。後有著録者，將必列之儒家者流，而豈徒以誇多聞而已！余故樂爲序之，且明著其指焉。

乾隆庚子春三月，同里學弟泰和姚頤書於浯溪舟次。

聞聞録敘

聖人有言：『多聞闕疑，奋言其餘。』又曰：『多聞，擇其善者而從之。』士君子淹洽舊聞，而又欲選辭于宏富之區，以參互攷訂，脩采補而傳信，俾古人無憾，而我亦不誣古人，不其難哉！夫古人往矣，不恨我不見古人，但恨古人不見我。彼其代隔風烟，咨訪于苔花土鐲之餘，斷碑殘碣，露冷霜凄，即令一二故老傳聞，保無别風淮雨之譌耶？

家司馬希園先生，學鶩肆攀，細大不捐，公餘稍暇，孳孳與畢簡爲緣。偶得所聞，輒不聿記之，存書簏中，積漸多，分條縷次。其聞異辭、傳聞異辭，毋敢資爲左券者，汰其五六，事以類從，凡二十則，將付剞劂氏，授予讀之。有如《拾遺記》者，有如《續名臣言行録》者，有如《汝南耆舊傳》者，有如《廣孝義傳》者，有如《英雄記》者，有如《齊諧》、《諾臯》及《睽車志》者，此其梗概也。于是序而還之，且相與欷歔，歎希園之不誣古人，而古人亦可無憾。想清宵鶴唳，星月横斜時，當必有靈氣蒼茫，隱隱來告者。希園其亦見所見，聞所聞乎？試其舉以語我。

乾隆歲次庚子夏五，學橋弟爲霖拜題。

聞聞録博物類快園道古未收條目

王叔能過紹興劉太守廟，題詩曰：『劉寵清名舉世傳，至今遺廟在江邊。近來仕路多能者，也學先生揀大錢。』

燭不佳者，油每易流，即於流處用頭髮一根勒住，立刻不流。噫！天地間物之不易格也。

五官缺一不可，人多忽之。眼之大開，眉爲之也，無眉者睁眼必不能大開。人知眼無瞳神，視不見，不知無眼毛者亦視不見，且不能開合自如。試看小兒初生，眼毛未長，即用物向眼拂之，亦不知睫眼。至於耳輪，似乎缺亦無碍。然余薄宦烏蘭，因公赴固原州，見一人割去耳輪，每與人語，必以手作一圈置耳門。余問之，則曰：『不如此，則言語之間竟如聾者。』始知耳無輪則不能聽。余從此留心以閲，若無鼻者不聞香臭，舌木者不能言，皆有必然者。

阿膠真贋易淆，殊覺難辨。李又川中丞示余以一小塊噙之口中，真者涣若氷釋，味甜，贋者不然，反有臭味。真辨膠之秘法也。

海棠、鳳仙等花，插瓶最不耐久。余後以滚水置瓶中，以花插入，再用紙塞其口，反可供几上數日之玩。

近來藏書之家，書架書櫃，多用楠木，甚至以紫檀爲之。無怪乎稍不翻閲，即爲蟲蛀也。余家諸書籍，俱用柏木櫃收之，雖歷有年所，無一卷爲蟲蛀者。且自櫃取出時，展玩之餘，猶覺香味襲人。

好事者講求印色，每用八寶配合，其間惟珍珠最堅，雖用鐵鎚搥之，亦不得極碎，惟和豆腐同搥後，用飛銀硃之法飛之，沉者即珍珠也。

六紅詩話四則

己巳臘月，於胡松坪大宇處見南豐熊司馬某所撰《聞聞録》二卷，嘉慶辛酉新刊。分盛德、學問，下及志怪、博物，共二十類。其書頗佳，乃假歸細閲。特是熊以江右人而語越人越事太多，江右不過畧見，非樂操土風之義，心竊怪之。明年庚午正月，又於朱晴嵐壽湝處見鈔本張陶菴《快園道古》二十卷，亦以盛德、學問等分類，每類自爲一卷。取《聞聞録》對之，乃知盡出諸此，第每類摘録數條，遂攘爲己作，以盗名欺世耳。按《紹興府志》，張陶菴名岱，字宗子，晚號六休居士，明狀元文恭公元忭之曾孫，參議雨若公汝霖之孫也。早歲補山陰諸生，雄放自喜，家畜梨園一部，日聚海内名士徵歌行酒，有文舉座上之風。晚年家益落，鬱鬱無聊。康熙己巳卒，年九十三。著述最夥，而付梓者寥寥，《快園道古》亦其一也。余意是書輾轉傳鈔，應不止一本，必吾越游幕之士攜入行篋，偶以示熊，熊因其未梓，遂大膽竊之，并易其名，盗憎主人，實可笑也。余惜張著書之勤，鄙熊好名之妄，辨明於此，亦聊以戒後人之勦襲者。

《快園道古》中可入詩話者甚多，摘録九則，以見大凡。其一云：『《水滸傳》形容汴京燈景云：「樓臺上下火照火，車馬往來人看人。」只此十四字，古今燈詩燈賦，千言萬語，刻劃不到。』其一云：『海陵生詆訶歷下詩，借其集中詞爲《漫興》，賦之曰：「萬里江湖迥，浮雲處處新。論詩悲落日，把酒歎風塵。秋色眼前滿，中原望裡頻。乾坤吾輩在，白雪誤斯人。」其活套已盡。又摘其《送楚使》詩：「江漢日高天子氣，樓臺秋敞大王風。」此是賀陳友諒登極詩也。聞者噴飯。』其一云：『紹興蕭太守造望海亭成，題其柱曰：「放眼千山外。」苦思對句不就，以問徐文長。文長即應聲曰：「無言一笑中。」太守服其敏妙。』其一云：『萬歷乙卯，順天鄉試掛選監生登賢書者十七人，年皆六十餘矣。余叔葆生作詩嘲之云：「堪羨新科十七賢，商山齊赴鹿鳴筵。却言序齒原無齒，共歎同年是暮年。丹桂折來花滿眼，青雲踏去雪盈顛。可憐到手烏紗帽，反帶儒巾入九泉。」』其一云：『周相公玉繩以事賜死。後馬閣部瑶草南都當國，時人取以作對曰：「周玉繩，先賜玉，後賜繩，繩繫玉繩之頸；馬瑶草，名爲瑶，實爲草，草楦瑶草之皮。」』其一云：『陶菴八歲，大父携游西湖。時陳眉公客錢唐署，出入跨一角鹿。一日，向大父曰：「文孫善屬對，吾面考之。」指屏上《李白騎鯨圖》曰：「太白騎鯨，采石江邊撈夜月。」陶菴曰：「眉公跨鹿，錢塘縣裏打秋風。」眉公曰：「那得靈敏至此，吾小友也。」』其一云：『陶菴比隣有童子，年十四，能詩，多奇語。丙申閏五望日夜月食十分，既而色微帶赤，因詠之曰：「今年天狗太貪饕，食月何曾剩一毫？天是骰盆月是色，俗呼骰子曰色子。孤孤一點大金么。」』其一云：『張明善嘗作《水仙子・譏時》云：「鋪脣苫舌早三公，裸袖揎拳享萬鍾。巧言亂語成時用，大都來却是哄。説英雄誰是英雄，五爪雞岐山鳴鳳，兩頭蛇南陽卧龍，三脚貓渭水飛熊。」』其一云：『蘇州太守林五磊，素不孝。封公至署，半月即勒歸，予金二十，命悍僕押其抵家。臨行，乞三白酒數色，亦不得，半途以氣死。時越城東昌坊有貧子薛五者，至孝。其父於冬日，每早必赴混堂沐浴，薛五必携熱酒三合禦寒，以二雞蛋下酒。袁山人雪堂作詩云：「三合陳希敵早寒，一雙雞子白團團。可憐蘇郡林知府，不及東昌薛五官。」』

陶菴詩不甚流布，即商寶意《越風》所載一首，亦非極詣。《快園道古》中見其《題天台石梁橋》有句云：『氷雪三千丈，風雷十二時。』真能寫難繪之景。袁隨園游天台亦曾採入詩話，惟不知爲陶菴作耳。

以上見卷三

查伊璜名繼佐，鈕玉樵《觚賸》訛作『培繼』，余前曾力辯其誤。今閲張陶菴《快園道古》所載私史一事，伊璜自訴，非盡吴順恪之營救，與《觚賸》迥異，備録于左，以廣異聞。《快園道古》云：『湖州莊龍作《明史》，以查伊璜刻入較閲姓氏。伊璜知之，即檢舉學道，發查存按。次年七月，歸安知縣胡子容持書出首，累及伊璜。伊璜辯曰：「查繼佐係杭州舉人，不幸薄有微名，莊龍遂將繼佐刻入較閲。繼佐一聞，即出檢舉，蓋在庚子十月，胡子容爲莊龍本縣父母，其出首在辛丑七月。若以出首早爲功，則繼佐前而子容後，繼佐之功當在子容之上；若以檢舉遲爲罪，則繼佐早而子容遲，子容之罪不應在繼佐之下。今子容以罪受上賞，而繼佐以功受顯戮，則是非顛倒極矣！諸法臺幸爲參詳。」公議呈上，皆以查言爲是，到部對理，竟得昭雪。遂與胡子容同列賞格，分莊龍籍産之半。』

以上見卷四

鄉談疑似快園道古佚失條目

王季重先生《致命篇》曰：『再嫁無此臉，山呼無此嘴。急則三寸刀，緩則一泓水。』絶粒七日，息猶未絶，瞑目直視又三日夜。門人郭鈺曰：『先生欲死於孤竹菴耶？』舁之至菴而瞑。案：江上失守，先生棄家依鳳林墓舍，别架一苫廬，顔曰『孤竹菴』。署其門曰：『舊山永託，何懼一死；丹心不二，寸步不移。』蓋早以死自誓矣。編者按：此疑當入《志節》。

山陰高臺，字清江，嘉靖癸丑進士。官監司，負知人鑒。其甥蕭山某，甫襁褓，撫之曰：『異日科名，當如老夫。』以己癸丑會魁小印付之。後果中萬曆癸丑會魁。編者按：此疑當入《識見》。

徐華亭既殺胡少保，徐文長深恨之。時世廟急青詞，華亭聞《白鹿表》出文長手，重幣聘之。文長不肯赴，恐爲所收，因佯狂自晦。常畫一《雪壓梅竹圖》，題曰：『雲間老檜與天齊，滕六寒威一手提。折竹折梅因底事，不留一半與山溪。』編者按：此疑當入《志節》。

琯朗乞巧録

整理前言

《琯朗乞巧録》是張岱晚年編選的一部筆記體雜著。正文卷首題『古劍陶菴張岱紬』，紬即紬繹，類似於『編』和『輯』，有别於『著』，是張岱對於非撰著類著作的自稱，也見於《夜航船》、《史闕》等書。據其書前《自叙》題署『庚申菊月，八十四老人古劍張岱書於嫏嬛福地』，庚申（一六八〇）爲康熙十九年，菊月是舊曆九月，張岱生於萬曆丁酉（一五九七）八月二十五日（據《自爲墓志銘》），則此書脱稿時正是八十四歲。《自爲墓志銘》中言自著『有《石匱書》、《張氏家譜》、《義烈傳》、《瑯嬛文集》、《明易》、《大易用》、《史闕》、《四書遇》、《夢憶》、《説鈴》、《昌谷解》、《快園道古》、《傒囊十集》、《西湖夢尋》、《一卷冰雪文》行世』，不及《琯朗乞巧録》，考《自爲墓志銘》言，『明年，年躋七十』，則《自爲墓志銘》作於張岱六十九歲時（《張子文粃》作『明年，年躋七十有五』，則《自爲墓志銘》作於張岱七十四歲），則當時應尚未著手編纂此書。

《琯朗乞巧録》是一部以智慧爲主題的故事集。『琯朗』，據其《自叙》：『曾聞人言，牛女星旁有一星名琯朗，男子於冬夜祀之，得好智慧。』琯朗可稱爲滿天星斗中的『智慧星』。《夜航船》卷一《天文部》『始影琯朗』條亦言：『女星旁一小星，名始影，婦女於夏至夜候而祭之，得好顔色。始影南，并肩一星，名琯朗，男子於冬至夜候而祭之，得好智慧。』始影、琯朗分别對應中國人傳統觀念中的『男才』、『女貌』。於書中，張岱分所選故事爲仁術、巧言、慧業、救時、靈變、應卒、發奸、夙慧、吊詭、善謔等類别，總共一百七十多條，又附燈謎、字謎四十餘條。此書規模甚小，很多故事也見於《快園道古》、《史闕》等書，因是編選之作，屬於『剪刀加漿糊』性質的工作，學術價值并不甚高。但從普及角度來看，此書可以讓讀者多識前言往行，開拓視野，啓迪智慧，不失爲有益之書。

《琯朗乞巧録》現存張岱謄清稿本，書於自印稿紙上，極少塗改，當是定稿。字跡古拙瘦硬，同於浙江圖書館所藏《四書遇》稿本中所見張岱真跡。《自叙》前有『琅嬛福地』一印，後有『張岱之印』、『天孫』兩印，也可佐證此本確爲張岱真跡。書後有无咎跋，此无咎疑即近代著名金石學家馬衡（一八八一——一九五五），浙江鄞縣（今寧波）人。據跋語，此書於民國元年（一九一二）得於金陵冷攤之上，而跋語則作於二十二年後，即一九三四年。唯跋中有兩處錯誤：『今世但流行其所輯之《虞初志》及《夢憶》等書，其自信之《石遺》一編，不知尚流存天壤否。』《虞初志》爲陸采撰，非張岱撰；張岱所著爲《石匱書》，並非《石遺書》。後來此書歸於張壽鏞約園，今本《自叙》之前有『四明張氏約園藏書之印』可證。張壽鏞見此稿本珍稀，慮其失傳，又讓人過録了一部，用的是版心下方印有『約園抄本』的套格紙，是爲約園抄本。此書目前僅見此兩種版本。張壽鏞過世後，其夫人蔡瑛於二十世紀五十年代將藏書捐贈給國家，此書歸於北京圖書館，即今國家圖書館。約園抄本則由張壽鏞之子張芝聯一九六〇年六月二十四日捐贈中科院圖書館，約園抄本卷末有鉛筆題記可證。

此次整理《琯朗乞巧録》即以國家圖書館藏稿本爲底本，以約園抄本爲校本，并參考張岱《快園道古》等書。此書稿本曾經用『金鑲玉』方式修補過，和目録相比對，可見次序及條目頗有錯亂，大概此書原爲散頁，且無頁碼，遂致修補時誤裝。而約園抄本與目録相比照，各類條目數與目録皆合，當是正確的次序。今謹依據約園抄本重新調整次序。《靈變》第四條云：『王廞之敗，沙門曇永匿其幼子華，使提衣襆自隨。津邏疑之，曇永呵華曰：「奴子何不速行？」捶之。』文意不足，『捶之』之後應有脱文，遂疑此書脱落一頁，并據之調整了稿本次序。然據約園抄本，此書實無脱頁，此條脱文當是張岱偶然誤脱。原整理本《靈變》『正統中綵繪宫殿』條以下諸條當置於《應卒》下，《應卒》『太祖嘗召徐中山王飲』條以下諸條當置於《靈變》下。

此書補校中科院圖書館所藏約園抄本是由鄭凌峰完成的，筆者又根據當年據稿本抄録本覆校一過，又往國家圖書館覆核了疑誤之處，改正了原整理本的一些疏誤，重新排版，以饗讀者。

己亥年五月二十九日，路偉改定於武林門裏。

瑄朗乞巧録叙

世界之光明者曰日月火，人心之光明者曰智曰慧，世之誤用智者能殺人，亦能自殺。故道德家言畏智如畏刃。余謂世人但當用慧，不當用智，何者？慧之於人惟用活着，不用殺着。水窮山盡，忽睹桃源；九曲羊腸，頓開蜀峽。此其胸中真有萬斛走盤之珠，藉此靈明出以應世。談言微中，片語可以解紛；竅會相投，即時可以排難。磁之引鐵，珀之攝蒻，其遇合該不可測識也。或曰：所言信矣，但書中所載喆人智士盤根錯節，迎刃即解，荆棘藤蘿，掉臂即脱。光明正大，無復何言？第於末簡奸人吊詭與燈謎拆字亦復記之，毋乃太濫乎？余曰：不然。智與慧止争纖芥，漢高之傷胸捫足，昭烈之聞雷失筯，帝王之睿慮哲謀，與奸雄狡獪之機械變詐，寔與同源，第視人用之如何耳。一飴也，伯夷見之，謂可以養老，盜跖見之，謂可以飫户樞。發念既殊，其以應用，自不同也。

余生來愚拙，悠悠忽忽，土木形骸，凡見人有智慧之事、智慧之言，心切慕之，不能效法。曾聞人言，牛、女星旁有一星名瑄朗，男子於冬夜祀之，得好智慧。故作《乞巧》一編，朝夕絃誦，以祈瑄朗。倘得邀惠慧星，啓我愚蒙，稍窺萬一，以濟時艱，雖不能傳燈鑽鋭，以大展光明，囊螢映雪，藉彼微茫閃爍，以撩映讀書，徼幸多多矣。

庚申菊月，八十四老人古劍張岱書於瑯嬛福地。

乞巧録目

琯朗乞巧録

古劍陶菴張岱紬

仁術

宋太宗以孔守正爲殿前都虞候。一日侍宴北園，守正大醉，與王榮論邊功于駕前，忿争失儀。侍臣請以屬吏，上弗許。明日俱詣殿廷請罪，上曰：『朕亦大醉，漫不復省。』

明太祖常怒宋濂，使人即其家誅之。馬皇后是日茹素，上問故，后曰：『聞今日誅宋師父，妾不能救，聊爲持齋，以資其冥福耳。』上悟，即馳驛赦之。

南京宫殿成，太祖與高后往視。見輪奂巇峨，太祖嘆曰：『胡做亂做，做出如許事業。』仰視，見有畫工在上，自悔失言，呼下欲除之。高后示畫工以意，自揜其耳，畫工遂作耳聾，屢呼不應。太祖使人摘下，問是耳聾，遂赦之。

劉基曾祖濠，爲宋翰林掌書。每陰雨積雪，踞高阜，望其突無煙者賑之。宋亡，林融爲宋舉義，元使使簿録融，株連盡其里。濠盛治牛酒，延使者其家，醉之，胠其篋，私記其渠率二百人而自火其室。使者走火失録，濠佯爲使者游覈，以所記二百人上，而里人所全者以千計。

練夫人爲章仔鈞妻。仔鈞任建州刺史，嘗出兵，二將後期，欲斬之，夫人救免。二將後事南唐，率兵攻建州，夫人孀居。二將令人遺以旗曰：『吾欲屠城，宜植旗於門，可免。』夫人反其旗曰：『願全此城，不然，吾家與衆俱死耳。』二將遂不屠城，一州獲全。

主父，衛人，仕於周爲大夫。離家二載，其妻有淫行，嫌主父，置毒酒以待主父歸〔一〕，使婢進酒。婢心計進則殺主，言則殺母，因陽僵覆酒。主父怒笞之，受創不言。妻恐婢雪，以他過笞之，大杖幾死，終不言。

【校】

〔一〕『主父』，原作『主夫』，據上文改。

武林江纘石公偶立門首，遇一醉人，呼名罵之，公徐徐入。次日，里人牽其人登門謝罪，方恐其不解也，公乃詫曰：『何爲至此？』其人叩頭求恕，公曰：『我昨日並不出門，何曾有人罵我？』酒食而遣之。

巧言

陳侯造淩陽之臺，未終而坐法死者數人，又執三監吏，群臣莫敢諫。孔子適陳，見陳侯，與登臺而觀之。孔子前賀曰：『美哉臺乎，賢哉王也！自古聖人之爲臺，焉有不戮一人而能致功若此者？』陳侯嘿然，使人赦所執吏。

秦王與中期争論不勝，秦王大怒，中期徐行而去。或爲中期説秦王曰：『悍人耳，中期適遇明君故也。向者遇桀紂，必殺之矣。』秦王因不罪。

齊有得罪于景公者，公大怒，縛置殿下，召左右肢解之，敢諫者死。晏子左手持頭，右手磨刀，仰而問曰：『古者聖帝明王肢解人，不知從何處起？』公離席曰：『縱之，罪在寡人。』

時景公煩于刑，有鬻踊者。踊，刖足者所用。公問晏子，曰：『子之居近市，知孰貴賤？』對曰：『踊貴屨賤〔一〕。』公悟，爲之省刑。

【校】

〔一〕『屨』，約園抄本作『履』。

後唐莊宗獵於中牟，蹂踐民田，中牟令當馬而諫。莊宗大怒，命縛去斬之。伶人敬新磨率諸伶走追其令，擒至馬前，數之曰：『汝爲縣令，獨不聞天子好田獵乎？柰何縱民稼穡，以供賦税，何不且飢餓汝民，空此田地，以待天子馳逐？汝罪當死！』亟請行刑。諸伶復唱和，于是莊宗大笑，赦之。

辛京杲以私杖殺部曲，有司奏京杲罪當死，上將從之。李忠臣曰：『京杲當死久矣。』上問其故，忠臣曰：『京杲諸父兄弟俱戰死，獨京杲至今尚存，故臣以爲久當死。』上惻然，乃左遷京杲。

武帝乳母嘗于外犯事，帝欲申憲。乳母求東方朔，朔曰：『此非唇舌所能争，汝去時但當屢顧帝，慎勿言，或可冀萬一耳。』乳母依其言，朔曰：『汝癡耳，帝今已長，豈復頼汝乳哺活耶？』帝悽然，即勅免罪。

先主時，天旱，禁私釀。吏於人家索得釀具，欲治其罪。簡雍與先主游，見男女行道，謂先主曰：『彼欲行淫，何以不縛？』先主曰：『何以知之？』對曰：『彼有淫具。』先主大笑而止。

文德皇后既葬，太宗即苑中作層臺以望昭陵，引魏徵同升，徵熟視曰：『臣眊昏不能見。』帝指示之，徵曰：『此昭陵耶？』帝曰：『然。』徵曰：『臣以陛下望獻陵，若昭陵臣固見之矣。』帝泣，爲之毁臺。

高宗出獵遇雨，問谷那律曰：『油衣若爲不漏？』對曰：『以瓦爲之則不漏。』上因此不復出獵。

王方慶爲相，子爲眉州司士參軍。武后問曰：『卿在相位，何子之遠？』對曰：『廬陵王陛下愛子，今尚在遠，臣之子何敢相近？』

晉武帝始登祚，卜世數，探策得一。帝大不悦，群臣失色。侍中裴楷進曰：『臣聞天得一以清，地得一以寧，帝王得一以爲天下貞。』帝悦，群臣歎服。

肅宗時，李輔國與張后謀遷上皇於西内，不往朝。山人李唐見帝，帝方抱幼女，謂唐曰：『朕念之，卿勿怪也。』對曰：『太上皇思見陛下，亦如陛下之念公主也。』帝泣下，乃朝上皇。

元魏高祖名子恂、愉、悦、懌，崔元名子劭、勗、勉，高祖曰：『我兒名傍皆有心，卿兒名傍皆有力。』對曰：『所謂君子勞心，小人勞力。』

明太祖郊天祝文有『予』、『我』字，上怒，將罪作者。桂彦良進曰：『湯祀天曰「予小子履」，武祭文曰「我將我饗」，儒生泥古不通，煩上譴訶。』衆得釋。

會稽宣温，洪武中被上召問治道，温條對甚悉。上因問：『漢高祖殺功臣，光武全功臣，優劣何如？』對曰：『高祖殺功臣，功臣自殺；光武全功臣，功臣自全。』上悦其言，授四川左參政。

户部尚書滕德懋坐盜用軍粮，腰斬。太祖使使覘其妻，妻方績麻於邸。使者告曰：『若夫盜粮十萬，犯辟死矣。』其妻曰：『是宜死。盜國家如許粮，不以升合歸膳老妾，其及固宜。』以其妻言末減。

解縉應制題《虎顧衆彪圖》曰：『虎爲百獸尊，誰敢觸其怒？惟有父子情，一步一回顧。』文皇見詩有感，命夏原吉迎太子於南京。

景帝欲易太子，間語太監金英曰：『七月二日〔一〕，東宮生日也。』英叩首曰：『東宮生日乃十一月二日。』蓋謂憲宗也。景帝默然。

【校】

〔一〕『二日』，原作『二十』，據《快園道古·言語部》改。

世宗好長生。乙丑會試題『夫政也者蒲蘆也』，又『民之秉夷也好是懿德』。上問輔臣：『蒲蘆是何物？秉懿是何義？』徐階對曰：『夷是有恒之義，蒲蘆是長生之物。』

嘉靖初講官顧鼎臣講《孟子》咸丘蒙章，至『放勳乃殂落』，侍臣皆驚愕，顧徐云：『堯於是時已百有二十歲矣。』衆心始安。

相傳某布政請按臺酒，坐間，布政以多子爲憂，按君止一子，又憂其少。一吏在傍云：『子好不須多。』布政笑曰：『若我多子，汝則何説？』答曰：『子好不愁多。』二公大稱賞，共汲引之。

兩程夫子赴一大夫席，有妓侑酒，伊川拂衣起，明道盡歡而罷。次日伊川過明道齋中，愠猶未解。明道笑曰：『昨日座中有妓，吾心中却無妓；今日齋中無妓，爾心中却有妓。』伊川自謂不如。

一士人從王文成學，初聞良知不解，卒然問曰：『良知何色？黑邪白邪？』群弟子皆笑，士人慚而面赤。先生曰：『良知非白非黑，其色政赤。』

世宗登極之日，御龍袍頗長，上俛視不已。楊廷和奏曰：『陛下垂衣裳而天下治。』

嚴介溪當國，宫中見鬼，多手多目。問張真人，張不能對。或以王弇州博識，往詢之，弇州曰：『何必博識？《大學》云「十目所視，十手所指」，下句是説恁的。』

王新建立論，每言人皆可爲堯舜。一日倉頭辟草階前，有客問曰：『此辟草者亦可爲堯舜耶？』答曰：『此辟草者縱非堯舜，使堯舜辟草，不過如是。』

汪邦柱曰：『諺曰：「欠債還錢，殺人償命。」近世土豪巨室討取租債，威偪致死，屍親計命，問官執法，不過多用幾貫黄錢，便可解釋。由此言之，乃是「殺人還錢，欠債償命」。』

慈湖先生曰：『先君常步至蔬園，謂園丁曰：「吾蔬每爲人盜取，何計防之？」園丁曰：「須捹一分與盜者乃可。」先君顧某曰：「此園丁，吾師也。」』

王文成與友人講學，友人曰：『某非不願學，只是好色。』文成笑曰：『家裡只這个醜婆子，説恁麼好色。』其友於言下猛省。

陸炳謀佔故錦衣王佐别墅，乃以狎斜捕其子及黨與、家奴，証成其罪。其母，佐妾也，亦在捕中。入對簿，子强辯，母膝行前，道其子罪甚詳。子恚，呼曰：『兒到此地，母柰何速之死？』母叱之曰：『死即死，何説？』指炳座顧曰：『而父坐此非一日，作此等事不止一件，而生汝不肖子，天道也。復奚爲？』炳面發赤，趣遣之出，事遂寢。

一禪師被召，朝見至尊，口稱『萬歲』。至尊下殿手挽之曰：『師莫行禮，具説明何以謂之萬歲？』禪師合掌遽言曰：『堯、舜、禹、湯、文、武，至今還在。』至尊大悦，寵禮甚厚。

思宗曾諭廷臣曰：『岳少保言：「文官不愛錢，武官不怕死，則天下太平。」如今日，文武官與前大不同，文官愛錢不怕死，武官怕死又愛錢。』大哉王言，可謂切中時弊。

陶石梁翻司馬君實語曰：『積金以遺子孫，子孫未必能守；積書以遺子孫，子孫未必能讀；積德以遺子孫，子孫未必能耐。』比君實三言，尤較深刻。

慧業

唐宣宗微時，以武宗忌之，遁跡爲僧。一日與黄蘗禪師觀瀑布，黄蘗作詩曰：『千巖萬壑不辭勞，遠看方知出處高。』宣宗續之曰：『溪澗豈能留得住，終歸大海作波濤。』後竟踐大位。

柳耆卿作《傾盃序·秋景》一詞有：『愁緒終難罄，更立盡梧桐影。』忽夢一婦人云：『妾非今世人，曾作前詞。數百年無人稱道，公能用之。詞曰：「明月斜，秋風冷。今夜故人來不來，教人立盡梧桐影。」』

天寶末，玄宗幸蜀，置酒登樓，命梨園子弟歌數闋，歌云：『富貴榮華能幾時，山川滿目淚沾衣。不見祗今汾水上，惟有年年秋雁飛。』上聞之，顧侍臣曰：『誰爲此詞？』對曰：『李嶠。』因淒然泣下，不終曲而起曰：『李嶠真才子也。』

李後主歸朝後，每懷故國，且念嬪妾散落，鬱鬱不自聊，嘗作長短句：『簾外雨潺潺，春意將闌。羅衾不耐五更寒，夢裡不知身是客，一餉貪歡。獨自莫凭欄，無限關山。別時容易見時難。流水落花春去也，天上人間。』意思悽惋。

梁曹景宗善騎射，亦涉文史，而不甚深。嘗破魏楊大眼，振旅凱旋。帝大宴賦詩，命沈約分韻，景宗不得韻，意色不平。帝曰：『卿伎甚多，亦何用此？』景宗固求，帝詔約，約曰：『韻已盡，惟餘「競」、「病」二字。』景宗時醉矣，操筆立成，詩曰：『去時兒女悲，歸來笳鼓競。借問行路人，何如霍去病？』帝嘉歎之不已，朝賢驚服。

高宗睿思殿有徽宗畫扇，圖繪卓絶。左璫下直，竊携至家，康伯可適至，留之燕飲，漫以示康。康候璫入，草書一絶於上曰：『玉輦宸游事已空，尚餘奎藻繪春風。年年花鳥無窮恨，盡在蒼梧夕照中。』璫見大駭，康已醉，無可柰何。明日叩頭請死。上大怒，亟取視之，天顔頓霽。

劉基應聘至建康，召見，太祖方進膳，指所用班竹箸命賦之。基賦曰：『一對湘江玉並看，二妃曾灑淚痕斑。』上蹙顰曰：『秀才氣。』基曰：『漢家四百年天下，祇在張良一借間。』上大悅。

太祖微行，見虹蜺，口占二語：『誰將紅緑線兩條，連雲和雨繫天腰。』難續下韻，政費吟哦。一士人問故，戲續云：『應是晚來鸞駕出，萬里長空架立橋。』上甚喜之，使爲某地布政。

吴黴爲陳友諒賓師，間行覘我，有縛以獻者。太祖素聞黴名，解其縛，使題《天閑百馬圖》。黴上詩曰：『問渠何日渡江來，百騎如雲畫鼓催。九十九中皆汗血，當頭一個是龍媒。』太祖奇之，度其不爲我用，乃刺『詭譎秀才』於面遣還。

文皇帝中秋夜宴，月爲雲揜，召解縉賦詩。縉口占《風落梅》一闋，其詞云：『嫦娥面，今夜圓。下雲簾，不着臣見。拚今宵倚欄不去眠，看誰過廣寒殿。』上覽之懽甚，爲停杯以待。夜午月復明，上大笑曰：『解縉真才子奪天手也。』命宫人賜以巵酒，盡歡而罷。時人比之李白《清平調》。

成祖一貴妃死，致祭，召解學士讀祭版。讀時止白紙一張，内書四『一』字。縉即讀曰：『巫山一片雲，峨嶺一堆雪，上苑一樹花，長安一輪月。雲散雪消，花殘月缺。嗚呼哀哉，尚饗！』

潮陽女子蘇福八歲，賦《新月》詩：『氣朔盈虚又一初，嫦娥底事半分無？却於無處分明有，好似先天太極圖。』惜十四而夭。

姑蘇李氏女善詩，偶拾半錢，咏曰：『半輪殘月掩塵埃，依希猶見開元字。想見清光未破時，買盡人間不平事。』

胡梅林燕將士爛柯山，酒酣樂作，命沈嘉則作《鐃歌》，嘉則援筆立就，有云：『銜枚疾走五千兵，密受將軍號令明。狹巷短兵相接處，殺人如草不聞聲。』胡起捋沈鬚曰：『何物沈郎，雄快若是！』

正德間有妓女失其名，於客所分詠，以骰子爲題，有句曰：『一片寒微骨，翻成面面心。自從遭點污，抛擲到如今。』座客驚歎。

遼王故宫宫人多鬱死，有少年夜過其址，見一美人霓裳素衣，對月歌曰：『明月滿空階，梧桐落如雨。凉颸襲人衣，不知秋幾許。』忽不見。

有人召仙，請作《梅花》詩，箕仙寫：『玉質亭亭清且幽。』其人云：『要紅梅。』即承云：『着些顔色點枝頭。牧童睡起矇朧眼，錯認桃林去放牛。』

又一人請題雞冠花：『雞冠本是臙脂染。』其人云：『要白者。』即承云：『洗却臙脂似雪妝。只爲五更貪報曉，至今猶帶一頭霜。』

柳少虞家有屏畫石崇金谷園圖，二女鬟私語。友人令其題詩於上，少虞走筆書曰：『何事雙鬟口語殷，明朝賓客集如雲。行酒徵歌都不恨，座上怕有王將軍。』文長常稱之。

救　時

主父偃以漢諸侯太强，謀令諸侯以移恩自裂地分其子弟，而漢爲定其封號，漢有厚恩而諸侯漸自分析弱小云。

孫堅嘗參張温軍事，温以詔書召董卓，良久乃至，而詞對頗傲。堅前耳語温曰：『卓負大罪而敢鴟張大言，其中不測。宜以召不時至，按軍法斬之。』温不從，卓後果横不能制。

節度使李愬既平蔡，械吴元濟送京師，屯兵鞠場，以待招討使裴度。度入城，愬具櫜鞬出迎，拜於道左。度將避之，愬曰：『蔡人頑悖，不識上下之分數十年矣。願公因而示之，使知朝廷之尊。』度乃受之。

建文初，燕王來朝，户部侍郎卓敬密奏曰：『燕王智慮絶人，酷類先帝。夫北平者，强幹之地，金、元所繇興也。宜徙燕南昌，以絶禍本。』建文見奏大駭，語敬曰：『燕邸骨肉至親，卿何得及此？』對曰：『楊廣、隋文，非父子耶？』

趙清獻公熙寧中知越州，兩浙旱蝗，米價踴貴，飢死者相望。諸州皆榜衢路，立告賞，禁人增米價。公獨榜通衢，令有米者增價糶之，于是米商輳集，米價頓減。

撫州饑，黄震奉命救荒，但期會富民耆老以某日至，至則大書『閉糶者籍，强糴者斬』八字揭於市，米價遂平。

馬軍副都指揮使張旻被旨選兵，下令太峻。兵懼，謀爲變。上召二府議之。王旦曰：『若罪旻，則自今帥臣何以御衆？急捕謀者，則震驚都邑。陛下數欲任旻以樞密，今若擢用，使解兵柄，反側者當自安矣。』上謂左右曰：『王旦善處大事〔一〕，真宰相也。』

【校】

〔一〕『處』，底本有缺損，據約園抄本補。

契丹奏請歲給外別假錢幣，真宗以示王旦，旦曰：『請於歲給三十萬内各借三萬，仍諭次年額内除之。』契丹得之，大慙。次年復下有司，契丹所借金帛六萬事屬微末，仰依常數與之，今後永不爲例。

西夏趙德明求糧萬斛，王旦請敕有司具粟百萬于京師，而詔德明來取。德明大慚曰：『朝廷有人。』乃止。

永樂間，降虜多安置河間、東昌等處。也先入寇，皆欲乘機騷動。適發兵征湖廣及東西粵諸處寇盜，于謙奏遣其有名號者，厚與賞犒，隨軍征進，事平遂奏留於彼。于是數十年積患一旦潛消。

法司奏石亨等，既誅其黨，冒奪門功陞官者數千人，俱合查究。上召李賢曰：『此事恐驚動人心。』賢曰：『朝廷許令自首免罪，事方妥。』于是冒功者四千人盡首改正。

武宗南巡還，當彌留之際，楊廷和已定計擒江彬，然彬所領邊兵數千人皆勁卒，恐倉卒爲變，計無所出。謀之王瓊，瓊曰：『當録其扈從南巡之功，令至通州領賞。』邊兵盡出。彬遂成禽。

莊浪土帥魯麟爲甘肅副將，求大將印不得，恃其部落强，徑歸莊浪，以子幼請告。有欲予之大將印者，有欲召還京予之散地者。劉大夏曰：『彼虐，不善用其衆，無能爲也。今未有功，即予之印，非法；召之不至，損威。』乃爲疏奬其先世之忠而聽其就閒。麟卒快快病死。

黔國公沐朝弼犯法當逮，朝議皆難之，謂朝弼紀綱之卒，且萬人不易逮。居正擢用其子，而馳單使縛之，卒不敢動。既至，請貸其死而錮之南京。人以爲快。

祁門胡興爲趙王長史，漢庶人將反，密使至，趙王大驚，將執奏之。興曰：『彼舉事有日矣，何暇奏乎？萬一事泄，是趣之叛也。』一日盡殲之。漢平，趙王讓還護衛，宣宗聞斬使事，曰：『吾叔非二心者。』趙遂得免。

黄淮爲相，阿魯台遣使納欵，請并女直、土番聽其約束。廷臣多許之，獨淮曰：『此鹵奸謀，使各爲心則易制，并之難圖矣。』文皇曰：『黄淮如立高岡，無遠不見。』遂不許。

康陵好佛，自稱大慶法王。外廷聞之，無徵以諫。俄内傳番僧請腴田千畆爲大慶法王下院，乃書『大慶法王』，與聖旨並傳。傅珪佯不知，執奏：『孰爲大慶法王者，敢與至尊並書？褻天子，壞祖宗法，大不敬。』上弗問，寺田竟止。

己巳之變，朝議燒通州倉。適周忱在京，議事曰：『通州去京四十餘里耳，又有數百萬粮，此可給京軍一歲餉。令自往取，何至付灰燼而曰無資盜粮耶？』京軍一時騰飽。

德宗即位，淄青節度李正己表獻錢三十萬緡。上欲受，恐見欺，却之則無詞。宰相崔祐甫請遣使慰勞淄青將士，即以正己所獻錢賜之，使將士人人戴上恩，諸道知朝廷不重財貨。上從之，正己大慚服。

正德間，秦藩請益封地，錢寧、江彬及宦官張忠輩受重賄，請上許之。兵部、科道官交章執奏，上決意與之。楊廷和、蔣冕皆引疾不出。梁儲曰：『如皆引疾，如國事何？』是時上震怒，令內臣督促草制。儲承命上制草曰：『昔太祖著爲令曰：「此地不畀藩封。得之者多畜士馬，必富而驕，姦人誘爲不軌，不利社稷。」今王懇請畀地與王，王得地毋收聚奸人，毋多畜士馬，毋聽奸人導爲不軌，震及地方，危我社稷。是時雖欲保親親，不可得已。王其慎之毋忽。』上覽制駭曰：『若是其可虞，其勿與。』

皇祐二年，吴中大飢，時范仲淹領浙西，發粟募民存餉，爲術甚備。吴人喜競渡，好爲佛事。仲淹乃縱民競渡，太守日出宴于湖上，自春至夏，居民空巷出游。又召諸佛寺主守諭之曰：『飢歲工價至賤，可以大興土木。』于是諸寺工作並興，又新倉廒、吏舍日役千夫。兩浙大飢。惟杭宴然。

靈　變

漢王與項王相與臨廣武間而語，漢王數羽十罪，項王大怒，伏弩射中漢王。漢王傷胸，乃捫足曰：『虜中吾趾。』漢王病創臥，張良彊起勞軍，以安士卒，毋令楚乘勝於漢，衆心始安。

晉元帝叔父東安王繇爲成都王穎所害，懼禍及，潛出奔至河陽，爲津吏所止。從者宗典後至，以馬鞭拂之曰：『舍長官，禁貴人，而汝亦被拘耶？』因大笑，由是得釋。

宇文泰與侯景戰，泰馬中流矢驚逸，泰墮地，東魏兵及之，左右皆散。李穆下馬以策擊泰背，罵之曰：『籠涷軍士，爾曹主何在，而獨留此？』追者不疑是貴人，因捨而過。穆以馬授泰，與之俱逸。

王廞之敗，沙門曇永匿其幼子華，使提衣襆自隨。津邏疑之，曇永呵華曰：『奴子何不速行？』捶之〔一〕。

【校】

〔一〕按據《資治通鑑·晉紀》及《智囊全集·捷智部·靈變》，『捶之』下尚有『數十，由是得免』六字。

王右軍幼時，大將軍甚愛之，恒留帳中宿。大將軍嘗先起，須臾錢鳳入，屏人言逆節事，都忘右軍在帳中。右軍覺，既聞所言，知無活理，乃剔吐污頭面被褥，詐熟眠。敦論事半方，悟右軍未起，相與大驚曰：『不得不除之。』及開帳，乃見吐唾縱橫，信其眠熟，由是得全。

徐敬業十餘歲，好彈射。英公曰：『此子相不善，將赤我族。』常因獵命敬業入林趂獸，因乘風縱火，意欲殺之。敬業知無所避，遂屠馬腹伏其中，火過浴血而立，英公大奇之。

蘇峻亂，諸庾逃散。庾氷時爲吴郡，單身奔亡，吏民皆去，惟郡卒獨以小船載氷出錢塘口，以籧篨覆之。時峻賞募，覔氷屬所在，搜括甚急。卒泊船市渚，因飲酒醉還，舞棹向船曰：『何處覔庾吴郡？此中便是。』氷大驚怖，然不敢動。監司見船小裝狹，謂卒狂醉，都不復疑。遂送過浙江，寄山陰魏家，得免。

陳平間行仗劍亡，渡河，船人見其美丈夫獨行，疑其亡將，腰中當有金寶，數目之。平恐，乃解衣躶而佐刺船。船人知其無有，乃止。

宋嘗給兩川軍士緡錢，詔至西川而東川獨不及，軍士謀爲變。黄震白主者曰：『朝廷豈忘東川耶？殆詔書稽留耳。』即開州帑給錢如西川，衆乃定。

趙方〔一〕，寧宗時爲荆湖制置使，一日方賞將士，恩不償勞，軍欲爲變。子葵時年十三，覺之，亟呼曰：『此朝廷賜也，本司别有賞賚。』軍心一言而定。

【校】

〔一〕『方』，底本有缺損粘補，約園抄本作空格。

張乖崖守成都，兵火之餘，人懷反側。一日大閲，始出，衆遂嵩呼者三，乖崖亦下馬東北望而三呼，復攬轡而行。衆不敢讙〔一〕。

【校】

〔一〕『不敢』，約園抄本誤脱『不』字。

太祖嘗召徐中山王飲，迨夜，强之醉，醉甚，命内侍送舊内宿焉。舊内，上爲吴王時所居也。中夜王酒醒，問宿何地，内侍曰：『舊内也。』即起趨丹陛下，北面再拜三叩頭，乃出。上聞之大悦。

安禄山反，破東都，遣段子光傳李憕、盧奕、蔣清首以徇河北。真卿紿諸將曰：『吾素識憕首，其首皆非是。』乃斬子光而藏三首。

宋文帝遣到彦之經畧河南，大敗，悉委棄兵甲，武庫爲之空虚。帝宴，會有歸化人在坐，帝問庫部郎顧琛：『庫中仗有幾許？』琛詭辭答：『有十萬人仗。舊庫仗秘，不知多少。』帝既發問，追悔失言，得琛此對，甚喜。

曹武穆瑋知渭州，號令明肅，西人憚之。一日方召諸將飲，會有叛卒數千亡奔賊境，候騎報至，諸將相視失色。公言笑如平時，徐謂騎曰：『吾命也，汝勿顯言。』西人聞，以爲襲己，盡殺之。

統制酈瓊縛吕祉，叛歸劉豫。張魏公方宴，僚佐報至，滿座失色。公色不變，樂飲至夜，乃爲蠟書遺死士持遺瓊，言：『事可成，成之；不可成，速全軍以歸。』虜得書，疑瓊，分隸其衆，困苦之。邊賴以安。

真宗時，曹克明官融桂等十州都巡檢，即至，蠻酋來獻藥一器，曰：『此藥凡中箭者傅之，則立愈。』克明曰：『何以驗之？』曰：『請試以雞犬。』克明曰：『當試以人。』即取箭刺酋股而傅以藥，酋立死，群蠻慚懼而去。

爾朱敞，齊神武韓陵之捷盡誅爾朱氏。敞爲榮族子，少隨母養於宫中，年止十二三，自竇而出，至大街，見群兒戲，敞解所着綺羅金翠之服，易衣而遁。追騎尋至，使執綺衣兒，比究問非是。會日暮，遂得免。

令狐潮圍睢陽，城中矢盡。張巡縛藁爲人，披黑衣夜縋城下，潮兵争射之，得箭數十萬。其後復夜縋人，賊笑不設備，乃以死士五百斫潮營，焚壘幕，追奔十餘里。

李光弼與史思明對敵，思明有良馬千餘疋，每日出於河南渚浴之，循環不休。光弼命索軍中牝馬，得五百疋，縶其駒而出之。思明馬見之，悉浮渡河，盡驅入城。思明怒，泛火船欲燒浮橋。光弼先貯百尺長竿，以巨木承其根，氈裹鐵叉，置其首，以迎火船而叉之。船不能進，須臾自焚盡。

王陽明既擒宸濠，囚於浙省。時武宗南幸，駐蹕南都。中官誘令陽明釋濠還江西，俟聖駕親征擒獲，差二中貴至浙省諭旨。陽明責中官具領狀〔一〕，中官懼，事遂寢。

【校】

〔一〕『陽明』，約園抄本誤脱『明』字。

婁門二布商舟行，一僧附舟。至僻處，僧拔刀脅二商曰：『我太湖大盜，特來劫爾。汝欲全屍，可急下水。』二商泣曰：『飯熟矣，請一餐以爲飽鬼。』舟人適煑肉熟，多沃以滚汁，以巨鉢盛之，呼二商食肉。二商方應諾，舟人出僧不意，忽舉肉鉢盖其頂。僧方跳躍，二商奪其刀斫之，棄於水，滌舟遽去。

一書生寓僧舍，誤入其秘室。有少婦見生却走。僧適至，方提酒一壺，見生愕然，棄壺取棍，向生曰：『事已破，不得不殺爾以滅口。』生泣曰：『我死不免，幸賜我一醉。』僧曰：『可。』生即飲酒，乞菜一莖。僧入厨取菜，生急脱汗衫，塞酒壺口，酒不泄，重十許斤，立門背伺僧入，儘力擊之。僧裂腦而死，生得逸去。

張佳胤令滑，巨盜任敬、高章詐密旨，挾匕首以千金劫張。張曰：『庫藏空虚，我將貸諸豪右。』乃手書十人名，令人持百金來。十人素善捕盜者，須臾人捧二十金以進。公佯怒曰：『賦汝百金，胡二十金也？取法馬兑之。』良久，察賊意少懈，一人前忽躍而就之，刺一人，縛一人，不踰刻，魇巨盜於樽俎前。

遼陽東山虜剽掠至一家，男子俱不在，在者惟三四婦人耳。虜不知其虚實，不敢入其室，于院中以弓矢恐之。室中兩婦引繩，一婦安矢於繩，自窓綳而射之，數矢後，賊猶不退。矢竭矣，乃大聲詭呼曰：『取箭來。』自綳上以麻稭一束擲之地，作矢聲。賊驚曰：『彼矢多如此，不易制也。』遂退去。

應卒

嘉、熙間峒丁反，吉州萬安宰黄炳鳩兵守備。一日五更，報寇且至，遣巡尉引兵迎敵，皆曰：『空腹，柰何？』炳曰：『第速行，飯且至矣。』炳乃率吏輩携竹籮木桶，沿市民之門曰：『知縣買飯。』時人家晨炊方熟，皆有熱飯熱湯，厚酬其直，負之以行。于是士卒皆飽餐，一戰破寇。由此論功，擢守臨川。

趙從善尹京日，宦寺欲窘之。科降刷醮桌三百事，内批限一日辦集。從善命於茶坊、酒肆取桌净洗，糊以白紙，紅漆塗之。又兩宫幸聚景園，夜過萬松嶺，索火炬三千。從善命取諸瓦舍、妓館蘆簾，寔以脂，卷而繩之，繫於夾道松樹左右，照耀比於白日。

高宗南渡，駐蹕臨安，草創一殿，無瓦而天雨。郡與漕司憂之。忽一吏白曰：『多差兵士，以錢鏹分俵關厢舖席，賃借樓屋腰簷瓦若干，旬月新瓦到，如數陪還。』郡司從之，殿瓦咄嗟而辦。

正統中綵繪宫殿，計用牛膠萬餘斤，遣官敕江南上供甚急。時巡撫周忱以議事赴京，遇諸途，勅使請公還治，公曰：『第行，自有處置。』至京，言京庫所貯牛皮歲久朽腐，請出煎膠應用，俟歸市皮還庫，以新易舊，兩得便利。王振欣然從之。

時邊事緊急，工部移文撫院周忱，索造盔甲、腰刀數百萬，其盔俱要水磨明亮。公取所積餘米，依數造成，且計水磨明盔非歲月不可，暫令錫擺，旬日而辦。

張愷，鄞縣人，宣德三年，以監生爲江陵令。時征交趾，大軍過，捴督日晡立取火爐及架數百。愷即命木工以方漆桌鋸半脚，鑿其中，以鐵鍋實之。已又取馬槽千餘，即取針工各户婦人，以綿布縫成槽，槽口綴以繩，用木樁張其四角，飼馬食，過便收捲，前路足用，遂以爲法。

陶魯，鬱林人，爲新會縣丞。都御史韓雍索犒軍牛百頭，限三日具。公令出如山，群寮皆不敢應。魯踰列任之，三司及同官交責其妄。魯曰：『不以相累。』乃榜城門云：『一牛酬五十金。』有人以一牛至，即與五十金。明日牛争集，魯選取百頭平價與之，曰：『此韓公命也。』如期以獻，公大稱賞。

丁大用征嶺南，京軍乏食，掠得寇稻，以刀盔爲杵臼。邊鄙老卒笑其拙，教於高阜擇凈地坎之如臼，燃茅鍛之，令堅實，乃置稻其中，伐木爲杵以搗，甚便。

韋丹任洪州，值毛鶴叛，倉卒無禦敵之器。丹乃造蒺藜棒一千具，棒頭以鐵釘釘之如蝟毛，車夫及防援官健各持一具。其棒疾成易辦，用亦與刀劍不殊。

濡須之戰，孫權與曹操相拒月餘。權嘗乘大船來觀操軍，操軍弓弩亂發，箭著船旁偏重，權乃令迴船，更一面以受箭，箭均船平。

韓雍弱冠爲御史，出按江西。時有詔下鎮守中官，而都御史誤啓其封，懼以咨雍。雍請宴中官，而身爲解之。明日僞爲封識，而藏舊封於懷，俟會間，使郵卒持以付己，佯不知而啓之，稍讀一二語，即驚曰：『此非吾所當聞。』遽令吏還中官，則已潛易舊封矣。雍起謝罪，復欲與郵卒杖，中官以爲誠，反爲救解，歡飲而罷。

有御史怒某縣令，縣令密使孌兒侍御史。御史暱之〔一〕，乘間竊其篆去。御史心疑縣令所爲，而不敢發。聞某教諭有識見，謀之。教諭教御史夜半於署中發火，郡縣俱赴救，御史持篆篋授縣官曰：『某縣官護印。』他官各有所護。及火滅，上篆篋，則印在其中矣。或云此教諭乃海瑞也，未詳。

【校】

〔一〕『暱』，底本缺損，僅餘『日』旁，約園抄本作空格。此據馮夢龍《古今譚概·譎知部》補。

白瑾爲分宜令，其妻葛氏有才識。時公抱病，隣境有因飢作亂者，聚徒百人，來劫縣庫。縣無城郭，寇卒至無備，丞簿皆逃匿，葛獨分命家人力拒其兩門，乃遷白公於他室，埋庫銀於污池，著公之服，升堂以候賊。賊至，則陽爲好語相勞苦，盡出其所私藏釵珥、衣服諸物以與賊，賊謝而去。不知陰已表識，竟物色捕得之。

朱衡爲河道尚書，河功告成。一日至其所巡視，河忽崩一隙，水貫注，勢不可止。衡錯愕，左右皆失色，無所措手。驛丞胡華曰：『公手下從者千有餘人，人脱一褌，囊土塞之，可立辦也。明日各以布償之。』衡如其言，頃刻堤塞。衡大賞勞之，爲進其官。

僕散忠義爲博州防禦使，一夕陰晦，囚徒謀反獄，倉卒間將士皆皇駭失措。忠義從容，但使守更吏撾鼓鳴角，囚徒以爲天且曉，不敢出，自就桎梏。

越中一巨室娶婦之夕，夜深，新郎隱几卧。婦坐其旁，有賊來穴壁，探頭入。婦暗地以火掀置其頸下，不得出，急拽其夫。夫驚覺，駭異之，乃指其壁鏬露有人頭，携燈視之，認是族人。賊見燈羞赧，急縮出，遂絶吭而死。其夫張皇無措，婦曰：『勿急。』空一大箱，納賊屍於内，令人舁至賊家門首，教以彈指數下即歸。賊婦開門，見大箱，謂是夫所盜物，秘藏之卧内。次日失賊家以數百兩賍物告官緝捕，賊婦知之，藏匿益謹。但疑夫以何故數日不返，箱中大作穢氣，開箱視之，乃其夫屍也，懼不敢言，即以箱瘞之。

發　奸

李靖爲岐州刺史，或告其謀反，高祖命一御史案之。御史知其誣罔，請與告事者偕行數驛，詐稱失去原狀，驚懼異常，鞭撻行典，乃祈求告事者别疏一狀。比驗，與原狀不同，即日還以告。高祖大驚，告事者伏誅。

歐陽曄治鄂州，民有争舟而相毆至死者，獄久不決。曄自臨其獄，出囚坐庭中，去其桎梏而飲食訖，悉勞而還之獄，獨留一人于庭。留者色動惶顧，公曰：『殺人者汝也。』囚不知所以，曰：『吾觀食者皆以右手持匕，而汝獨以左。今死者傷在右肋，此汝殺之明驗也。』囚涕泣服罪。

張舉爲句章令，有妻殺其夫，因放火燒舍，詐稱夫死于火。其弟訟之，舉乃取豬二口，一殺一活，積薪焚之，察死者口中無灰，活者口中有灰，因驗夫口果無灰。以此鞫之，妻乃服罪。

湖州趙三與周生友善，約同往南都貿易。及期趙先登舟，以天早假寐。舟子張潮見其囊重，移舟僻所，沉趙而詐爲熟睡。周至，謂趙尚未來，命潮往促。潮叩趙門，呼曰：『三娘子，三官何久不來？』其妻孫氏曰：『彼出門久矣，豈尚未登舟耶？』潮復周。周甚驚異，與孫氏分路徧尋，並無踪跡。周懼累，具牘呈縣。縣尹疑孫氏有他故害其夫者，獄不決。久之，有楊評事者閱其牘，曰：『叩門便呼三娘子，定知房内無夫也。』以此坐潮罪，潮乃服。

有富民張老者妻生一女，無子，贅壻于家。久之，妾生一子，名一飛，甫四歲。張老病，臨終謂壻曰：『妾子不足任，吾家産當畀爾夫婦，但養彼母子不死溝壑足矣。』因寫遺囑曰：『張一非吾子也，家財盡與女壻，外人不得争奪。』壻乃受産不疑。後妾子壯，告官求分財。壻以遺囑呈官，官更其句讀曰：『張一非，句。吾子也，句。家財盡與，句。女壻外人，句。不得争奪，句。』曰：『爾婦翁明謂女壻外人，爾尚可據其業耶？詭書「飛」作「非」，慮彼幼爲爾害耳。』于是斷給妾子，人稱快焉。

周新按察浙江，將到時，道上蠅蚋迎馬首而聚〔一〕。使人尾之，得一暴屍，惟小木布印在，取之。及至任，令人市布，屢嫌不佳，別市之，得印誌者，鞫布主，即劫布商賊也。

【校】

〔一〕『聚』，原缺，據《快園道古》卷十七《鬼神部》、《夜航船·政事部》及馮夢龍《智囊補·察智部·詰姦》補。

周新一日視事，忽旋風吹異葉至前，左右言城中無此木，獨一古寺有之，去城差遠。新悟曰：『此必寺僧殺人，埋其下也。冤魂告我矣。』發之得婦屍，僧即欵服。

張昇知潤州日，有婦人夫出數日不歸，忽有人報菜園井中有死人，婦人驚往視之，號哭曰：『吾夫也。』遂以聞官。昇令屬官集隣里就井驗是其夫與否，皆以井深不可辨，請出屍驗之。昇曰：『衆皆不能辨，婦人獨何以知其是夫？』收付所司鞫問，果奸夫殺其夫而婦人與謀者。

夙　慧

文彥博幼時與群兒戲擊毬，毬入柱穴中，不能取。彥博以水灌之，毬浮出。

司馬光幼與群兒戲，一兒誤墮水缸中，已没。群兒驚走〔一〕，光取石破缸，兒遂得出。

【校】

〔一〕『群兒』，約園抄本誤脱『群』字。

曹沖自幼聰慧。孫權嘗致巨象於曹操，操欲知其觔數，以訪群下，莫能得策。沖曰：『置象大船之上，而刻其水痕所至，秤物以載之，一較可知矣。』沖時僅五歲，操大奇之。

舒芬之父得一葬地，形家曰：『此地必發鼎元，然當在四世之後。』舒父曰：『我不能待也。』芬年六齡，侍側曰：『信若此，何不葬芬三世之祖？』父從之，芬果大魁天下。

彭華年十五，常過邑城，坐客有持故契争産者，辯論不已。華齒坐下，獨抗聲曰：『此贋契也。』衆驚問故，曰：『契果出革除，庚辰年則當以「建文三年」書，乃曰「洪武三十三年」，非贋而何？』

袁太沖七歲與群兒戲，自稱『小相公』。彭魯溪公出對云：『願爲小相。』袁應聲曰：『竊比老彭。』

王文恪七歲時，附學於舅氏。一小女使送茶，王戲握其手。有告舅氏者，舅氏出一對曰：『奴手爲拏，此後莫拏奴手。』王即對曰：『人言是信，從今毋信人言。』

山東于閣老慎行年八歲，看隣家造新房，有老人出一句，呼慎行對之，曰：『磨磚砌地。』于即應之曰：『錬石補天。』出口有宰輔氣象。

祁世培六歲時，太夫人喜噉雞蛋，爲小婢所竊食，問不肯承。世培曰：『勿争。』取一盆水，命諸婢逐一漱之，竊食者吐出則皆蛋黄。

高則成〔一〕，六七歲穎異不凡，鄰有尚書某，緋袍出送客，高適自塾歸，時衣緑衣。尚書呼語之曰：『出水蛙兒穿緑襖，美目盼兮。』高應聲曰：『落湯蝦子著紅衫，鞠躬如也。』尚書大驚異，稱爲奇童。

【校】

〔一〕『高則成』，疑當作『高則誠』。

吊詭

陽貨之敗，魯人閉門捕之。虎奔至門，門者曰：『天下探之不窮，我今出子。』虎因揚劍提戈而出，顧反取戈以傷出之者，出之者怨恨之。既魯君聞失虎，大怒，問所出之門，有司拘之，不傷者被罪而傷者獨蒙厚賞。

浙中有子毆七十歲父而墮其齒者，父訟之。懼甚，迎一訟師問計，許酬百金。師曰：『大難。』思忖再三，至次日忽謂曰：『得之矣。辟人，當耳語若。』子傾耳就聽，師遽嚙其耳，斷其半輪。子大驚喊叫，師曰：『勿喊，脱子在是。』庭質時，遂以父嚙耳墮齒爲詞。問官謂耳不可自嚙，老人齒不固〔一〕，嚙耳而墮，理固有之，竟免。

【校】

〔一〕『不固』，約園抄本誤作『不因』。

吴中刻書多利而苦翻板。俞羨章刻《唐類函》將成，先出訟牒，言新刻書若干，載往某處，被盜劫去，告官緝捕，因出賞格募盜書賊。由是《類函》盛行，無敢翻刻。

越中某氏有僕婦姣好，主人與其子共狎之而瞞其僕。一日主人子入其室調之，而主人適至。婦囑其子匿床下，而其僕又來。婦乃取一扊扅授其主人，令持此直出。僕見之，驚問曰：『主人何以至此？』婦曰：『打小主耳。』僕曰：『小主何在？』曰：『在床下。』因呼之使出。

嚴世蕃門禁甚嚴，有偷兒白日入其書舍盜文王鼎出，至廳事，遇世蕃朝回，僕從訶之。偷兒捧鼎跪曰：『賣文王鼎。』世蕃曰：『汝必贋鼎，我家自有真者。』揮使去。偷兒應曰：『諾。』持鼎竟去。

京師風俗，有女多許外方人爲妾，名曰『牙牌』，謂出京不用也。嘗歸家與人野合，謂之『報娘恩』。鄞縣一友好漁色，一日在友人寓舁一女至，乃其妾也。友方駭愕，而其妾遽前揪其鬚，漫罵曰：『哦！你接得好表子，今日却被我捉破，可亟歸！』拉之竟去。

趙王德誠鎮江西，有日者自稱世人貴賤，一見輒分。王使女伎數人與其妻滕國君同粧梳服飾，立庭中，請辨良賤。日者俯躬而進云：『國君頭上有黄雲。』羣伎不覺皆仰視。日者因指所視者爲國君。

善謔

張乂入太學爲齋長，其人渺小，動以苛禮律諸生。林叔弓作賦嘲云：『身材短小，欠曹交六尺之長；腹内空虚，乏劉乂一點之墨。』又詩云：『中分爻兩節，風使十横斜。文上全無分，人前强出些。』

方千里一日會張更生，方作一令戲曰：『古人是劉更生，今人是張更生。手持一卷《金剛經》，問爾是胎生、卵生、濕生、化生？』張答曰：『昔人是馬千里，今人是方千里。手執一卷《刑法志》，問爾是三千里、二千里、一千里。』

浙江花提舉與鄞縣教官戲謔，花出對曰：『雞卵與鴨卵同窠，雞卵先生？鴨卵先生？』教官答曰：『馬兒同驢兒竝走，馬兒蹄舉？驢兒蹄舉？』

虞集未遇時爲許衡門客。虞有所私，午後輒出館。許每往不遇，因書於簡云：『夜夜出遊，知虞公之不可諫。』虞回〔二〕，即對云：『時時來擾，何許子之不憚煩？』

【校】

〔一〕『回』，約園抄本誤作『曲』，蓋涉『囬』字而誤。

秦少游自負髯美，語東坡曰：『君子多乎哉？』東坡應聲曰：『小人樊須也。』一座絶倒。

余進士田與湯進士日新相善，因戲曰：『湯之盤銘曰苟者君乎？』湯即應曰：『卿以下必有圭者君也。』

石動箭嘗詣國學，問博士曰：『孔門七十二賢人，幾人已冠？幾人未冠？』博士曰：『不現經傳。』石曰：『近在《論語》。「冠者五六人」，五六得三十也。「童子六七人」，六七四十二也。合之不是七十二數？』博士笑問：『還有三千徒弟子，後來作何結果？』石曰：『二千五百人爲軍，五百人爲旅。』一座絶倒。

松江吴玄水少以牛稱，鄉人爲作七字件：『一字曰「則」，二字曰「冉伯」，三字曰「以羊易」，四字曰「吾何愛一」，五字曰「五羊之皮食」，六字曰「百乘之家不畜」，七字曰「謨蓋都君咸我績」。』七《書》語既奇，而更妙在字字叶韻。

新安許志吉，以大理評事出賣黄山，鄉人恨之。直指賈繼春送一扁曰『大卜于門』，次日於字上稍加筆畫，改作『天下未聞』。許大怒，拭去。次日又改作倒讀『閹手下犬』，再次日又改作『太平拿問』。魏璫敗，直指縛至太平鞫問，果應其讖。

嘉善樂元聲、和聲、駿聲皆名進士，乃認岳武穆爲祖，改姓岳氏，遂佔岳墳，奪其世産。杭人作一小劇：岳鄂王坐堂皇，先呼其長曰：『爾何名？』曰：『元聲。』岳曰：『元，吾仇也，爾柰何名元？亟出之！』呼其次曰：『爾何名？』曰：『和聲。』岳曰：『吾梗和議而致殺身。秦檜主和，吾所痛恨。亟出之！』呼其季曰：『爾何名？』曰：『駿聲。』岳曰：『拐子馬。兀朮所以取勝，駿馬亦吾敵也。亟出之！』三人遂出。傍徨廟門。外扮樂道德上，呼曰：『爾三人皆吾子孫也，何苦受鄂王嘔氣？快快隨我回去。』拉以下場。無賴子爲之，雖甚惡薄，而亦多雋巧。

王季重與倪鴻寶皆善書，王書瘦長，倪書稜角。王戲之曰：『倪鴻寶，爾書象刺菱翻筋斗。』倪應之曰：『爾書象蚱蜢竪蜻蜓。』

達毅與王達同爲郎中，一日僉公移，王戲曰：『每書官銜，但以公上爲我之下。』毅應曰：『君子上達，小人下達。』

王季重與吴、施兩同年劇談。施癯，言寒可畏，吴肥，言熱可畏，争持久之。季重曰：『以兩君之姓定之，不相上下，一曰「迎風則僵」，一曰「見月而喘」。』

王季重入覲，過一好弈年友，曰：『上門欺侮。』年友曰：『徑送書帕則訖，何必又借棋盤？』季重曰：『不是書帕，還是怕輸。』

徐兵憲戲董比部懼内，比部曰：『人不懼内，必爲亂臣賊子矣。』季重曰：『不爾，亂臣賊子懼。』

陶蘭亭兩連襟，一老童不得進學，一進學而近降青衣。蘭亭戲之曰：『我兩姨夫《論語》上已註定，一曰「苗而不秀有以夫」，一曰「秀而不實有以夫」。』

王季重道高郵，同行友僕市蛋，溷其目，又忘却行家姓氏，第云：『鴨蛋主人數的。』此友大怒，批其頰，曰：『就問王爺，鴨蛋是主人否？』王曰：『是主人，曾記得箕子爲之奴。』一笑而罷。

巧對

江西有提學出對云：『風擺櫻櫚，千手佛搖摺疊扇。』諸生無對者，乃祈乩仙降書，自稱李太白，對云：『霜凋荷葉，獨脚鬼戴逍遥巾。』

刑部郎中黄暐亦常召仙，令對『羊脂白玉天』。乩云：『當出丁家巷田夫口。』暐明日往試之，其一耕者鋤土甚力，問：『此何土？』耕者曰：『此鱔血黄泥土也。』暐大嗟異。

相傳有俗對云：『塔頂葫蘆，直竪指頭錐白日；城邊箭垛，倒生牙齒咬青天。』亦工而可笑。

旅店中一鬼誦一對云：『鼠偷蠶繭，渾如獅子抛毬。』叫唤竟夜。一士子至，對曰：『蟹入魚罾，却似蜘蛛結網。』怪絶不聞。

蘇郡蔣濤善屬對，有『凍雨灑牕，東二點西三點；切糕分客，上七刀下八刀』之句，人服其巧。

李空同督學江西，有士子同其姓名。公曰：『吾試汝一對，曰：「藺相如，司馬相如，名相如，寔不相如。」』士子對曰：『魏無忌，長孫無忌，彼無忌，此亦無忌。』公賞之，拔置高等。

唐臯使朝鮮，國王出對云：『琴瑟琵琶八大王，一般頭角。』臯對云：『魑魅魍魎四小鬼，各樣肚腸。』王大駭服。

舊學士院壁間有題云：『李陽生指樹爲姓，生而知之。』楊大年爲學士，對云：『馬援死以革裹屍〔一〕，死而後已。』

【校】

〔一〕『以革裹屍』，原作『以馬革裹屍』，復圈去『馬』字。約園抄本作『以馬革裹屍』。

徐晞爲州吏目，偶隨守步庭墀中，見一鹿伏地，守得句云：『屋北鹿獨宿。』晞曰：『可對「溪西雞齊啼」。』守大驚異，不以常禮待之。

常州府同知吴、通判董至無錫，飲紅白酒而醉。吴出對云：『紅白造成，醉倒不知南北〔二〕。』董對云：『青黄未接，急來要賣東西。』

【校】

〔一〕『知』，底本缺損，約略可辨，約園抄本作空格。

東郊巡按蘇松刷卷，許御史戲云：『北臺東御史，西人巡按南方。』東不能對。陸采對曰：『冬官夏侍郎，春日辦完秋税。』又李空同在江西有對云：『孤雁渡江，顧影徘徊如得偶〔一〕。』人不能對，陸云：『老翁照鏡，鑒形彷彿似傳神。』

【校】

〔一〕『徊』，原缺，據《快園道古·小慧部》補。

屠赤水與莫廷韓游顧園，屠偶吟云：『簷下蜘蛛，一腔絲意。』莫云：『階前蚯蚓，滿肚泥心。』

世宗事玄，有獻靈龜者。上出對曰：『赤水靈龜雙獻瑞，天數五，地數五，五五二十五數，數數合於道，道號元始天尊，一誠有感。』一詞臣對之曰：『丹山彩鳳兩呈祥，雌聲六，雄聲六，六六三十六聲，聲聲聞於天，天生嘉靖皇帝，萬壽無疆。』上喜甚，厚賚之。

趙太守時逢指筵上炮栗曰：『栗破縫黄見。』坐客不能對。贛仗朱雲楚對曰：『藕斷露絲飛。』趙大奇之。

惠山寺有人出對曰：『無錫錫山山無錫。』後有人對曰：『平湖湖水水平湖。』

蘇士金用元善屬對，在文翰林座謔其蒙師潘。潘愠曰：『吾一對，汝能對，甘受汝侮。』金請之〔一〕，潘曰：『王大夫昆季築墻，一土蔽三人之體。』金即對曰：『潘先生父子沐髮，番水灌兩牛之頭。』一座大咲。

【校】

〔一〕『請』，約園抄本誤作『諸』。

蘇東坡在翰林時，北使以『三光日月星』請坡公屬對。坡公首以『四詩風雅頌』，妙矣，而又對曰『四德元亨利』，『貞』字爲仁祖諱，故缺之，畢竟不妥。後有以『六脉寸關尺』，『一陣風雷雨』對者，與首句並妙。

季祖廷尉公在燕邸寄一對句，云京師無有對者。出句云：『天啓七年七月七日天氣。』陶菴對曰：『大明一統一府一縣大名。』

季祖面麻奇醜，眼目眶臃腫，痘瘡層沓，短髭戟張〔一〕，見者失笑〔二〕。陶菴七八歲時，廷尉喜置之膝上，捋其髭，廷尉曰：『兒善屬對，爲我作鬚對。』陶菴曰：『大人美目深藏，桃核縫中嵌芥子〔三〕；勁髭直出，羊肚石上種菖蒲。』廷尉大咲稱賞。

【校】

〔一〕『髭』，底本缺損，僅餘『此』字，約園抄本脱去，據《快園道古·小慧部》補。

〔二〕『笑』，約園抄本誤脱。

〔三〕『縫』、『嵌』二字，底本有缺損粘補，約園抄本皆空缺。

陶菴年八歲，大父携之至西湖，陳眉公客於錢唐，出入跨一角鹿。一日向大父曰：『文孫善屬對，吾面考之。』指紙屏上《李白騎鯨圖》，曰：『太白騎鯨，采石江邊撈夜月。』陶菴曰：『眉公跨鹿，錢唐縣裡打秋風。』眉公讃嘆，摩予頂曰：『那得靈敏至此！吾小友也。』

歸安沈筠溪少絶敏慧，與弟在途，風雨暴作，遇陳方伯兄弟，方伯戲曰：『大雨沉沉，二沈伸頭不出。』沈應之曰：『狂風陣陣，兩陳摇尾不開。』

韓襄毅巡江西，方鞫死囚，忽誦句云：『水上結冰，冰上雪，雪上加霜。』久不能對。一囚曰：『囚冒死敢對。』公曰：『汝能對，貸汝死。』囚曰：『空中起霧，霧成雲，雲開見日。』公撫掌稱佳，即爲減死。

王荆公常舉《書》句語劉季孫曰：『「念兹在兹，釋兹在兹，名言兹在兹」，有何可對？』季孫應聲曰：『「揭諦揭諦，波羅揭諦，波羅僧揭諦。」』安石大笑。

青齊一士夫馮姓者極畏内，其夫人宋氏也，親友咸知之，無所諱。一日客與語及家事，戲曰：『無若宋人然。』馮笑曰〔一〕：『爾即以此屬對。』客思之良久不得。馮曰：『我仍對之，「是爲馮婦也」。』其工巧若是。

【校】

〔一〕『笑』，原空缺，約園抄本不空，據《快園道古·小慧部》補。

越中有三號彭山，季以進士，程以指揮，彭以軍舍；而秀才有三號六峯，葉死，袁生，而陸正重病。徐文長取以作對曰：『文彭山，季彭山，武彭山，程彭山，半文半武彭彭山；活六峯，袁六峯，死六峯，葉六峯，不死不活陸六峯。』

妓女張斗奴侍三楊讌飲，東楊行令〔一〕，飲春月，詩曰：『梨花夜落溶溶月。』南楊飲夏月，曰：『舞低楊柳樓頭月。』西楊飲秋月，曰：『金鈴犬吠梧桐月。』英公語斗奴曰：『汝試歌之。』斗奴乃拜而歌曰：『梨花院落光如雪，犬吠梧桐夜。佳人楊柳腰，舞罷晴光滅。春月者，夏月者，秋月者，総不如俺尋常一樣牕前月。』諸公大加稱賞。補入慧業。

【校】

〔一〕『東楊』，原作『東陽』，據《快園道古·小慧部》改。按本條有誤，請參《快園道古》校記。

燈謎

蜜蜂窠

放之則彌六合，收之則退藏於密。

竹簾

不用刀，只用篾，勒碎風，劈破月。

走馬燈

但見争城以戰，不見殺人盈城。是氣也，而反動其心。

半邊銅錢

四書一句，不能成方圓。骨牌名一個，天地分。

銃楔

有放心而不知求。方寸之木，可使高於岑樓。

皇曆

摸着無節，看着有節。兩頭冰冷，中間火熱。

筆

少年髮白，老年髮青。有事科頭，無事戴巾。

鏡架

上無父母之命，下無媒妁之言。

木　鑿

若要長，去兩頭。若要闊，去兩邊。

二僧兩頭睡　顧聖之作

兩頭兩頭，中間兩頭。兩頭大，兩頭小。兩頭破，兩頭好。兩頭光，兩頭草。兩頭竪，兩頭倒。

叉　袋　祝枝山作

無物不開口，開口便成佛。盤多羅，結多羅，破多刹多佛多難陀。

草　標

賣者不曾叫，買者先知道。若還交易成，兩家俱不要。

紫河車

我在人裡頭，人在我裡頭。我不在人裡頭，人亦不在我裡頭。

貓洗面

遠看是脚動，近看是脚動。仔細打一看，緣來是洗面脚動。

大頭和尚

仰看像斗㪷，正看又有七竅。時時套，步步跳，寅夜入人家，做個非姦即盜。可怪世上後生遮却臉兒，只把老僧來推調。

拆　字

他字。問管仲。

佯字。何可廢也？以羊易之。

州字、洲字。三點水，六點水，稱呼同，左右異。

圀字。國之所存者幸也。

秦字。二畫大，一畫小。

卜字。上又無畫，下又無畫。

乀字。曲名『懶畫眉』，骨牌名『八不就』，俗語『撇脱』，又『忘八』。

井字。四十八个頭。
湯。古人名二個，曾點、成湯。
用字。上有可耕之田，下有長流之川。一月復一月，兩月共半邊。一字共六口，兩口不周全。
孕字。上寫了一撇，下寫了一畫。
田字。四山縱横，兩日綢繆。富是他起脚，累是他起頭〔一〕。
呆字。出於幽谷，遷於喬木。
晶字。九畫六直，神仙不識。
几字。鳳鳥不至。
四字。欲罷不能。
斤字。丘未能一焉。
竒字。可與立。
春字。節氣一个，春分。
旭字。節氣一个，重陽。
本字。無天於上，無地於下。
亘字。尋三不見真可怪，一在其中二在外。
各字。先生不通，文在口中。撩天不着，開口即凶。

東字。不像東翁，外貌則同。呆在肚裏，一字不通。

米字。上面看來是八十，下面看來是十八。四面看來四个不，連環看來八个八。

亞字。若還加口便啞，不可有心爲惡。中間全没肚腸，外面任生頭角。

尹字。伊無人。羊口群。切頭笋。滅口君。拖尾全身丑，蹩脚半邊門。一條横扁擔，擡起冷尸魂。

韻字。未同而言。

尹、巨、乂、了。君不君，臣不臣，父不父，子不子。

王、曰、叟。兩山獨背背相連，兩山對面面相連。更有兩山對面處，中間文筆直冲天。

賞字。和尚與秀才争口，帮了和尚難爲秀才，帮了秀才難爲和尚。

資、賀二字。貝字欠兩點，莫作目字猜。目字加兩點，莫作具字猜。

孟子一句。道是二九一十八，又不是二九一十八；道是三八二十四，又不是三八二十四；道是四七二十八，又不是四七二十八；道是五六得三十，又不是五六得三十。其實皆什一也。

【校】

〔一〕『他』，原脱，據《快園道古·小慧部》補。

補靈變

王文成與寧王戰，值風不便，我兵少挫，急令先取先却者頭。知府伍文定等立於砲銃之間，方督各兵殊死抵戰。忽見一大牌書：『寧王已擒，我兵毋得縱殺。』一時驚擾，遂大潰。宸濠窮促，思欲潛遁，見一漁船隱在蘆葦之中，宸濠叫渡，漁翁移棹請渡，竟送中軍，諸將尚未知也。其神運若此。

陶莽老人著作等身，此手寫《瑁朗乞巧録》稿本乃成於明亡後三十年，故序末僅書庚申干支，不載紀元，亡國之痛隱約行間。今世但流行其所輯之《虞初志》及《夢憶》等書，其自信之《石遺》一編不知尚流存天壤否。此册余在民元負笈金陵時得之於冷攤，雖處境不同，而荆駝之感亦烏能已？今民國又二十二易寒暑矣，萬方多難，年不如年。前賢手跡，又未卜能占市骨之遇否耶？

无咎識。